귀가도

귀가도圖

윤영수 소설

문학동네

차례

귀가도 1 ― 철학잉어
007

귀가도 2 ― 도시철도 999
051

귀가도 3 ― 아직은 밤
087

문단속을 제대로 하지 않으면
117

떠나지 말아요, 오동나무
167

바닷속의 거대한 산맥
207

해설 | 우리 시대의 선(善)에 대한 탐구 박혜경(문학평론가)
249

귀가도 1 - 철학잉어

공짜

"확실히 해라. 돈 벌기가 쉬운 게 아니다. 기술자가 세상에 너밖에 없는 줄 아냐?"

사람의 성품은 변하지 않는다. 확실히 해! 운전기사가 세상에 아저씨밖에 없는 줄 알아? 중학 동창 윤석형, 육중한 외제 승용차로 등교하며 자기 집 운전기사에게 함부로 해대던 말투를 녀석은 이십여 년이 지난 지금도 그대로 되풀이하고 있었다. 그래서 녀석은 따돌림을 당했다. 담임 선생님의 티나는 보호가 아니었으면 폭력조직뿐 아니라 주위의 평범한 친구들에게도 봉변을 당했을 밥맛없는 녀석이었다.

건물 밖 보도에서는 시위가 한창이었다. 계약직 사원을 정규

직으로 받아들이라는 구호가 저렁저렁 건물을 흔들어대었다. 안에서 일하는 직원뿐 아니라 서비스센터를 찾은 손님들도 뒤숭숭하기는 마찬가지였다. 녀석 혼자 태평했다. 살은 또 왜 그렇게 쪘는지 알 수 없었다. 중학 때에도 마른 편은 아니었지만 그때의 몸피보다 두 배는 불은 듯했다. 조그만 눈코입이 살에 파묻혀 웃는 것조차 힘겨워 보였다.

"공짜로 고쳐주는 거지? 그까짓 것 몇 푼 한다고."

내 얼굴을 빤히 쳐다보며 녀석이 또 지절거렸다.

"그러게. 그까짓 것 얼마 한다고 공짜 타령이냐? 재벌집 도련님 윤석형이."

그런데 녀석의 휴대폰은 녀석과 전혀 어울리지 않았다. 먹통이 되어 액정화면이 켜지지도 않는 그의 휴대폰은 7년 전 출시되어 이미 단종된 제품이었다. 휴대폰 시장에서 7년이면 아버지 할아버지도 아니고 증조할아버지뻘이다. 서비스 기록을 보니 그는 4년 전 이 휴대폰의 깨진 액정화면을 고쳤고 배터리를 교체했다. 사용자가 강력히 요구했지만 메모리를 복원하지 못했다는 기록도 남아 있었다. 녀석의 집이 망했다는 소문은 다른 친구를 통해 들어 알고 있었다. 공장에 원인 모를 불이 나고 그 충격으로 아버지가 쓰러져 삼촌이 회사를 독식했다고 했다. 아무리 그런들 휴대폰 수리비를 아끼려고 까마득한 중학 동창을 찾았겠는가.

"정규직이라 좋겠네. 띠 두르고 목 쉬어가며 시위할 일도 없고. 잘 풀렸다고 재지 마라. 회사 오너도 아니면서. 내일이라도 잘리면 개털이다."

비용이야 어찌되든 메인보드를 교체하면 간단하겠는데 재고 부품이 전혀 없었다. 아예 최신형 휴대폰으로 바꿔주는 것이 나을 수도 있었다. 휴대폰 임대약정으로 전환해주면 서로 간단한 일이었다. 마음이라도 읽듯 녀석이 또 한마디했다.

"딴 건 필요 없다니까. 봐, 나 지금 쓰는 휴대폰도 있어."

그는 바지 주머니에서 다른 휴대폰을 꺼냈다가 다시 집어넣었다.

"전의 것을 고쳐서 앞으로 계속 쓸 거라니까. 환갑까지만 쓰면 골동품이다. 이런 게 이를테면 역사전통이요 관록이지."

"골동품 되면 큰돈 벌겠네. 부자들은 참 가지가지로 돈 버는구나."

내 이기죽거림에도 녀석은 흔들림이 없었다.

"월급 많이 받지? 나라 경제를 쥐고 흔드는 대기업의 능력 사원이니 어련하시겠어."

"많이 받는다. 헌 휴대폰 미련 없이 폐기하고 새 휴대폰 살 만큼은 충분히 받는다."

사정을 모르는 사람들이 우리 서비스업체를 대기업의 일부라고 알고 있다. 휴대폰을 생산하는 대기업과 우리 서비스업체는 겉으로나 한 로고를 쓸 뿐 별개 사업체다. 대기업으로서는 하청을 떼어주었으니 제품 하자나 서비스에 대해 신경 쓸 일이 없고, 하청업체인 우리 입장으로서는 대기업의 일부인 척하여 손해날 것 없으니 그런 척 장단을 맞추고 있을 뿐이다.

외장을 뜯고 보니 의외로 사소한 하자였다. 배터리 불량과 화면으로 이어지는 선의 납땜이 두 군데 떨어져 있었다. 먼지나 습기에도 그리 노출되지 않은 깨끗한 상태였다. 간단한 수리로 화면이 켜졌다. 전화번호만 이어주면 당장이라도 사용이 가능했다. 하지만 나는 뭔가 심각하게 손봐야 하는 척 상자에 담긴 부품들을 뒤적거렸다. 그랬다. 녀석의 근황이 궁금했던 게 사실이었다.

"시간 좀 걸리겠네. 저쪽 가서 커피 마셔라. 공짜야."

나는 창가 쪽의 커피대를 가리켰다. 휘적휘적 걸어가는 녀석의 뒷모습이 영락없는 곰이었다. 증권회사에 다니는 또다른 중학 동창 황주의 전화가 과장이 아니었다.

"길에서 석형이를 봤거든. 손을 잡고 흔들어대는데, 와아, 나는 무슨 곰한테 잡힌 줄 알았다. 네 연락처를 묻더라고. 모른다고 잡아뗄 수가 있어야지."

저장된 전화번호 열한 개. 총 열한 개? 갯수를 잘못 보았나 다시 한번 확인했다. 통화기록이 2007년 10월로 끝난 것을 보면 1년 반쯤 전에 고장이 났다는 뜻이리라. 그런데 그 이전의 기록이…… 별로 없었다. 10월 14일, 그 이전은 10월 11일, 10월 3일에 두 통화. 9월에도 비슷했다. 자동저장된 백 개의 전화내역 중 가장 오래된 것이 2005년 8월이었다. 2년여 동안 주고받은 전화가 백 통뿐이라는 말이었다. 희한했다. 전화를 주고받는 일에

서툰 시골 할머니 할아버지의 휴대폰을 보는 느낌이었다.

"요새 기술자들 참 후지네. 본점 팀장이 이 모양이니 아랫것들은 오죽 하겠냐."

어느새 커피를 들고 온 석형이 또 이기죽거렸다. 10년은 되어 보이는 후줄근한 옷에 비해 입담은 생생하여 손을 벨 지경이었다.

"황주랑 만났었다며? 그동안 연락하고 지냈어?"

휴대폰 내부를 들여다보며 내가 슬그머니 말을 돌렸다. 석형이 키득거렸다.

"연락은 무슨. 황주 그놈, 우연히 길에서 만났는데 내 손을 놔줘야 말이지. 이놈의 시들지 않는 인기라니. 그런데 너흰 아직도 만나냐? 두 놈 더 있잖아. 다람쥐하고 잽이. 다람쥐, 걔는 아직도 앞이빨만 크냐?"

놀라웠다. 이십여 년 전 나랑 어울리던 내 친구들을 녀석은 선명하게 기억하고 있었다. 어엿한 약사가 된 기헌과 대학 강사를 하는 안경잡이 윤수의 별명이 그러했다. 기헌과 윤수, 황주와 나는 한동네 출신이었다. 버스로 두세 정거장 떨어진 중학교에 배정된 우리는 늘 등하교를 같이했다. 툭하면 마주치는 폭력 학생들에게 혼자 당하지 않으려는 자구책이었다. 그 애들이 몇 번 내가 속한 반에 들락거렸으니 짝이었던 석형이 그들을 보기야 했겠지만, 자기와 가깝지도 않은 내 친구들을 지금껏 기억하리라고는 생각도 못한 일이었다. 휴대폰을 넘겨주며 하릴없이 한

마디했다.

"다음에 또 이것 가져오면 쓰레기통으로 들어간다."

"너나 들어가라."

녀석이 웃었다. 불거진 볼 밑으로 힘겹게 올라가는 입꼬리가 정말 만화 속 백곰 같았다.

곰

집으로 가는 버스 속에서 엠피스리를 귀에 꽂았다. 중국어 회화 공부를 하기 위해서였다. '띠 두를 필요도 목 쉴 일도 없는 정규직'에 '서비스 팀장'이라는 직함이야말로 빛 좋은 개살구였다. 평직원 스무 명에 팀장 열한 명. 팀장이란 호칭은 창구에 앉아 고객을 직접 대하는 5년 이상 경력사원에게 치레로 붙여준 이름에 불과했다. 회사가 작으니 승진도 거의 없었다. 팀장 위에 부지점장, 하늘의 별 따기로 지점장이 되면 그뿐, 마흔이면 이 직장도 끝이라고 봐야 했다. 실력 좋은 엔지니어가 쌓인 판국에 나이 들고 느려터진, 게다가 퇴직금이나 쌓여가는 고참들은 회사로서야 얼른 정리할수록 이익이었다. 월급쟁이 생활을 계속하려면 중국이나 동남아의 공장 기술자로 자원하는 방법이 있었다. 휴대폰 생산업체인 대기업 소유의 공장이지만 한국에서 지원하는 사람이 적어 그나마 우리에게까지 순번이 오는 셈이었다. 그들의 말에 의하면 적어도 10년, 실적에 따라 60세까지도 가능하다고 했다. 하지만 낯선 이국땅의 생활이 어떠할까. 올해 초등학교에 입학한 아들 쌍둥이 상원이와 상민이의 교육도 걱정이었다.

'꼭 가야 된다면 가지, 뭐. 일부러 외국 유학도 보내는데.'

말은 그렇게 하면서도 아내 역시 중국어 회화 책을 보고는 기가 죽는 모양이었다.

요행히 버스의 좌석을 차지했는데 앉고 보니 바로 앞에 앉은 이의 등덜미에 눈이 꽂혔다. 미색의 평범한 티셔츠에 글자가 씌어 있었다. '오늘은 곰 내일은 인간'. 곰 같은 몸피의 석형이 떠올랐다. 오늘은 뚱뚱하지만 내일부터는 살을 빼겠다고?

석형의 소식을 들은 것은 사오 년 전, 약사인 기헌을 통해서였다. 기헌의 장모가 꽤 큰 미장원을 경영하는데 그곳에 드나들던 석형의 이모로부터 흘러나온 얘기였다.

중3 때 미국유학을 떠났던 석형은 그곳 생활에 적응하지 못했다. 공부는커녕 흑인들과 어울려 마약까지 복용하게 되자 아버지가 석형을 불러들였다. 아버지가 빼어든 카드는 군 입대였다. 군대에 보내어 '사람을 만들' 생각이었다. 하지만 석형은 과체중으로 복무를 면제받았다. 그의 아버지는 이번에는 중국으로 석형을 쫓아냈다. 미국보다는 마약 접촉 기회가 적은데다 마침 중국에 지사가 있어 어느 정도 통제가 가능했기 때문이었다. 그가 한국 땅을 다시 밟은 것은 그의 어머니가 죽었을 때였다. 우울증으로 병원 신세를 지던 그의 어머니는 잠깐 집으로 퇴원한 동안 마당의 나무에 목을 맸다. 결혼 초부터 불거진 남편의 바람기에 상처를 입은 그의 어머니는 신경안정제를 달고 살았다. 친지들이 집이나 병원에 찾아가도 말 한마디 없고 자신이 낳은 외아들 석형에 대해서도 애착이 없었다고 했다.

석형 어머니가 죽고 한 달 만에 회사의 모기업이던 화학 공장에 불이 났다. 화재 소식을 접한 그의 아버지가 혈압으로 쓰러져 그날부터 눈 뜬 시체가 되어버렸다. 주위에서는 조강지처를 홀대한 대가를 톡톡히 치른다고 수군거렸다. 회사의 명의는 석형의 삼촌에게 넘어갔고, 회장 비서 출신으로 일찌감치 안주인 노릇을 해온 석형의 새어머니는 자신이 낳은 남매 앞으로 재산을 모두 돌려놓았다고 했다.

'오늘은 곰 내일은 인간' 티셔츠가 갑자기 솟구치는 바람에 깜짝 놀랐다. 뒷문으로 향한 티셔츠의 주인은 곰과는 전혀 관계없는, 체구가 자그마한 젊은 학생이었다. 셔츠 앞자락에는 곰이 그려져 있었다. 고개를 비스듬히 기울인 모습이 무척 순하고 한가로운 곰이었다.

집에 돌아온 시각은 9시, 아이들은 여느 때처럼 잠들어 있었다. 천방지축 뛰어대는 아이들 때문에 아래층 아줌마에게 된 시집살이를 하는 아내는 저녁밥만 먹이면 아이들을 재우느라 바빴다. 옷을 벗으며 나는 아내에게 버스에서 본 '오늘은 곰 내일은 인간'에 대해 얘기했다.

"마늘 선전인가? 곰이 마늘을 먹어야 인간이 된다잖아. 요새 광고들이 워낙 세련되어서 말이지."

"자기는 어쩜 그렇게 시사에 약해?"

아내가 어이없다는 듯 나를 쳐다보았다.

"지구온난화로 북극의 빙하가 녹는다는 거 아냐. 지금은 북극 곰이 죽지만 머지않아 우리 인간도 무사하지 못하다, 요새 환경 단체 구호 아냐."

그러면…… 티셔츠 앞자락에 비스듬히 누웠던 곰은 쉬는 것이 아니라 죽어가는 중이었던가. 인간들 스스로가 자초한 무한 경쟁, 부익부 빈익빈의 덫 외에, 지구의 문명과 모든 생물의 목숨을 위협하는 환경 재앙이 이렇게 성큼 다가와 있었던가. 출연 자들이 몰려다니며 생고생을 사서 하는 텔레비전 오락 프로그램을 켜놓고 나는 괜히 힘이 빠졌다. 아마도 나는 천지 분간 못하는 곰 신세가 부러웠던 모양이었다. 동료를 딛고 올라설 일도, 자식 키울 걱정도 할 필요 없는 곰. 자연을 따라 살다가 평화로이 스러져가는 곰.

어울림

며칠째 건물 앞이 한적했다. 전직 대통령이 죽음을 택했다는 충격적인 소식이 전해지자 계약직 사원들이 잠시 시위를 접은 것이었다. 옳은 판단이었다. 전 국민의 눈과 귀가 전직 대통령의 죽음에만 쏠려 있었다. 언론이나 방송매체도 얍삽한 구석이 있었다. 첫날에는 '타고난 승부사' 운운하며 그의 자살에 비판적인 태도를 보이더니 애도의 물결이 거세지자 어느새 누구보다도 슬프고 곡진한 자세로 납죽 엎드려 국민들의 눈치를 살피고 있었다. 직원들과 함께 점심을 먹으러 건물을 나서는데 웬일로 석형이 서 있었다.

"점심이나 사라. 오랜만인데."

나는 석형을 순댓국집으로 데려갔다. 평상시에 잘 들르는 집이기도 했지만 한편으로 고급 음식에 길들었을 녀석에게 본때를 보이려는 마음이 없지 않았다. 하지만 그것은 착오였다.

"야, 내가 순댓국 좋아하는 거 어떻게 알았냐? 곱빼기 시켜도 되지?"

어이없었다.

"재벌집 도련님이라는 게 근 이십 년 만에 불쑥 나타나서는 없는 놈 주머니나 털고. 이게 무슨 횡액인지 모르겠다."

"이십 년은 아니지. 작년에 광화문에서 봤잖아. 네 마누라랑 아이들도 같이."

"광화문? 내가 언제?"

그러고 보니 스치는 장면이 있었다. 작년 봄 촛불집회 때였다. 이 나라의 정치가 어때야 하는지, 광우병이 의심되는 쇠고기 수입에 대해 국제적으로 우리나라가 어떤 입장을 취해야 했는지 확고한 답을 알고 있었던 것은 아니었다. 다만 이 나라의 주인이 권력을 잡은 사람, 돈 있는 사람이 아니라 대다수의 국민이며, 바로 그 국민들이 두 눈을 부릅뜨고 사태를 지켜보고 있음을 현 정권에 보여줘야 한다는 점에서 나는 집회에 참가해야 한다고 생각했다. 아내와 쌍둥이 아들들을 다 데려갔다. 카메라 플래시까지 터뜨려가며 가족사진을 찍은 이유는 커가는 아들들에게 우리 모두가 역사의 현장에 섰다는 사실을 남기기 위함이었다. 그때였다. 군중 한가운데서 누군가가 나를 쳐다보고 있음을 느꼈다. 언뜻 본 인상으로 눈매와 콧날이 내가 아는 누군가와 닮았다고 생각했다. 하지만 그가 윤석형인 줄은 짐작도 하지 못했다. 내가 아는 석형이 그렇게 뚱뚱할 리도, 특히 군중들에 섞여 구호를 외치리라고 상상할 수도 없었기 때문이다. 그 자리에서 석형을 알아보았다 해도…… 서로 안부를 챙기며 반가워할만한 우정이 우리 사이에 있었던가는 또다른 문제였다.

"구닥다리 휴대폰에 촛불집회라니, 하는 짓마다 너랑 안 어울린다."

"어울리는 짓도 한다. 나는 결혼했다가 이혼했다. 아니, 이혼당했다. 어울리지?"

그가 순댓국을 퍼먹기 시작했다. 나도 숟가락을 들었다.

음식점 손님들의 시선은 벽에 매달린 텔레비전에 쏠려 있었다. 전직 대통령을 조문하려는 국민들의 행렬이 끝없이 이어지고 있었다. 존경받던 추기경이 세상을 뜬 지 얼마 되지 않은 시점이었다. 잘 죽었지, 뭐. 이 꼴 저 꼴 안 보고. 누군들 한 번 안

죽나. 그래도 조문객이 저리 많잖아. 생각해보면 안됐어. 저게 다 자기 설움이라니까? 가뜩이나 울고 싶은데 마침 뺨 때려준 거라니까? 칵 죽고 싶지 않은 사람이 어디 있냐고. 옆 테이블에는 낮술 잔이 돌아가는 중이었다.

"나랑 안 어울리는 게 또 있다."

얼굴에 번질거리는 땀을 식탁 휴지로 닦으며 석형이 입을 떼었다.

"나는 장례식에 안 어울린다. 엄마가 돌아가셨을 때도 장례식장에 있기 싫어서 바깥 벤치에 나가 있다가 외삼촌에게 된통 혼났지."

"어머님 돌아가셨구나?"

나는 그제야 조심스레 아는 척했다. 그리 친하게 지내지도 않은 듯한데 어찌된 일인지 중학교 때 그의 집에 놀러 간 기억이 있었다. 넓은 마당에 잘 가꾸어진 나무들이 서 있고 한쪽에는 큰 연못도 있었다. 연못 가운데로 길이 나 있어 잉어가 헤엄치는 모습을 볼 수도 있었다. 연못가에 그의 어머니가 앉아 계셨다. 우리를 보고도 별말도 별다른 표정도 없었다. 석형이 외롭다거나 자기 어머니와 문제가 있다는 것을 그때로서는 눈치채지 못했는데 지금 돌이켜보니 그의 어머니가 어딘가 남달랐던 것이 확실했다.

"너희 어머님이 연못의 잉어를 내려다보고 계시던 거 생각난다."

20

"연못도? 잉어도? 이것 봐! 내 이럴 줄 알았지. 좀팽이 네놈은 기억할 줄 알았어."

녀석이 얼굴까지 붉히며 큰 소리로 웃는 바람에 다른 손님들이 그를 쳐다보았다.

"뭐가 그리 좋은데?"

녀석은 제 말만 계속했다.

"엄마 장례식이 끝나고 중국으로 되돌아가려는데 연못에 잉어가 있는 거야. 수십 마리 중에 겨우 두 마리 남았더라고. 어항을 사서 그것들을 담았는데, 비행기에 태워줘야 말이지. 그깟 시멘트 연못 대신 황허에 풀어주고 싶었는데. 하기야 거기 풀어놓았으면 벌써 중국 사람들 뱃속으로 들어갔겠지만. 중국 사람들 잉어 좋아한다. 잉어 아가미가 아직 펄떡거리는데 눈도 깜짝 않고 살점을 집어먹는다."

나는 석형에게 이번 주말 황주와 기헌, 윤수와의 모임에 오라는 말을 할까 하다가 그만두었다. '그 인간 절대 데려오지 말라'는 황주의 당부가 떠올랐기 때문이었다. 한편으로 석형의 휴대폰에 있던 열한 개의 전화번호가 어른거렸다. 석형이 자꾸 물어대는 황주와 기헌, 윤수의 전화번호를 넣기만 해도 명부는 열네 개로 늘어날 수 있을 터였다.

소통

친구들끼리의 모임에서도 역시 제일 큰 화제는 전직 대통령의 자살이었다. 대단한 논평이나 하듯 전직 대통령과 현 정치에 대한 온갖 소문들을 주고받은 뒤 초점은 자연스레 윤석형에게 맞춰졌다.

"그놈 아직도 버릇 못 고쳤구나. 휴대폰 고칠 데가 너밖에 없나. 중학교 때도 너를 개 부리듯 부리더니."

황주가 흥분했다. 기헌과 윤수가 맞장구를 쳤다. 나는 그들에게 녀석의 휴대폰을 공짜로 고쳐주었다는 말을 하지 못했다. 그뿐 아니라 이삼 일 전에도 찾아와 내가 점심을 샀다는 말도 하지 못했다. 석형에 대한 추억들이 우스꽝스레 펼쳐졌다. 친구들에게 따돌림을 받으면서도 그것조차 느끼지 못하던 둔함. 걸핏하면 운전기사를 시켜 식당 음식을 교실까지 끌어들이던 녀석의 후안무치. 공부건 운동이건 제대로 하는 것이 없으면서 끝없이 부려대던 행짜.

"네가 인마, 워낙 착해서 아무 말도 안 하니까 그놈이 너를 짝으로 점찍었잖아."

별 대꾸를 하지 않는 내 눈치가 보였던지 황주가 내게 소주잔을 넘겼다. 잔을 비우고 황주에게 다시 넘겼다. 담임 선생님의 명령으로 1년 내내 지겹게 녀석의 짝을 해야 했지만 지금 생각해보면 그리 손해 본 것도 없었다. 녀석은 입으로 거들먹거리기만 했지 입만큼 거센 놈도 아니었을 뿐 아니라 녀석과 짝을 하느라 나까지 담임 선생의 사정거리 안에 들어 폭력 학생들에게 덜 시달린 것이 사실이었다.

기헌이 아버지 얘기를 꺼냈다. 길에서 갑자기 쓰러져 병원에 실려 갔는데 검사 결과 체내 중금속 수치가 너무 높아 그대로 입원했다고 했다. 야채주의자에 음식도 최소한의 가공을 고집하던 까다로운 '웰빙' 식습관 때문이라고 했다. '동물성 단백질과 지방의 주요역할 중 하나가 몸에 쌓이는 중금속을 바깥으로 배출하는 일'이라는 게 약사인 그의 설명이었다. 나는 내 아버지를 떠올렸다. 내가 초등학생 때 위암으로 돌아가신 아버지는 정신을 잃을 듯한 마지막 고통 속에서도 병원 치료를 거부했다. '이왕지사 죽을 목숨, 돈 쓸 필요 없다'는 것이 처자식을 두고 먼저 가는 미안함의 표현이었다.

황주는 도우미 아줌마 때문에 골치가 아프다고 했다. 황주와 그의 아내는 증권사 사내 커플이었다. 아이를 낳아 도우미 아줌마를 두었는데 아이를 볼모로 맡긴 셈이니 아내의 월급을 거의 다 주고도 불평 한마디 못하고 전전긍긍 속으로만 앓는다고 했다. 나는 또 내 엄마를 떠올렸다. 아버지가 돌아가신 후 엄마는 남의 집 도우미를 하며 삼 남매의 학비를 댔다. 요즈음이야 자식들도 장성하고 먹고살 걱정은 없지만 엄마는 '심심하기도 하니 애보개로 취직이나 했으면 좋겠다'고 했다. 여동생의 아이에 이어 쌍둥이 내 아이들을 작년까지 봐주었으니 아이를 돌보는 일만큼은 베테랑인 셈이었다.

윤수는 학교 근처로 이사한 이야기를 했다. 지방대학이기는 하나 바늘구멍 들어가기보다 어렵다는 전임이 되었으니 그도 이제 앞날에 대해서는 한시름 놓은 셈이었다. 나는 그들에게 내 고민이나 내 집 형편을 늘어놓지 않았다. 대신 나는 티셔츠의 문구, '오늘은 곰 내일은 인간'을 끄집어내었다.

"……마늘 광고인가 했더니 환경단체 구호더라고. 지구온난화 때문에 생물들이 다 죽어가는 중이라는 거야. 지금은 북극곰이 죽지만 머지않아 인간도 죽는다고."

황주와 기헌이 고개를 끄덕이는데 윤수가 안경을 고쳐 쓰며 말했다.

"그것도 다른 시각이 있어. 사람들의 이산화탄소 배출이 지구온난화의 직접적인 요인은 아니라는 거지. 측정한 바에 따르면 지구온난화가 심했던 때마다 태양의 흑점이 폭발했다는 거야. 그런 면에서 보면 환경운동가들의 주장을 백 퍼센트 받아들일 수도 없지. 이산화탄소나 메탄가스 배출이야 당연히 줄여야겠지만."

황주와 기헌이 더욱 크게 고개를 끄덕였다. 나는 다시 입을 다물었다. 그들이 오해하고 있는 '한국 경제를 쥐고 흔드는 대기업의 안정적 사원'으로, 그들이 간혹 인사로 말해주는 '워낙 말수 없는 착한 친구'로 얌전히 앉아 있었다. 집안 형편 때문에 대학을 가지 못하고 공고로 진학한 나는 일찌감치 그들과는 다른 길을 걸어야 했다. 한 번 갈라진 길이 다시 붙기란 이 사회에서는 기적처럼 어려운 일이었다. 그들과의 만남이 불편하면서도 내 쪽에서 끈을 놓지 못하는 이유는 층층의 높이와 칸칸의 경계가 엄연한 이 사회에서 미래의 어느 순간 부득이하게 그들에게 매달릴 일이 있을지 모른다는 씁쓸한 계산을 하기 때문이었다.

집에 오는 버스를 타고 여느 때와 다름없이 엠피스리를 귀에 꽂았다. 중국어는 귀에 들어오지 않고 대신 황허에서 헤엄치는 잉어가 떠올랐다. 석형은 자기 집 연못에 있던 그 잉어를 아직도 키운다고 했다.

'잉어에게 먹이를 주지 않은 것이 내 불찰이기는 했어. 며칠 지나서 한 마리가 비스듬히 눕는데 나는 또 그런가보다 했지. 다음날 외출했다가 집에 돌아왔는데…… 남은 한 마리가 죽은 잉어의 살을 뜯어먹고 있더라고. 얼마나 끔찍하던지. 죽은 잉어를 걷어내고 나서 남은 잉어를 본체만체했어. 버리지는 못하고 죽기만 기다린 셈이지. 한 달이 가고 두 달이 지나는데도 죽지 않더라. 뼈가 드러날 정도로 비쩍 마른 후에 먹이를 주었어. 그때부터 이놈이…… 내 눈치를 보더라고. 그런 거야. 사람이나 동물이나 제 목숨이 걸려야 눈이라도 한 번 찡긋하지.'

잉어

"잉어는 영물이다. 옛날얘기에도 있지 않냐. 어부의 소원을

들어주는 이야기…… 파평 윤씨 말야, 그 조상이 잉어다. 그래
서 잉어를 안 먹는다. 내가 바로 파평 윤씨잖냐. 돌고래나 물개
가 똑똑하다고들 하지? 잉어는 사람들에게 이용당하지 않는다.
걔네보다 훨씬 똑똑하거든."

　석형과 포장마차에서 만났다가 밤늦게 그의 잉어를 보러 가게
된 이유는 술을 마신 탓도 있었지만 잉어 얘기가 아니면 할 말
이 없는 석형에 대한 예우 차원이기도 했다.

　그의 집은 허름했다. 겉으로 보기에는 전혀 집 같지 않은, 커
다란 물류창고가 여섯 채나 있는 벌판의 한쪽 구석, 숙직실 용
도로 쓴 듯한 낡은 건물이었다. 그의 집 앞에 매단 희미한 백열
등보다 창고 앞뒤에 설치된 수은등이 훨씬 크고 환했다. 마당에
깔린 흰 들꽃이 수은 등불에 반짝이는 모습이 인상적이었다. 집
의 자물쇠를 따며 그가 입을 열었다.

　"생활비는 사촌형이 죽지 않을 만큼 준다. 이 땅이 원래 내 명
의거든. 창고 임대료가 꽤 나오는데 내 몫은 별로 없어. 산소마
스크 끼고 있는 우리 아버지 병원비에 이복동생들 생활비까지
이 임대료에서 해결해야 한다나. 한마디로 이 땅을 내게 못 주
겠다는 얘기지."

　마루가 꽤 넓었다. 숙직실 용도뿐 아니라 사무실로도 쓰인 모
양이었다. 슬레이트 지붕에 석고보드 칸막이, 삼면을 돌아가며
철제 캐비닛과 철제 앵글선반이 놓여 있었다. 맞은편 벽에 낡은
쇠문이 있었다. 그가 또다른 열쇠로 문을 열었다. 컴컴한 방에

희미하게 비치는 것은…… 수조였다. 침대 크기는 될 만한 커다란 수조에서 누렇고 검은 얼룩의 비단잉어 한 마리가 너울너울 움직이고 있었다. 수조 위에는 양쪽으로 기다란 형광등, 그리고 수조에 맞춰 커다란 산소주입봉이 세 개나 설치되어 있었다. 잉어를 위한 살림살이는 수조만이 아니었다. 수조 속에 든 물풀과 비슷한 모양의 수초무늬 벽지, 방 한구석에 황토와 주먹 크기의 돌들이 쌓여 있어 방 전체가 또 하나의 커다란 수조를 연상시켰다.

"늙었어, 비늘도 떨어지고. 전에는 금빛이 꽤 그럴듯했지."

석형이 봉지에서 먹이를 꺼내어 몇 톨 뿌려주었다. 잉어는 급한 것이 없었다. 천천히 입을 뻐끔거리며 바닥에 떨어진 먹이를 한 톨 주워먹었을 뿐이었다.

"잘 안 먹네. 어디 아픈 거 아냐?"

잉어가 비쩍 마른 것이 안쓰러워 보였다. 자세히 보니 꼬리 부분의 뼈가 약간 뒤틀려 있었다. 입가에 난 수염도 한쪽이 잘려나간 상태였다.

"아프기는? 성질부리는 거지. 저렇게 느긋한 척해도 속으로는 어지간히 긴장했다. 이 방에 손님을 맞은 게…… 정말 오랜만이거든."

그러했다. 잉어는 내가 조금만 움직여도 움찔거리며 나를 주시했다. 기분이 묘했다. 튀어나온 두 눈 사이에 콧구멍과 입이 자리한 물고기의 정면을 마주 보는 것은 나로서는 생소한 경험이었다.

"몇 마리 더 키우지그래. 수조도 큰데."

"……누구나 혼자 살아."

나는 또 입을 다물 수밖에 없었다. 혼자 사는 석형에게 잉어
는 어떤 의미일까. 그에게 남은 유일한 부귀의 증거? 그와 함께
숨 쉬는 단 하나의 가족?

"기대할 것 없어. 너랑 아무 관계없는 사람이니까…… 커피
마실래?"

석형의 말을 곱씹어보니 앞부분의 말은 나한테가 아니라 잉어
에게 한 말이었다. 석형이 가스레인지에 양은냄비를 올려놓았
다. 머그잔 두 개에 일회용 커피믹스를 부은 그는 익숙하게 양
은냄비의 물을 따랐다. 커피를 마신 후 그가 수조 곁으로 다가
섰다.

"지금부터 잉어 쇼를 보여드리지. 잉어! 올라와."

말을 알아듣기라도 한 듯 잉어가 수조 위쪽으로 올라왔다. 석
형이 또 말했다.

"내려가."

잉어가 바닥 쪽으로 내려갔다. 희한했다. 웃음이 나왔다.

"속임수지? 잉어가 오르락내리락하는 것에 네가 구령을 맞추
는 거지?"

석형은 대꾸조차 하지 않았다.

"뒤로. 뒤로 가."

잉어가 꼬리지느러미를 흔들기 시작했다. 그 자리에 서는가 싶더니 조금씩 뒤로 물러서기 시작했다. 앞으로 와. 잉어가 또 앞으로 나왔다. 뒤로. 앞으로. 앞으로. 나는 감탄했다. 우연이 아니었다. 잉어가 정확히 석형의 말에 따르는 중이었다.

"잉어, 사, 랑, 해."

석형의 말에 잉어가 뻐끔거리기 시작했다. 사, 랑, 해. 보통의 호흡과는 달랐다. 입을 벌린 상태에서 두 번은 크게, 한 번은 작게 입을 오므렸다. 사, 랑, 해. 누가 보아도 그것은 '사랑해'의 음절이었다.

"정말 신기하다! 잉어가 사랑한다고 말하잖아."

내 감탄에 석형이 확 돌아서며 코웃음을 쳤다.

"사랑은 무슨! 잉어 주제에 사랑이 뭔지나 아냐?"

석형은 한쪽 구석에 놓인 회전의자에 털썩 걸터앉았다. 의자가 한참 동안 삐걱거렸다.

"저런 놈이 입을 뻐끔거리는 이유는 뻔하지. 먹을 것을 달라든지 아니면 살려달라든지. 두 달을 굶긴 다음 저놈을 봤을 때 미친 듯이 내게 뻐끔거렸거든. 그걸 내가 '사랑해'로 훈련시켰지. 내가 '사랑해'라고 말한 다음 나처럼 입을 뻐끔거릴 때에만 먹이를 줬거든. 먹이를 가지고 장난치면 누구나 그 정도는 따라 해. 짐승이고 사람이고 제일 절박한 건 제 목숨이니까."

"시킨다고 하는 게 어디냐? 잉어가 사람의 말을 알아듣다니 이건 기적이다."

"못됐어. 조금만 틈을 보이면 독하게 성깔을 부리지…… 확실하게 통제하는 게 내 일이야. 그렇지 않냐? 산다는 게 원래, 누군가로부터 어떤 식으로든 속박받는 일이지."

무슨 말을 하는지 나는 잘 알아들을 수 없었다. 나는 그저 수조 속의 잉어가 대견하여 어린아이를 어르듯 몇 번이고 사, 랑, 해, 사, 랑, 해, 말을 걸었을 뿐이었다. 그때마다 잉어도 내게 말했다. 사, 랑, 해, 사, 랑, 해.

행복

아랫집 아줌마가 우리 집에 와 한바탕 화를 내고, 급기야 제 엄마에게 회초리까지 맞은 아이들은 입을 비죽이며 제 방에 틀어박혔다. 마침 휴일이었다. 나는 석형에게 전화했다. 마음대로 소리치고 발을 구르고 싶은 아이들에게 석형의 집과 벌판이 제격일 터였다.

"와서 나쁠 것은 없지. 필요하다면 쓰여드리지."

버릇처럼 그가 이기죽거렸다.

예상했던 대로였다. 상원과 상민은 석형의 집 앞 벌판에서 떼굴떼굴 구르며 신나했다. 석형 또한 즐거워했다. 벌판 한쪽에 쌓아놓은 모래 더미를 가리키며 미끄럼을 가르쳐주기도 했다. 석형의 방에 들어가 잉어의 묘기를 본 아이들은 수조 앞을 떠날 줄 몰랐다. 잉어 역시 마찬가지였다. 전번에 왔을 때와는 전혀 다르게 빠르고 활기차고 씩씩했다. 아이들이 던져주는 먹이를 단 하나도 놓치지 않고 쏜살같이 쫓아가 받아먹는 잉어를 보며 석형이 어이없다는 듯 중얼거렸다.

"얼빠진 놈, 발정난 개가 따로 없군."

어머나, 큰 부자셨구나. 잉어가 옛날 석형의 집 연못에서 크던 것이라는 얘기를 듣고 아내는 대단한 위인이라도 만난 듯 석형을 보고 또 보았다.

잠든 아이들을 힘겹게 들쳐업고 집 계단을 오를 때까지도 아내는 석형을 끝없이 부러워했다. 짜증이 났다.

"다 옛날얘기야. 봤잖아, 집 한 칸 없이 창고에서 지내는 거."

아내가 볼멘소리를 터뜨렸다.

"한때라도 잘산 게 어디야? 평생 살면서 껌처럼 씹을 추억도 있고."

그건 그랬다. 나는 이십여 년 전의 88올림픽을 떠올렸다. 석형이 다이빙 경기 입장권을 두 장 가져와 둘이 함께 경기장에 간 적이 있었다. 국제 규격의 커다란 수영장, 높은 다이빙대, 세계 최고의 선수들…… 그들이 한 명씩 다이빙대에 오를 때마다 나는 꿈을 꾸듯 행복했다. 어떤 스포츠를 좋아하느냐고 누군가가 묻는다면 나는 평생을 두고 '다이빙'이라 외칠 참이었다. 문제는 녀석이 경기 도중에 벌떡 일어난 데 있었다. "재미없어. 그만 가자니까!" 그때처럼 녀석이 미운 적이 없었다. 어쩔 수 없이 녀석의 뒤를 따르면서 나는 스탠드 밑으로 녀석을 떨어뜨려 뒤통수라도 깨뜨려버리고 싶은 충동을 겨우 참았다. 다음날, 다이빙의 금메달 후보 선수가 다이빙대에 뒤통수를 부딪쳐 중태에 빠졌다는 소식이 전해졌다. 우리가 경기장을 벗어나고 채 몇 분되지 않아 벌어진 사고였다. 석형에 대한 내 울분이 애꿎게도 그 선수에게 꽂힌 것 같아 나는 영 뒤숭숭했다. "경기가 딱 졸리더라니까. 그런 걸 뭐하러 보고 앉았냐?" 석형이 또 야죽거렸다. 녀석 덕에 중학 때의 내 화두는 '부자의 행복'이었다. 갖고 싶은 것은 넘칠 만큼 다 가졌고 하고 싶은 일을 언제든 할 수 있는 큰 부자들은 대체 어떤 상황을 행복하다고 느낄까.

"그렇다고 내가 꼭 불행하다는 건 아냐. 말썽들은 피우지만 우리에겐 아이들이 있으니까. 석형씨는 혼자라 외롭겠어."

곯아떨어진 아이들에게 이불을 다독여주던 아내가 마치 내 속을 들여다본 듯 중얼거렸다.

노출

시위를 하던 계약직 사원들이 사장 딸의 결혼식 날짜와 장소를 알아내어 그리로 몰려간 사건이 있었다. 결혼식은 근근이 치러졌지만 사장 이하 여러 임원들이 큰 곤욕을 치렀을 것은 보지 않아도 뻔한 일이었다. 경찰서로 연행 된, 내가 아는 계약직 사원 두어 명의 앞날은 어떻게 될 것인지, 그 와중에도 밀려드는 고객 업무는 왜 이리 사람의 진을 빼는지 무엇 하나 쉽고 녹록한 구석이 없었다.

업무 종료 후 지점 차원에서 회식 겸 대책회의를 한다는데 나는 어렵사리 불참 의사를 밝혔다. 잉어, 석형의 잉어가 텔레비전에 나오는 날이기 때문이었다.

석형의 전화가 온 것이 사흘 전이었다. 수조에서 물이 새어 수족관 사람을 부른 적이 있었는데 그 사람이 텔레비전 프로그램 〈희한한 재주〉의 작가와 아는 사이였다는 것이다. 내심 놀라웠다. 석형의 자존심 강한 성격으로 보아 그의 현재 생활이 그대로 드러나는 이런 식의 노출은 예상하지 못했기 때문이었다.

"인생이 거기서 거기지. 출연하기 잘했다는 생각도 들고. 저 놈이 좋아하더라고. 그럼 됐지."

석형은 의외로 담담했다.

"와, 잉어다!"

잉어가 화면에 잡히는 순간 우리 집에서는 마치 식구 중 한 사람이 출연하기라도 한 것처럼 환호성이 터졌다. 그러나 나는 이내 화면에서 눈을 돌리고 말았다. 찢어질 듯 품이 죄는 신사복에 나비넥타이를 졸라맨 석형의 몸피와 거들먹거리는 말투가 민망하기 짝이 없었다. 그에 비해 잉어는 훌륭했다. 누런 몸체에 검은 얼룩무늬가 환한 조명을 받으니 더욱 당당하고 위엄 있어 보였다. 위로. 아래로. 앞으로. 뒤로. 잉어가 석형의 명령을 수행

할 때마다 무대를 둘러싸고 앉은 방청객들이 크고 작은 감탄사를 연발했다.

"그런데 아빠, '사랑해'는 왜 안 하지?"

아이들이 물었다. 나 역시 알 수 없었다. 석형은 잉어에게 '사랑해'를 시키지 않았다.

"우리집 연못에서 키우던 거예요. 물론 수십 마리 있었죠. 이것 하나 키웠겠어요?"

"우와, 그러셨군요. 어쩐지 부자 티가 나더라고요. 잉어에 황금칠을 하셨잖아요. 그런데 좀 모자라셨나? 검은 페인트로 때운 걸 보면."

개그맨 출신의 사회자가 방청객들에게 눈을 찡긋거렸다. 방청객들이 웃기 시작했다. 석형의 눈은 오로지 잉어에 꽂혀 있었다.

잠자리에 눕고도 나는 한동안 잠을 이루지 못했다. 꺼림칙한 기분은 단지 회사 회식에 빠졌기 때문만이 아니었다. 잉어가 석형을 따르는 것이 아니라 잉어의 기분을 지나치게 살피는 석형의 모습이 머릿속에서 지워지지 않았기 때문이었다. 말 못 하는 애완동물이니 주인 쪽에서 동물의 비위를 맞출 수도 있는 문제였다. 하지만…… 출연 시간 내내 석형이 그 자리를 너무나 힘들어했음은 웬만한 시청자라면 어렵지 않게 느꼈을 터였다. 잉어를 위해 내키지 않는 텔레비전 출연을 한다는 것이 말이 되나? "잉어가 텔레비전 출연을 좋아한다"던 석형의 전화도 다시 마음에 걸렸다. 잉어가 어떻게 자신의 이러저러한 생각을 석형

에게 전할 수 있었단 말인가. 끝내 '사랑해'를 명령하지 않은 것
도 그러했다. 석형이 긴장하여 잊어버린 것일까? 아니면 어려운
기술이라 잉어가 힘들까봐? 그것도 아니면…… 잉어에게 '사랑
해'라는 말을 하기가 쑥스러워서? 기분이 영 찜찜했다.

철학잉어

　회사로 수도 없이 전화를 하던 아내는 내가 집에 들어서자마
자 호들갑을 떨어대었다. 석형의 잉어가 두번째로 텔레비전에
나온 날이었다. 〈희한한 재주〉는 그 주의 1등으로 뽑힌 팀이 월
말에 다시 나와 다른 팀과 재주를 겨루는 형식이었다.
　"이구아나보다도 잉어가, 아니, 석형씨가, 석형씨 어떡하면
좋으냐고."
　인터넷으로 프로그램을 다시 보기 시작했다. 조련받은 이구아
나와 잉어의 대결이었다.
　"올라가."
　조련사의 명령에 이구아나가 비스듬히 걸쳐놓은 나무를 타고
오르기 시작했다.
　"내려가."
　이구아나가 또 어슬렁거리며 뒷걸음치기 시작했다. '안녕'에
는 꼬리를 흔들었고 '윙크'에는 고개를 갸웃거리며 두 눈을 감

았다 떴다. 방청객들의 반응은 폭발적이었다. 이구아나가 재롱을 피우는 동안 수조 속의 잉어는 너울너울 헤엄치고 있을 뿐이었다. 슬그머니 걱정이 되었다. 내가 알기로 잉어에게는 '사랑해'가 있을 뿐 '안녕'도 '윙크'도 없었다. 이윽고 잉어의 차례였다. 석형이 첫번째로 명령한 것은 '사랑해'였다.

"사, 랑, 해, 사, 랑, 해."

바로 이런 것을 염려했었을까. 잉어는 움직이지 않았다. 아가미로 호흡을 할 뿐 잉어는 석형을 쳐다보지도 않았다.

"올라가."

마찬가지였다. 잉어는 꼼짝하지 않았다. 올라가. 내려가. 뒤로. 앞으로. 석형이 수없이 말했으나 헛일이었다.

"혹시 자는 것 아닐까요? 물고기는 눈꺼풀이 없으니 잠을 자도 우리가 알아챌 수……"

사회자의 말을 석형이 신경질적으로 잘랐다.

"다른 놈과 자기가 비교당하는 게 기분 나쁜 거죠. 사람도 그렇잖습니까?"

"아아, 그런 거였어요? 그럼…… 기분 풀라고 말씀 좀 해주시죠?"

사회자가 두 손을 모아 과장되게 미안함을 표시했다. 방청객들이 웃음을 터뜨렸다. 그때였다. 잉어가 움직이기 시작했다. 천천히 물 위로 오른 잉어는 또 천천히 밑으로 내려갔다. 방청석을 향해 몇 번 입을 뻐끔거리나 싶더니 이윽고 가슴지느러미를 흔들기 시작했다. 제자리에 가만히 선 채로 양쪽 가슴지느러미를 번갈아 흔드는 모습은 나로서는 처음 보는 몸짓이었다. 석형이 말했다.

"금방 만들었네요. '안녕'이라는 말에 제 깐으로는 지느러미를 흔들기로 결정했어요."

"잉어가 '안녕' 동작을 만들었다고요? 훈련받지도 않고? 그렇다면 '윙크'는요?"

그때 잉어가 다시 몸을 움직였다. 수조 바닥에 누운 잉어는 몸통을 둥그렇게 구부렸다가 펴는 동작을 되풀이했다. 희한했다. 그것은 마치 하하하, 사람이 바닥에 드러누워 웃음을 터뜨리는 모습과도 같았다.

"웬만치 해! 사람들이 쳐다봐주는 게 그렇게 좋으냐? 밸도 없는 싸구려 같으니."

사람들이 웃기 시작한 것은 잉어 때문이 아니라 과도하게 화를 내는 석형 때문이었다.

"잉어보다도 주인이신 윤석형씨가 더 재밌으시네요. 잉어를 마치 사람처럼 대하시는군요. 그런데 잉어의 조금 전 동작들은 어쩌다 그렇게 움직인 것 아닐까요? '안녕'이나 '윙크'라는 말을 알아들었다는 증거가 없어서요."

석형은 입을 열지 않았다. 잔뜩 굳은 표정으로 수조의 잉어만 노려보고 있을 뿐이었다. 심상찮은 분위기를 눈치챈 사회자가 몸을 돌려 이구아나의 조련사에게 말했다.

"조련사님께 부탁드려볼까요? 잉어에게 명령해서 '안녕'이나 '윙크'에 반응하는지, 조금 전의 동작과 똑같이 움직인다면 이번에는 우리가 믿을 수 있을 테니까요."

이구아나의 조련사가 수조 곁으로 다가섰다. 그가 잉어를 똑바로 바라보며 "안녕, 안녕"이라고 말했다. 잉어가 양쪽 가슴지느러미를 흔들기 시작했다. 어머나! 알아듣네! 방청객들이 탄성을 질렀다. 다음 순간이었다. 잉어가 갑자기 바닥에 누워버렸다. 하하하, 웃음을 터뜨리는 바로 그 모습이었다. "윙크, 윙크." 조련사의 말에 잉어는 다시 일어나 한바탕 가슴지느러미를 흔들었다. 그리고 또 바닥에 누워 몸통을 구부렸다. '안녕'의 동작과 전혀 다르지 않았다. 여기저기서 웃음소리가 들려왔다.

"여러분 어떻게 보셨나요. 잉어가 말을 알아듣는 것 같으십니까?"

잉어는 제정신이 아니었다. 미친 듯이 원을 그리며 수조를 휘젓고 다니다가 어느새 기절한 듯 바닥에 누워 뻐끔거리는 시늉을 반복했다. 석형이 벌컥 화를 내었다.

"뭐하는 거야, 대체! 너, 지금 나를 물먹이려는 거지? 나를 골탕 먹이려고 일부러…… 그런다고 내가 까딱이나 할 것 같아!"

석형의 격한 고함에 방청객들이 배를 잡았다. 사회자도 자신의 이마에 손을 대며 어쩔 수 없다는 듯 고개를 흔들었다. 사람들의 볼거리는 더이상 잉어가 아니었다. 씩씩거리는 석형의 행동거지에 방청객들이 눈물까지 흘리며 웃어댔다. 그만하면 오락 프로그램으로서는 충분히 성공한 셈이었다. 이구아나의 조련사가 다시 앞으로 나섰다. 잉어에게 말을 걸기 시작했다.

"착하지 잉어야, 사랑해, 사랑해."

잉어가 조련사에게 눈을 맞추었다. 석형이 다급하게 소리쳤다.

"입 벌리지 마! 사랑한다고 말하지 마! 아무 말도 하지 말라고!"

잉어가 조련사를 향해 차분히 입을 벌렸다. 크게 두 번, 작게 한 번 입을 오물거리기 시작했다. 사, 랑, 해, 사, 랑, 해. 그것은 '사랑해'였다. 사회자가 웃으며 끼어들었다.

"이런, 잉어가 변심했네요. 윤석형씨가 아니라 조련사님을 사랑하나봐요."

"알지 못하면 가만히 계시라니까! 저놈이 지금 내 약을 올리려고 일부러……"

화면은 더이상 웃어대는 방청객들을 비추지 않았다. 석형도 비추지 않았다. 미친 듯이 수조를 도는 잉어를 한동안 비추다가 나무토막에 달라붙어 눈을 끔벅이는 이구아나를 다시 비추었다. 사람의 목소리 대신 신나는 만화영화 주제 음악이 흘러나왔다. 미성숙한 출연자의 인격을 방송국 측에서 점잖게 감싸준다는, 그야말로 속이 뻔히 보이는 편집이었다.

잠시 후 사회자가 화면에 다시 나타났다.

"여러분, 이구아나에게 아직 보여주지 않은 특별한 재주가 있답니다. 보실까요?"

조련사가 가느다란 막대기를 이구아나의 입에 대었다. 그리고 말하기 시작했다. "코리아, 코리아." 이구아나가 천천히 입을 벌렸다. "코……르…… 코……르……" 사람들의 탄성이 터져 나왔다.

"들으셨습니까, 여러분? 말하는 이구아나입니다!"

사회자의 주도에 방청객들이 손뼉을 쳐대었다.

"내 잉어도 말할 수 있어요!"

갑자기 끼어든 석형은 이미 제정신이 아닌 듯했다.

"조금 전에 잉어가 말하는 것 보셨잖아요? '사랑해' 말하는 것."

사회자가 고개를 비스듬히 꼬았다.

"이구아나처럼 목소리를 내지는 않았지만 입으로 뻥긋거리기는 했지요. 하기야 물속의 잉어가 이 정도면……"

"내 잉어는 훈련된 말은 하지 않아요. 자기가 하고 싶은 말을 하지."

사회자가 석형을 곁눈으로 흘깃 보았다. 이어 관중들을 둘러보며 호응을 끌어내었다.

"여러분, 잉어의 주인이신 윤석형씨는 잉어와 말을 나눈다고 합니다. 잉어는 대체 주인에게 무슨 말을 할까요?"

사회자가 짓궂을 정도로 석형을 노려보았다. 어떻게든 답을 듣고야 말겠다는 태도였다.

"이, 이를테면…… 사는 게 뭔가, 왜 살아야 하나, 뭐 그런."

방청객의 웃음보가 새로 터진 것은 물론이었다. 사회자가 다시 물었다.

"윤석형씨, 사는 게 뭐라고 생각하십니까."

"……갇혀 있는 거죠."

"갇혀요? 어디에?"

"이 세상에, 가족에, 또 자신에게."

"철학을 하시는군요. 그래서 잉어도 철학적인 고민을. 잉어는 지금 어디에 갇혀 있나요."

석형이 수조 속의 잉어를 바라보며 입을 열었다.

"물이죠."

"물……이 아니라 혹시 그물은 아닐까요?"

사회자가 수조 위에 쳐진 그물을 손으로 버쩍 들어올렸다. 석형이 버럭 화를 내었다.

"그물에 갇히다니, 그런 말도 안 되는. 이 잉어는 물에 갇혀 있다고요! 물을 싫어해요."

사회자의 얼굴에도 더이상 웃음기가 없었다. 그가 석형에게 물었다.

"혹시 이 거친 그물을 이용해서 잉어를 압박하신 것은 아닌가요?"

어머나, 그물! 잉어를 저렇게 혹독하게, 세상에. 방청객들의 웃음은 어느새 한탄과 비난으로 바뀌어 있었다.

"아니라니까! 이 그물이, 그물은, 저놈을 압박하는 게 아니라

보호하려고, 그물로……"

진행자는 노련했다. 석형의 말을 잘라버렸다.

"설마 그러실 리야 있겠습니까. 누구보다도 잉어를 사랑하시는 분인데요. 자 여러분, 지금까지 훌륭한 묘기를 보여준 이구아나와 잉어에게 다시 한번 박수를……"

마무리

"석형이 텔레비전에 나온 거 진짜야? 두 번이나 나왔다며? 야, 걔가 잉어 조련사가 되다니."

"집안에서도 난리가 났단다. 집안 망신시켰다고. 하필이면 그런 프로에."

황주와 기헌, 윤수의 전화가 연이어 걸려왔다. 기억도 나지 않는 또다른 중학 동창도 전화했다. 석형을 보고 내 생각이 났다며 이십여 년 동안 품어온 석형의 흉을 늘어놓았다. 온 세상 사람들이 온종일 텔레비전만 보고 있는 모양이었다.

석형에게 전화했지만 그는 받지 않았다. 연락이 되지 않으니 더욱 애가 탔다. 열 번 넘게 전화와 메시지를 남긴 후에 그에게서 연락이 왔다.

"뭐야, 너 미쳤냐?"

"아, 아니, 그냥 저, 점심이나 내려고. 오랜만이잖아."

신경질적인 그의 말투에 나는 말까지 더듬었다.

"······너도 내가 잉어를 그물 따위로 협박했다고 생각하냐?"

"그럴 리가 있니. 네가 얼마나 잉어를 아끼는지 내가 아는데."

내가 얼른 말을 이었다.

"잉어한테 너무 매달리지 마라. 물고기잖아. 그야말로 매운탕 일 인분일 뿐이잖아."

"······죽는 게 싫어. 그뿐이야."

전화가 끊겼다. 누가 죽는 게 싫단 말인가. 잉어? 석형? 전화 를 다시 걸 수는 없었다.

석형에게서 연락이 온 것은 그때부터 또 한 달, 그에게 신경 을 쓰던 나도 지쳐 될 대로 돼라 포기했을 즈음이었다.

"내가 요구했어. 텔레비전에 나가야겠다고."

"그건 또 무슨 소리야? 그 창피를 당하고."

"오늘 아침 열한 시에 방송국에서 사람들을 만나기로 했어. 마무리를 지어야지."

마무리? 불안했다. 더럭 겁이 났다. 동료인 서팀장에게 일을 부탁하고 방송국을 향해 뛰었다. 제발, 제발. 무언지 몰라도 나 는 누군가에게 열심히 기도하고 있었다. 아무 일도 벌어지지 말 기를. 석형도 잉어도 무사히, 그저 예전처럼만 평온하게 살아가 기를.

〈희한한 제주〉 담당자에게 물어물어 찾아간 곳은 방송국 뒤쪽 공터였다. 나지막한 철책 밖으로는 사람들이 지나다니는 보도블록, 그 바깥으로 차들이 지나가는 것이 보였다. 에어컨 실외기와 환기통이 이리저리 설치된 정돈되지 못한 공간 한가운데 수조가 놓여 있었다. 물이 새 납땜질을 한 흔적이 그대로 남아 있는 석형의 수조였다. 의외로 사람이 적었다. 자신을 보조 피디라고 소개하는 턱수룩한 수염의 남자, 그리고 큼직한 카메라를 멘 촬영기사 한 사람이 전부였다.

"사람이 적으면 어때? 올 사람만 오면 됐지."

내가 올 것을 당연히 알고 있었다는 듯 석형이 말했다. 이윽고 그가 잉어에게 명령했다. 올라가. 내려가. 사랑해. 잉어는 꼼짝하지 않았다. 잠을 자듯 가만히 있을 뿐이었다.

"요전의 그 잉어 맞아요? 왜 이렇게 꼼짝 않지?"

보조 피디가 귀찮은 표정으로 손목시계를 들여다보았다. 석형이 잠시 눈을 감았다가 떴다.

"잉어…… 그래, 이제 끝을 내자."

잉어에게 연설문이라도 낭독하듯 크게 말하기 시작했지만 그의 시선이 가 있는 곳은 잉어가 아니라 푸른 하늘이었다.

"딴 사람은 몰라도 너는 알 거야. 네가 툭하면 물 밖으로 뛰쳐나가 하는 수 없이 그물을 쳤던 거. 내가 외출이라도 하는 동안 튀어나오면 다시 물에 넣어줄 사람이 없으니까. 나에 대한 반항으로 더욱 튀어올랐던 것, 그물이 해어지도록 뛰고 또 튀어오른 것, 죽을 자유도 없다며 매일 매시간 나에게 화냈던 것, 그래, 다 모른 척했어. 지겨운 세월이었어. 네까짓 놈 눈치 보느라, 네 그 독한 성질머리랑 싸우느라 나도 힘들었어. 수조에 혼자 갇혀 사는 것이 싫었겠지. 죽는 것이 차라리 낫다고 생각했을지도 몰라. 하지만 나는 너 같은 행동은 안 해. 나는 적어도, 너를 두고 혼자 떠나는 짓은 안 해."

석형이 그물을 벗겨 바닥에 늘어뜨렸다.

"너는, 네가 멋있는 줄 알지? 네가 너무나 매력적이어서 내가 너를 놓지 못하는 줄 알지? 웃겨. 네 꼴을 봐. 비늘도 떨어지고, 수염도 망가지고, 게다가 툭하면 수조에서 튀어나와 꼬리뼈도 비뚤어졌지. 다른 사람 같으면 네까짓 것 벌써 쓰레기통에 넣어버렸어. 자, 가라. 너는 나를 기어코 꺾었다고 생각하겠지만, 사실은 네가 졌어. 여기, 나 아닌 다른 사람들이 있어. 네가 나로부터 벗어나려면, 네가 사람의 마음을 이해하고 말도 정확히 알아듣는다는 걸 행동으로 증명해야 해. 봐, 코너에 몰린 건 내가 아니라 너라고. 이 교활한 놈아."

그의 말소리는 거의 고함이었다. 방송국 밖의 보도를 걷던 행인이 걸음을 멈추고 물끄러미 그를 바라보았다.

"자, 떠나! 이왕이면 높이 튀어올라! 그리고 확실히 죽어. 그렇지 않으면 너는 또 나랑 살아야 해. 한 가지만큼은 알아둬. 죽으면 끝이야. 다시는 못 본다고! 아무리 후회해도 끝이라고! 천하에 둘도 없는 이 독한…… 놈아!"

석형의 목소리가 마구 흔들렸지만 그는 울거나 주저앉지는 않았다. 똑바로 선 채로 주먹을 쥐고 눈을 감았을 뿐이었다. 기도를 하는 것인지 아니면 잉어의 행동을 차마 보지 못하겠다는 뜻인지 알 수 없었다. 그러나 아무 일도 일어나지 않았다. 석형이 눈을 뜰 때까지 잉어는 수조 안에서 그저 석형을 쳐다보고 있을 뿐이었다.

석형이 눈을 뜨고 잉어를 바라보자 잉어가 움직이기 시작했다. 위로 아래로, 앞으로 뒤로, 그리고…… 입을 뻥긋거리기 시작했다. 두 번은 크게 한 번은 작게. 사, 랑, 해, 사, 랑, 해, 사, 랑, 해. 그리고 가슴지느러미를 끝없이 흔들어대기 시작했다. 안녕, 안녕, 안녕. 나는 그 순간 잉어가 울고 있는 것을 보았다. 눈꺼풀이 없는 잉어가 눈꺼풀을 껌벅이며 물속에서 진한 눈물을 흘리는 모습을 두 눈으로 똑똑히 보고 있었다. 잉어가 수조의 바닥을 따라 천천히 돌기 시작했다. 점점 빠르게, 회오리바람처럼, 그리고 한순간 높이 솟아올랐다. 오륙 미터. 아니, 십 미터. 영원처럼 오래 떠 있었다. 그러고는 떨어져내렸다. 퍽, 그리 큰 소리도 내지 않고 수조 모서리에 정확히 부딪친 잉어는 그가 올랐던 높이만큼이나 멀리 옆으로 튕겨져 날아갔다. 보도블록 위에서 퍼덕이던 잉어는 이윽고 움직이지 않았다. 걸음을 뗀 사람은 석형 혼자뿐이었다. 그가 잉어를 두 손으로 받쳐 안았다.

삶

또다른 전직 대통령이 노환으로 세상을 떴다. 참 뒤숭숭한 세월이었다. 누군가에게 무엇을 기대한다는 것 자체가 허상인지 몰랐다. 권력을 잡은 사람, 돈 있는 사람, 똑똑한 사람이 그들의 능력을 제대로 쓰기만 하면 사회가, 국민들의 생활이 훨씬 나아지리라는 믿음은 단지 믿고 싶은 열망에 불과한 것인지도 몰랐다. 그들도 우리와 똑같았다. 기회 있을 때마다 마른오징어 짓씹듯 씹어대어도 돌처럼 쇠처럼 강하다고 믿었던 그들도 다만 인간일 뿐이었다. 늙으면 병이 나고 결국은 죽는, 그리고 마음에 상처를 많이 입으면 아픔을 견디지 못하고 스스로 목숨을 끊는, 약하디약한 인간.

알지 못하는 전화번호가 떴다. 방송국의 보조피디였다. 석형에게 연락이 되지 않아 내가 방송국 로비에 남긴 전화번호로 걸었다고 했다.

"시디를 한 장 보내드리려고요. 귀한 잉어를 우리 때문에 잃은 것 같아서 저희도 마음이 무겁네요. 방송용으로 쓸까 몇 번 회의를 하기는 했는데 아무래도 어려울 것 같아요. 그리고…… 수조는 어떻게 할까요? 가져가시든지 아니면 저희가 임의로 처분하고요."

시디에는 '철학잉어'라는 글자가 쓰여 있었다. 방송국 공터에서 벌어진 잉어의 마지막 순간들이었다. 수조 안에서 잉어가 석형을 바라보는 모습, '사, 랑, 해' 뻐끔거리는, 가슴지느러미로 '안녕' 인사하는 모습. 수조 안을 뱅글뱅글 돌다가 한순간에 하늘로 솟구치는, 그리고 정확히 수조 모서리로 떨어져내려 옆으로 팅겨져 나가는 순간들. 석형의 모습은 검은 실루엣으로 처리되어 있었다. 보도블록에 떨어진 잉어를 두 손으로 받쳐올리는 그의 참담한 슬픔을 나는 한참 동안 지켜보았다.

　계약직 사원들의 시위는 기한도 없이 계속되었다. 쌍둥이 중 윗놈인 상원이 소파에서 뛰어내리다 팔을 부러뜨려 병원 응급실로 업고 뛰는 일이 있었다. 회사의 높은 분들은 소비자보호원으로부터 '서비스 불량 경고'를 받고 또 한 번 경기를 일으켰다. 버스를 탈 때마다 나는 중국어 방송을 들었다. 중국에 가게 된다면 석형과 함께 가도 좋으리라 생각했다. 옆에 앉은 서팀장은 죽어라 죽어라 족대기는 이 뭣 같은 세상에 더이상 스트레스 받지 말고 자기가 다니는 교회에 다니자고 했다. 나는 또 석형을 떠올렸다. 어딘가에 혼자 처박혔을 석형이 교회나 절에라도 찾아가 마음의 안정을 얻으면 좋겠다고 생각했다.

　〈희한한 재주〉 결선에는 포클레인 기사와 오토바이 타는 사내가 맞붙었다. 장난 삼아 시작했다는 포클레인 기사는 굴착삽으로 나무판자에 못을 박고, 촛불을 옮기고, 밧줄로 어설프게나마 뜨개질을 하는 묘기를 보였다. 오토바이 사내 역시 만만치 않았다. 오토바이의 쿠션을 올리고 타는 맛이 괜찮아 점점 올리게 되었는데 이제는 7미터 높이에서 아슬아슬 서커스를 하는 것이 너무 재미있다고 했다. 온종일 포클레인과 오토바이를 잡고 묘기에 골몰하는 그들이 나는 부러웠다. 자신이 좋아하는 일을 즐기고 거기서 삶의 보람을 찾을 수만 있다면 그것이 바로 성공한 삶일 터였다.

꿈을 꾸었다. 잉어 한 마리가 유유히 황허를 헤엄치는 꿈이었다. 추석을 쇠러 집에 온 엄마에게 할 말도 없는 김에 꿈 이야기를 했다. 엄마는 끝까지 듣지도 않고 환히 웃었다.

"상원 에미 임신했니? 또 아들이로구나. 아들 셋이면 어떠냐. 저 먹고살 만큼은 다 갖고 태어난다."

귀가도 2 - 도시철도 999

230 신림

"앉아."

지하철 노약자석에 앉은 ㄱ노인이 앞에 선 젊은이 ㅈ에게 자
리를 권한다. ㅈ이 손사래를 친다.

"글쎄, 앉으라면 앉아. 괜찮다니까? 빈자린데, 뭐. 앉아서 가."

ㅈ은 이제껏 노약자석 옆 벽에 기대어 끄덕끄덕 졸고 있었다.
ㄱ노인이 두어 번 부를 때에도 듣지 못하다가 ㅈ의 팔을 툭툭
친 다음에야 겨우 알아채었다. 주위를 둘러보던 ㅈ이 자리에 앉
는다. 노인도 권하는데다 그가 앉고도 빈자리가 하나 더 있으니
서 있는 승객들의 눈치는 보지 않아도 될 것이다.

"밤새 일했구먼. 힘들지?"

ㄱ노인은 모시 한복을 날아갈 듯 차려입었다. 무스를 발라넘긴 반백의 머리와 번쩍거리는 옻칠 지팡이도 조쌀한 그의 얼굴과 잘 어울린다.

"아, 아뇨. 다 그렇죠."

자주색 점퍼를 입은 ㅈ은 스물일곱, 여린 인상에 키도 작고 몸피도 가는 편이다.

"무슨 직업인데 그렇게 밤을 새워?"

"……24시간 편의점이요."

24시간 편의점에서 4개월간 아르바이트를 한 적이 있다. 주인이 가게를 정리하는 바람에 그만둔 때가 지난가을이다. 밤낮으로 모자란 잠에 시달리면서 ㅈ은 사실 이제나저제나 주인이 장사를 접기만 기다린 셈이었다. 편의점에서 멀지 않은 곳에 물건값을 20프로 깎아주는 슈퍼마켓들이 세 군데나 있는데다 저희들끼리 경쟁이 붙어 자정까지 연장 영업을 하고 있으니 밤새 눈에 불을 켠들 동네 좀도둑이나 들락거릴까 손님이 전혀 없었다.

어제저녁 ㅈ은 자신과 똑같이 이력서 쓰기 3년 경력의 친구를 찾아갔었다. 만난 김에 친구 집 부근의 피시방에 들러 밤을 새워 게임을 했다.

"힘들어도 꾹 참고 일해. 젊어 고생은 사서 한다잖아. 우리 젊을 때에 비하자면 요즘 젊은이들은 호강하고말고."

ㄱ노인은 큰 소리로 말한다. 젊은이가 한 자리 떨어져 앉기도 했지만 주위의 승객들이 들어두어 나쁜 말이 아니라고 그는 확

신한다.

"내가 스무 살 때 육이오가 터졌어. 폭탄 맞아 죽은 사람, 의용군으로 끌려가 행방불명된 사람, 사지 멀쩡하게 살았다는 것이 기적이지 달리 기적이 없어. 전쟁 끝나고도 우리나라, 정말 못살았어. 상이군인에 거지, 넝마주이, 고아는 오죽 많아? 도둑이라고 집에 들면 빨랫줄에 널린 헌 내복, 빵꾸난 양말 걷어가는 게 도둑질이야. 요즘 같으면 죄 내버릴 것들."

229 봉천

ㄱ노인의 말은 끝나지 않는다. 나야 고생 안 했지. 미군부대에 다녔거든. 미군부대 피엑스 다닌다면 알아주지. 피엑스 출입증, 그거 딱 보여주면 통행금지에도 안 걸려. 그때는 12시가 통행금지야. 길 가다 걸리면 무조건 파출소로 잡혀가거든……

졸린 눈꺼풀이 집채보다 무겁다고 했던가. ㅈ은 졸기 시작한다. 앞에 선 승객들도 슬그머니 시선을 돌린다. 끝없이 떠들어대는 노인을 받아주다가 무슨 고역을 치를지 모른다.

"……그때 우리 집이 용산인데 거기 미군부대가 있어. 자네는 참, 군대는 어디서 했나?"

ㄱ노인이 ㅈ을 쳐다본다. ㅈ은 한밤중이다. 코까지 가늘게 골며 툭 떨어진 고개로 열심히 노를 젓고 있다. 앞에 선 미니스커

트의 아가씨가 풋, 억지로 웃음을 참는다. 크흐흠! 큰기침을 하
는 ㄱ노인은 무안하다. 못마땅한 표정으로 ㅈ을 노려보지만 그
렇다고 그를 흔들어 깨울 수도 없는 노릇이다.

226 사당

두 노인이 앞서거니 뒤서거니 노약자석에 다가선다. 앞선 ㄴ
노인은 ㄱ노인과 ㅈ 사이의 빈자리를 냉큼 차지한다. 한발 늦은
ㄷ노인은…… 별수 없다. 일반석 쪽을 바라본다. 빈자리야 물론
없다. 한창 노를 젓는 ㅈ 앞에서 손잡이를 잡는다. 일반석보다야
아무래도 노약자석이 자리잡기 나을 것이다.

회색 운동복에 회색 운동모를 쓴 ㄴ노인은 서 있는 ㄷ노인에
게 미안하다. 여든? 후줄근한 황토색 점퍼에 어깨도 휘우듬하게
굽은 ㄷ노인이 자신보다 나이가 많으면 많았지 적지는 않을 것
이다. 그렇다고 자리를 양보할 수도 없다. 일흔셋 나이는 어디
적은가.

ㄴ노인의 오른쪽, 한창 잠에 빠진 ㅈ이 ㄴ노인에게 몸을 기댄
다. ㄴ노인이 거머리 떼듯 ㅈ의 머리통을 밀쳐낸다. 똑바로 앉는
듯하던 ㅈ은 이번에는 ㄴ노인을 베고 눕기라도 할 듯 본격적으
로 체중을 실어온다. 짜증이 난다.

"잠자느라 업어가도 몰라요."

구석 자리의 ㄱ노인이 고자질하듯 한마디한다. ㄴ노인이 몸을 돌려 ㄱ노인에게 묻는다.

"일행이오?"

"일행은 무슨!"

ㄱ노인은 아직도 얼굴이 뜨뜻하다. 녀석이 자는 줄도 모르고 혼자 떠들어대다니. 그나마 다행은 자신의 무안한 꼴을 본 미니 스커트의 아가씨가 지난 정거장에서 내렸다는 것이다.

"이봐, 일어나. 일어나라고."

ㄴ노인이 ㅈ을 흔들어 깨운다. ㅈ이 게슴츠레 눈을 뜬다.

"젊은 사람이 어째 염치가 없어? 노인네 서 계신 거 안 보여? 자네 대체 몇 살이야?"

당황한 ㅈ이 반사적으로 일어나 주위를 둘러본다. 일반석 쪽으로 휘뚝휘뚝 걸어간다.

노약자석으로부터 멀찌감치 떨어져 승객들 사이에 묻힌 ㅈ은 잠시 기억을 더듬는다. 새벽녘 친구 집에 들어가 라면을 끓여먹은 후 지하철을 탔다. 선 채로 잠깐 졸다가 어느 노인의 권유로…… 그런데 조금 전 눈을 부라리던 이는 처음의 그 노인은 아닌 듯하다. 그렇다. 자리를 권하던 노인은 모시 한복을 입은 멋쟁이였고, 지금 화를 내던 이는 운동모에 운동복 차림이었다. 모시 한복의 노인은 그동안 내린 모양이다. 그가 있었더라면 앞 뒤사정을 설명해주었을 텐데. 어쨌든 잘 잤다. 잠깐이었지만 눈을 붙이고 나니 훨씬 살 만하다. 그때 앞자리의 아줌마가 일어

선다. 웬 떡? ㅈ이 자리에 앉는다. 지하철에서 자리 잡는 것이야
말로 복불복이다.

225 방배

노약자석에는 ㄱ노인과 ㄴ노인, ㄷ노인이 나란히 앉았다.
"요새 젊은이들 뻔뻔해요. 아침부터 경로석에 앉아 잠이나 퍼
질러 자고. 지금도 그렇지, 일이 이리 되었으면 잘못했다든지 죄
송하다든지 말마디는 하고 가는 게 도리지. 안 그래요?"
그렇죠, ㄴ노인의 말에 ㄷ노인이 고개를 끄덕인다. ㄴ노인 덕
에 자리를 잡았으니 그 정도 변죽은 맞춰줘야 할 것이다. ㄴ노
인이 내처 앞에 선 오십대 사내에게 따진다.
"내 말이 틀렸소? 이게 늙은이들이 괜히 심통 부리는 거요?"
아닙니다, 야단칠 건 치셔야죠. 사내가 맞장구쳐준다. ㄴ노인
이 정색한다.
"애들이 잘못하면 어른들이 야단을 쳐야 해요. 우리 어렸을
때는 어땠게? 길에서 뭐라도 잘못하면 동네 어른들이 따끔하게
주의를 줬지. 지금은 어떻소? 남의 산 불구경하듯 모두들 나 몰
라라 팔짱만 끼고 있으니 세상이 이 꼴이 되는 거요."
"야단친다고 꿈쩍이나 하나."
ㄱ노인이 사람 좋은 웃음을 지으며 사내를 올려다본다. 사내가

화답하듯 웃음을 머금는다. ㄴ노인이 달려들듯 목청을 돋운다.

"그럴수록 더 야단쳐야지. 한 번에 안 되면 열 번 스무 번, 버르장머리를 고칠 때까지 백 번이라도 가르쳐야지. 안 그래요?"

요새 젊은이들 버릇없어요. ㄷ노인이 거든다. ㄴ노인이 침을 튀긴다.

"버릇만 없나? 영악하기 짝이 없어요. 돈 있는 저희 부모한테 들러붙어서는 냄새나는 뒷방 늙은이 언제 죽나 그것만 노리고 있어요. 이게 말이 돼요? 우리 없었으면 저희들이 어떻게 있습니까. 우리가 총칼 들고 이 나라 지켰어요. 힘든 보릿고개에 저희들 한입 더 먹이려고 물로 배 채우고, 목숨 같은 소 팔고 논 팔아 저희들 공부시켰어요. 그래서 남은 게 뭐예요. 자식들이 우리 속을 알아줍니까? 제 새끼들 비싼 보약 다 해먹이면서 늙은이들한테 그 흔한 인삼 한 뿌리 건네줍니까?"

ㄱ노인이 고개를 끄덕인다. 그렇다. 자기가 하고 싶은 말이 바로 그것이었다.

"우리가 자식들 버릇을 버려놓았지. 남한테 기죽을까봐 너무 오냐오냐 키웠어요."

"남의 새끼고 내 새끼고 따끔하게 야단을 쳐야 해요. 그래야 배우지. 뭘 잘못했는지 그 당장에 가르쳐줘야 담부터 그런 짓을 않지."

듣고만 있던 ㄷ노인이 슬그머니 허리를 세운다. 오늘 이 순간 젊은이를 가르칠 어른은 바로 ㄷ 본인이다. 팔십 노인인 자신을

세워놓고 뻔뻔하게도 경로석에서 잠을 자다니 그런 버르장머리
는 따끔하게 고쳐줘야 하는 것이다. 하지만…… 쫓아가서까지
야단칠 필요가 있을까? 달군 쇠도 뜨거울 때 두드린다고, 잠깐
이지만 이미 때를 놓친 게 아닐까. ㄷ노인은 안절부절못한다. 전
동차가 역사에 들어선다. 그는 자주색 점퍼의 젊은이가 이번 정
거장에서 내려주면 좋겠다고 생각한다.

224 서초

노약자석 옆 출입문으로 사십대 초반으로 보이는 파마머리의
여자가 탄다. 여자는 휴대폰에 대고 천지가 울리도록 악을 쓴다.
"새끼야, 네가 사람이야? 원하는 대로 도장 찍어줬으면 양육
비는 제때 보내야 할 것 아냐! 알량한 삼십만 원 아까워 이 지랄
이야? 그러게 네 새끼 네가 데려다 키우란 말이야!"
승객들 모두 여자의 말소리에 귀를 세운다. 노약자석의 노인
들도 예외가 아니다.
"제 새끼는 밥을 굶는지 학교에 가는지 안중에도 없고, 여행?
네가 사람이냐? 그 잘난 네 애비 에미도 똑같아. 뭐, '어깨가 아
파 전화를 못 받아'? 손주새끼 생각은 꿈에도 하는 법 없지,
……쌍놈의 새끼야, 그러게 욕먹을 짓을 왜 해!"
ㄷ노인은 한편으로 마음을 놓는다. 자주색 점퍼의 젊은이에게

가려고 일어서던 찰나였다. 그러고 보면 관절염 있는 다리도 쓸모가 있다. 일어서기 전에 허리를 곧추세우고 배에 힘을 주느라 몇 초 시간이 걸렸던 것이다. 그렇다. 젊은이에게 호통쳐봤자 서로 얼굴만 붉힐 뿐 무슨 이익이 있겠는가. ㄷ노인은 휴대폰을 든 여자가 아무쪼록 오래 악악거려주기 바란다. 그러다보면 흥분한 ㄴ노인도 김이 빠질 것이다.

"……돈 부치란 말야, 새끼야! 당장 못 부쳐? 또 콩밥 먹고 싶어? 너 지금 어디야. 내가 이 연놈들을, 너희 어디냐고!"

여자는 그제야 승객들이 자신을 쳐다보고 있음을 알아챈다. 어디 있나 그것만 말해. 빨리. 목소리를 줄여보지만 쫑긋 선 사람들의 귀를 가라앉힐 수는 없다. 여자가 신경질적으로 출입문 앞에 선다.

223 교대

여자가 내린다.

"……그래, 죽여. 네 새끼랑 나랑 다 찔러 죽이고 그년하고 천년만년 살아! 너 지금 어디냐니까!"

여자의 목소리가 다시 커졌는데 아쉽게도 전동차의 문이 닫힌다. 출입문 앞에 선 대학생 둘이 낄낄거린다. 왜 내리냐. 한창 재밌는데. 저 아줌마 끝내준다. 완전 드라마 찍는다. ㄴ노인이 벌컥 소리를 지른다.

"뭘 웃어, 왜 웃어! 오죽하면 애엄마가 저렇게 소리를 질러. 재미있어? 드라마 찍어? 말본새들하고는."

대학생들이 뜨악한 표정으로 뒤돌아본다. 하지만 맞받아치지는 않는다. 노인의 서슬이 시퍼렇다. 지하철 안은 조용하다. 철꺽철꺽 전동차 소리만 규칙적으로 들린다.

"조금 전의 그 뻔뻔한 놈도 그래. 이게 다 어른들이 서슴서슴 점잔이나 떨고 제 밥그릇을 챙기지 않으니까……"

ㄴ노인의 끝나지 않는 지청구에 ㄷ노인이 벌떡 일어선다. 간다, 가! 자주색 점퍼 녀석에게 가서 호통 한 번 치면 끝나는 일 아닌가. 자기보다도 10년은 어려 보이는 인간이 왜 이리 사람을 쬐치는지. ㄷ노인이 일어나 일반석 쪽을 꼬나본다. 그런데…… 자주색 점퍼가 뵈지 않는다. 입가가 절로 올라간다.

"허허, 그새 내려버린 모양이네. 그놈 참 운도 좋아. 한바탕 혼쭐을 내줄랬더니."

"……내렸어요?"

ㄴ노인도 자리에서 일어나 일반석 쪽을 살핀다.

"내리기는 뭘! 앉았구먼. 저기 떡하니 자리 차지하고 앉았잖아요. 저기 맞은편 가운데 자리, 자주색 점퍼!"

ㄴ노인이 확인을 요청하듯 ㄱ노인을 돌아본다. ㄱ노인은 끼어들고 싶지 않다. 하지만 모른 척할 수도 없는 노릇이다. ㄱ노인이 엉거주춤 일어나 일반석 쪽을 바라본다. 그리고 다시 앉는다.

"내리진 않았네. 그 뭐, 넘어갑시다. 저 친군들 부러 그랬겠어요? 밤새 일하고 피곤해서……"

"밤새 일하기는! 노형이 봤소? 밤새 일했다손 젊은 놈이 뭐가 피곤해! 우리만큼 삭신이 쑤셔? 우리만큼 뼈가 허물어져? 자꾸 넘어가주니까 저것들이 어른 머리 꼭대기에 올라앉아요."

ㄴ노인이 발을 구른다. ㄱ노인은 앞에 선 승객을 올려다보며 피식피식 웃는다. ㄴ이 워낙 감사나운 노인이라 어쩔 수 없다는 듯 고개를 가로젓는다.

222 강남

아기를 업은 젊은 엄마가 차에 오른다. ㅈ이 일어나 자리를 권한다. 아기 엄마가 고마워한다. 그녀는 아기 때문에 좌석에 편히 앉지 못하고 엉덩이만 걸친다. 오른쪽에 앉은 ㅁ아줌마가 반색한다.

"어머나, 요새도 이런 누비처네가 나오네. 빨간색에 연두색, 곱기도 해라."

ㅁ아줌마의 오른쪽에 앉은 ㅂ아줌마도 말을 보탠다.

"처네가 좋아요. 젊은 엄마들이 몸매 망가진다고 안 둘러서 그렇지."

아기 내려놓고 편히 앉으라는 아줌마들의 권유에 아기 엄마가 가슴에 둘렀던 처네를 푼다. ㅁ아줌마가 익숙하게 아기를 받는다.

"귀엽게 생겼네. 딸이우?"

아기 엄마는 처네를 개켜 무릎에 깔고 아기를 되받는다. ㅁ아줌마가 아기의 머리를 받쳐준다. 아기의 오목조목한 눈과 입, 조그만 주먹을 내려다보는 승객들의 얼굴에 환한 미소가 퍼진다.

"예쁘기도 해라. 몇 달 됐수?"

"여섯 달이요. 시월이 돌이에요."

"눈도 또록또록하고 피부도 하얗고. 어머나! 앞니 난 거 봐라."

까꿍, 웃어봐, 까꿍. 아기는 ㅁ아줌마와 눈을 맞춘다. 아기가 살그머니 미소 짓는다. 옳지, 우리 공주님 웃어봐요. 아기가 웃기 시작하자 주위 사람들의 입이 함께 벌어진다. 까꿍, 까꿍. 어디서 이렇게 예쁜 공주님이 내려오셨나.

"끝까지 말 한마디 없구먼! 잘못했다고 말 한마디 허면 주둥이가 부르터?"

승객들이 깜짝 놀란다. 웬 노인이 난데없이 나타나 발을 구른다. 놀란 아기가 그만 울음을 터뜨린다. 승객들이 서로 마주 본다. 무슨 영문인지 알 수 없다. 아기 엄마의 기저귀 가방을 맡고 있던 ㅂ아줌마가 한마디한다.

"놀래라, 간 떨어지겠네. 무슨 일인데 그렇게 소리를 지르세요? 아이 경기 드누먼."

"사람이면 사람 도리를……"

ㅈ에게 한 번 더 호통치려던 노인이 나머지 말을 먹어버린다. 이쪽의 분위기는…… 노약자석과는 판연히 다르다.

ㅈ은 알 수가 없다. 고동색 점퍼 차림의 이 백발 노인은 또 누굴까? 아까 역정을 내던 이는 운동모에 운동복 차림 아니었던가?

ㄷ노인이 노약자석으로 돌아오기 무섭게 ㄴ노인이 다그친다.

"뭐래? 사과해요?"

"사과는 무슨! 본전도 못 찾았지. 앰한 아이나 울리고."

ㄷ노인은 ㄴ노인이 원망스럽다는 듯 투덜거린다. 사실 그는 기분이 나쁘지 않다. 어찌되었거나 그는 맡은 바 임무를 수행한 것이다.

"사과 안 해? 안 해요? 그놈 정말 괘씸하네. 어찌 그럴 수가 있어."

ㄴ노인이 주먹을 움켜쥐며 ㄱ노인을 돌아보지만 ㄱ노인은 슬그머니 눈을 감아버린다. ㄷ노인도 홀가분한 표정으로 눈을 감는다.

221 역삼

한 번 울음을 터뜨린 아기는 낯을 가린다. 지금껏 눈을 맞추던 ㅁ아줌마를 보고도 서럽게 서럽게 울어젖힌다. ㅁ아줌마와 ㅂ아줌마가 큰 소리로 불퉁거린다.

"노인네가 노망이야. 여기 와서 왜 소리는 지른대?"

"노인들 조심해야 돼요. 요전에 그, 남대문 불내는 것 봐요. 칠십 먹은 노인네잖아요."

"그러게요. 불내놓고 '사람 안 죽었으니 그만 아니냐. 남대문은 다시 지으면 된다.' 눈 깜짝도 않고. 텔레비전을 보는데, 남대문이 한순간에 펑 터지는데, 세상에, 남대문이 꼭 사람 같더라고요. 버티다 버티다 못해 비명을 지르더라고."

"남대문이 무슨 죄야. 그것이 육이오에 임진왜란에 온갖 풍상 다 겪었는데, 이제 와서 미친 영감 화풀이로⋯⋯"

아기 엄마의 왼쪽, 구석 자리에 앉은 젊은이 ㅊ이 앞에 선 ㅈ을 슬그머니 올려다본다. 스물예닐곱? 자신과 비슷한 또래지 싶다. 어디 가서 물 한 컵도 얻어먹지 못할 듯한 여린 얼굴의 ㅈ은 불안한 기색을 감추지 못하고 이리저리 눈을 굴리고 있다. ㅊ은 ㅈ이 측은하다. 착한 녀석임이 분명하다. 조금 전만 해도 아기 엄마에게 선뜻 자리를 내주지 않던가. 그야말로 남대문처럼, 아무 이유 없이 노망난 노인의 표적이 된 것이다. ㅊ이 좌석에서 일어선다.

"앉아요."

"아, 아뇨, 내가 왜. 앉으세요."

ㅈ이 놀라 사양한다.

"앉아요, 글쎄."

ㅊ의 말에는 위압적인 데가 있다. 깍두기 머리에 어깨가 벌어진 그는 누가 보아도 착한 인상은 아니다. 사람들의 추측대로 그의 직업은 해결사, 사금융업체의 수금을 맡고 있다. 그렇다고 그를 피도 눈물도 없는 냉혈한이라 말할 수는 없다. 고정관념 때문에 오해를 살 뿐 도리어 그런 직업이어서 약자의 설움을 누구보다 잘 안다고 그는 자부한다.

ㅈ이 자리에 앉아 고개를 숙인다. 엄마 품에서 겨우 진정된 아기는 우유병을 문 채 깜박깜박 졸기 시작한다.

220 선릉

전동차 안이 평온하다 해서 ㅈ의 마음도 평온한 것은 아니다. 장정들 서넛 정도는 한꺼번에 패대기칠 듯한 몸피의 ㅊ으로부터 자리를 양보받았다면 어떤 젊은이라도 마음이 편치 못할 것이다. 그의 정체는…… 폭력배? 자신을 어딘가로 끌고 가려는 속셈일까? 내빼는 것이 상책이다. 구석 자리에 앉았으니 출입문이 바로 옆이다. 전동차의 문이 열렸다 닫히는 순간에 잽싸게 뛰어내린다면 가능할 수도 있다. 하지만 앞에 선 폭력배 역시 그 정도는 예상하지 않겠는가. 섣불리 행동하다가 녀석이 쫓아 내리기라도 하면 그야말로 방법이 없다.

하나님을 기쁘게 영접하십시오. 하나님은 길이요 진리요 생명이십니다. 설교 소리가 점점 가까이 들려온다. 후줄근한 검은 신사복의 전도사가 두꺼운 성경책을 쳐든다.

"두려워하지 마십시오. 공포에 떨지 마십시오. 하나님께서 우리를 지켜보고 계십니다. 우리의 억울한 사정을 하나님께서는 다 알고 계십니다······"

사내가 이어 찬송가를 부른다. 주님의 품에 안겨 아쉬울 것 없나이다. 원수의 눈앞에서 상을 차려주시니 이 은혜 갚을 길 없나이다.

ㅈ은 하나님을 믿고 싶어진다. 상 따위는 차려주시지 않아도 좋으니 무사히 집에 갈 수만 있게 해주시기를. 막막한 심정으로 고개를 든 ㅈ 앞에 벌어진 광경은 두 눈을 부릅뜬 운동복 차림의 노인이다.

"이봐! 똑바로 들어! 할 말은 해야겠어. 경찰서에 끌려가더라도 내가 끌려가고······"

"왜 이래, 이거!"

ㅊ의 목소리는 코끼리처럼 우람하다.

"나한테 말하쇼. 이 친구한테 시비 걸지 말고! 용건이 뭐요?"

ㄴ노인이 산처럼 우뚝한 ㅊ을 가마득히 올려다본다. 주위 사람들 몇이 주춤주춤 비켜난다. 찬송을 멈춘 전도사도 얼른 구경꾼이 되어 손잡이를 잡고 선다. 차 안의 긴장감을 깨뜨린 것은······ 아기 울음소리다. 으아아아앙! 겨우 잠이 들려던 아기가

68

다시 울기 시작한다.

"우, 울지 마라, 아가."

ㅁ아줌마가 다시 아기를 어른다. ㄴ노인이 입에 침을 바른다.

"내, 내가 그쪽한테 뭐라는 게 아니고, 여기 앉은 이 젊은이가
아까……"

"아까 뭐! 이 친구가 뭐! 아저씨한테 맞아 죽을 짓이라도 했
어요?"

"젊, 젊은 사람이 왜 이리 소리를 지르나. 아이 놀라서 우는구
먼. 나는 그냥 이 젊은이가, 이건 원래 내 일도 아니고, 아까 저
쪽에서……"

"아저씨 일도 아닌데 왜 끼어들어요? 아저씨 자리로 가시라고
요!"

아기가 사지를 뻗대며 본격적으로 울어젖힌다. 아기 엄마가
아기를 달래느라 진땀을 뺀다.

"가라면 가야지, 내가 힘이 있남."

ㄴ노인이 노약자석으로 돌아오며 고개를 갸웃거린다. 자기 일
도 아닌데 왜 끼어드냐니. 제 놈이야말로 왜 끼어들어? 아아, 그
제야 ㄴ노인이 깨닫는다. 자주색 점퍼와 저 덩치 큰 깡패놈이
일행이었던 것이다. 그것도…… 이상하기는 하다. 일행이라면
왜 멀찌감치 떨어져 탔을까. 싸웠나?

새파랗게 질린 아기는 숨이 넘어갈 듯 울어젖힌다. 아기 엄마
가 신경질적으로 자리에서 일어선다.

"아기 좀 업혀주세요."

ㅁ아줌마가 따라 일어나 아기를 등에 대어준다.

"아기가 놀랐나봐. 병이나 나지 말아야 할 텐데."

굳은 표정의 아기 엄마는 인사도 차리지 않고 출입문으로 다
가선다. 다음 차 타자, 우리 아기. 별사람들 다 보지? 저런 인간
들 상대도 하지 마. 괜찮아, 괜찮아. 아직도 흐느끼는 아기의 엉
덩이를 토닥이며 아기 엄마가 중얼거린다.

ㅈ이 자리에서 일어나려는데 ㅊ이 손으로 그의 어깨를 누른다.

"괜찮아요, 앉아 있어."

"내, 내려……"

"겁먹을 것 없다니까! 내가 있잖아."

ㅈ은 슬그머니 엉덩이를 들어 아기 엄마가 앉았던 자리로 옮
겨 앉는다. 구석 자리보다는 아무래도 아줌마들 곁에 붙어 앉는
것이 나을 것이다.

두 다리를 얌전히 모은 ㅈ은 금방이라도 울음이 터질 듯한 얼
굴로 옆의 아줌마들을 쳐다본다. 야속하게도 그들은 저희끼리
찰싹 들러붙어 귀엣말을 나누는 중이다. 요새 젊은 사람들 건드
리면 큰일나요. 그럼요, 신문에 그 토막 살인범 봐요. 근데, 아무

래도 이 두 사람 사이, 수상하죠? 예? 봐요, 완전히 제 여자 다루듯 하는 거. 그, 그런 거였어요? 쉿, 눈치채겠다. 듣고 보니 그러네, 여기 우리 옆에 앉은 남자가 곱상한 것이 천생 여자네. 자꾸 쳐다보지 마시라니까.

구석 자리가 비었는데도 ㅊ이 꿋꿋이 서 있는 이유는 ㅈ이 내뺄까 경계하는 것이 분명하다. ㅈ은 더욱 막막하여 고개를 떨어뜨린다. 이제 다른 방법은 없다. ㅊ이 어딘가에서 내릴 때, 그가 자신을 힘으로 끌어내릴 때 어떻게든 반항하여 사람들에게 도움을 청하는 것이다.

비어 있는 구석 자리에 누군가가 엉덩이를 들이민다. 성경책을 옆구리에 낀 전도사다. 그는 앞에 선 ㅊ을 슬그머니 올려다보고 또 고개를 돌려 ㅈ의 안색을 살핀다. 무슨 일일까. 노약자석에서 쭈르르 달려왔던 그 운동복 차림의 노인은 또 어떤 관계일까. 성경 말씀은 잠시 미루어도 된다. 하나님 사업이야 어차피 하나님이 알아서 이루실 것이다.

218 종합운동장

"학생, 학생! 가방 가져가!"

ㅈ의 맞은편 좌석, 중년의 사내가 벌떡 일어나 전동차 창문을 두드린다.

"스톱, 스톱!"

문은 이미 닫혔다. 차에서 내려 승강장을 걷는 스무 살 안팎의 학생은 아무 소리도 듣지 못한다. 전동차가 속력을 낸다. 나란히 앉은 사내의 부인이 승객들에게 분주히 설명한다.

"여기, 이 양반 옆에 앉았었거든요. 문이 닫히는데 갑자기 뛰쳐나가더라고요. 졸았나봐."

사내가 바닥에 놓인 검은 가죽 가방을 이리저리 살펴본다. 앞에 선 승객들이 한마디씩 거든다. 발치에 내려놓으면 깜빡한다니까요. 지금쯤은 생각났을 텐데. 일단 신고해야죠. 분실물센터에 맡기면 돼요.

"맞아, 여보. 분실물센터에 맡겨."

부인이 남편 무릎을 친다.

"시끄러워! 여편네가 뭘 안다고."

사내가 핀잔을 준다. 휴대폰을 꺼내어 전화를 건다. 0, 2, 1, 1, 4.

"에 또, 지하철 회사 전화번호요. 없다고? 지하철이 있는데 지하철 회사가 왜 없어? 아니, 전동차 만드는 회사 말고! 그 있잖아, 2호선 3호선, 그렇지! 척하면 알아들어야지."

전화번호를 알아낸 중년의 사내가 다시 전화를 건다. 승객이 가방을 두고 내린 상황에 대해 한바탕 설명한다.

"내용물? 내용물이 뭔지 모르죠. 여, 열어보라고?"

가방에 닿는 부인의 손을 사내가 훑쳐낸다. 앞에 선 승객을 손가락으로 가리키고 이어 가방을 가리킨다. 앞에 섰던 승객이 쭈그리고 앉아 가방의 지퍼를 연다. 컴퓨터네. 아닌데? 이거 프린터 아녜요? 맞아, 컴퓨터 아니고 프린터네. 웬 사내의 머리통이 승객들의 허리를 비집고 들어온다. 맞은편에 앉았던 전도사다.

"프린터 맞네요. 야, 좋은 거네."

이만하면 검증은 끝난 셈이다.

"에에 또, 내용물은 프린터요. 분실물센터는 무슨? 거길 어떻게 믿고…… 아니, 내가 못 믿는 게 아니라 여기 계신 분들이, 내 말은, 아니, 여기 사람들 말은, 물건이 주인한테 제대로, 그렇죠, 분실물센터를 못 믿는다는 게 아니라."

분실물센터 못 믿고말고. 안 들어왔다 잡아떼면 그뿐이지. 비싼 건데 알 게 뭐야. 사람들이 한마디씩 떠들어댄다. 사내가 조용히 하라며 손을 휘젓는다.

"하여간 우리는 못 맡겨요. 분실물센터가 어디 있는지도 모르고. 여기? 종합운동장역 지났소. 다음 역이 왜 삼성이야? 신천이지…… 잠실역? 잠실역에서 역무원을 태우겠다고?"

사내가 사람들을 올려다본다. 사람들이 고개를 끄덕인다. 사내도 고개를 끄덕인다.

"그러쇼, 그럼. 나야 잠실역보다 더 가지. 구의역이오. 그렇게 하쇼. 몇 호차? 이 칸? 여보! 몇 호차인가 봐봐. 빨리!"

응? 부인이 허둥대는 사이에 누군가가 대답한다. 3호차요! 벽에 써 있어요. 3호차.

"3호차! 몇째 문? 여보! 몇째 문이야! 빨리 세보라니까!"

두번째! 세번째! 두번째예요. 세번째라니까. 이쪽부터 세면 두번째고 저쪽부터 세면 세번째예요. 그럼 어떡해? 중간에서 만나자고 해요. 아냐, 그러면 헷갈리지.

"몇 번짼지 잘…… 앞에서부터? 앞이 어느 쪽인데? 차 진행 방향? 여보! 앞에서부터 몇 번째야!"

두번째요. 내 말이 맞잖아요. 한 칸에 문이 몇 개요? 다섯 개. 다섯 개는 무슨? 네 개지. 네 개 맞아요.

"네 개? 네번째!"

두번째! 사람들이 합창한다.

"두번째! 두번째라니까. 3호차 두번째 문. 확실해요. 잠실에서 역무원한테, 오케이, 수고하십쇼."

사내가 드디어 전화를 끊는다. 부인도 흡족한 듯 승객들을 올려다본다.

"그런데 여보, 역무원을 어떻게 알아봐?"

"역무원복을 입었겠지."

그쪽에서 먼저 알아볼 테니 걱정 없어요. 역무원 이름을 적어놓으세요. 나중에 확인해야지. 사내가 수첩과 볼펜을 꺼낸다.

"오늘이…… 4월 26일, 오전 11시 24분."

"이이는! 지금 시간을 쓰면 어떻게 해? 잠실에서 가방 넘겨줄 때……"

"알아, 알아! 그거 모를까봐."

수첩에 쓰던 숫자들을 뭉개며 사내가 부인을 노려본다.

"알긴 뭘 알아? 내 말에 썼다가 지우는구먼."

"바깥이나 봐! 잠실역 놓쳐. 여편네가 나대기는 하여간."

이번 역이 잠실이에요. 누군가가 또 거든다. 중년의 부부는 서로 마뜩잖아 눈을 흘긴다.

216 잠실

역무원 서 있네. 정확하다! 전동차의 문이 열리며 역무원이 탄다. 사내가 역무원에게 가방을 건네준다.

"잠깐! 이름!"

"예?"

가방을 들고 내리려던 역무원이 사내를 돌아본다. 누군가가 그의 명찰을 읽는다. 최한수네, 최, 한, 수. 최환수? 한, 한수! 최한수! 최한수!

"예?"

역무원은 자기 이름을 부르는 사람을 향해 한 바퀴 돈다.

"얼른 내려요! 차 떠나."

사내가 역무원을 밀어낸다. 얼떨결에 역무원은 바깥으로 떨려난다. 문이 닫힌다. 가방을 든 그는 무슨 영문인지 몰라 눈을 굴린다. 한바탕 웃음이 터진다. 저 사람 정신없어. 우리가 한꺼번에 소리 지르니까 얼이 빠졌어. 왜 안 그렇겠어요. 전동차가 속력을 낸다.

같이 깔깔대던 부인이 정색하고 남편을 다그친다.

"써놔! 잊어버리기 전에. 최 누구라고 했어?"

웃느라 정신없던 사내가 난감한 표정을 짓는다. 최한수요! 사람들이 또 합창한다. 최, 한, 수. 사내가 수첩에 적는다. 최한수. 4월 26일. 11시 28분. 프린터. 잠실역.

"이제 됐네. 이렇게 딱 증거가 있으니 떼어먹지는 못하지."

그럼요. 절대 못 떼어먹지. 수고하셨어요. 사장님이 훌륭하시네. 남의 일인데 정성스레 잘해주시네. 이런 사람 흔치 않아. 이 아줌마 결혼 잘하셨네.

"하여간 남한테는 잘한다니까."

승객들의 칭찬에 부인이 남편을 바라보며 웃는다. 사내가 으쓱댄다.

"남한테라니, 당신한테 못한 건 뭐 있는데? 돈 벌어 평생 먹여 살려, 새끼 둘 낳아 어쨌거나 대학 공부 시켜. 여편네더러 돈을 벌어오라나, 그렇다고 딴 여자하고 살림을 차렸나. 더이상 뭘 어떻게 해. 안 그렇습니까, 여러분?"

맞습니다. 최곱니다. 짱이에요! 승객들이 웃어젖힌다. 부인이 벌어지는 입을 억지로 다물며 샐쭉거린다.

"알 게 뭐야? 남자들은 대문 나서면 남이라는데."

"내 팔자가 이렇습니다. 여편네 강짜가 심해서 평생 숨도 못

쉬고 삽니다."

"숨도 못 쉬기는! 지나가던 개가 웃는다."

부인이 눈을 흘긴다.

"지하철 땅속에서 개는 왜 찾아? 어어…… 땅 위로 올라가
네?"

마침 전동차가 지하에서 지상 구간으로 빠져나가는 중이다.
또 한바탕 웃음이 터진다. 운전기사가 개 찾으러 올라가는구먼.
남자들이 사모님한테 꼼짝 못하네요. 개 있나 좀 봐요! 웃는 개
를 찾아야지. 그들과 등지고 선 초도 자동으로 올라가는 입꼬리
를 내리느라 노력 중이다.

215 성내

전동차가 한강 다리를 건넌다. 봄 햇빛에 반짝이는 파란 강물
이 자잘한 물고기의 비늘처럼 눈부시다.

"사실 우리 마누라가, 생긴 건 이 모양이라두 맘씨는 괜찮아
요. 부모 어려운 줄 알고."

"철들자 망령이라더니 삼십 년 만에 맞는 소리 하느면."

"망령? 나같이만 망령 들라고 해."

결혼 잘하셨어. 두 분이 천생연분이시구먼. 이리 만나기 쉽지
않아요. 훈훈한 웃음과 덕담이 오래 이어진다.

ㅊ은 손잡이를 왼손으로 잡았다가 오른손으로 바꿔 쥔다. 자신도 오늘 좋은 일 한 가지는 했다. 앞에 앉은 허약한 친구를 도와주지 않았던가. 다음 역은 강변, 자신은 내려야 한다. ㅈ과 눈인사라도 나눌 요량으로 내려다보지만 그는 고개를 푹 숙인 채 꼼짝하지 않는다. 뭐, 공치사를 받자고 도와준 것은 아니다. 착한 일은 원래 숨어서 하는 것이다. 그렇다. 이왕 도와주는 것, 호통치던 노인에게 가서 한 번 더 쐐기를 박을 일이다. ㅊ은 바로 옆에 있는 두번째 출입문을 두고 노약자석이 있는 네번째 문 쪽으로 향한다. 흥분한 노인의 목소리가 ㅊ의 귀에 잡힌다.

"……이건 똥 뀐 놈이 성낸다고 흉측하게 생긴 깡패놈이 딱 가로막는데, 이놈이 그 버릇없는 놈허고 같은 패거리요."

목소리의 주인공은 조금 전 ㅊ에게 제지당했던 바로 그 운동복 차림의 노인이다.

"같은 패거리? 내가 갔을 땐 없던데."

먼저 왔던 고동색 점퍼의 노인이 자리에서 일어나 일반석 쪽으로 고개를 돌린다.

"못 보다니! 깡패놈 덩치가 역도산 저리 가라더면. 열이 덤벼도 못 당해요. 그놈 믿고 그렇게 싹수없이 굴었던 게지."

그때 ㄴ노인은 누군가의 서늘한 시선을 느낀다. 아니나 다를까 바로 그 흉측한 깡패놈이 출입문 앞에서 그를 쏘아보고 있는 것이다! 가슴이 덜컥 내려앉는다. 하지만 깡패놈은…… 내릴 모양이다. 그러니 출입문 앞에 선 것 아닌가.

"뭐, 내, 내가 틀린 말 했어?"

ㄴ노인이 심호흡을 하고 ㅊ을 노려본다. 겁날 것도 없다. 여기는, 이 노약자석은 이를테면 홈그라운드다.

"노려봐서 어쩔 거야! 노인네 패대기라도 치려고? 쳐봐! 내가 틀린 말 했남?"

ㄴ노인이 목청을 돋운다. 때맞춰 전동차가 선다. 차내 방송이 흘러나온다.

—승객 여러분, 이 차는 앞차와의 배차 간격 문제로 잠시 정차하겠습니다. 불편하시더라도 잠시만 기다려주십쇼. 감사합니다.

"빌어먹을, 재수 없으면 뒤로 자빠져도 코가 깨진다더니."

재빨리 고개를 숙인 ㄴ노인이 중얼거린다.

"할 말 있으면 크게 말씀하세요. 다 들리게."

ㅊ이 ㄴ노인 앞으로 바짝 다가선다. ㄴ노인이 살포시 고개를 든다. 언제 무슨 일 있었느냐는 듯 말짱한 얼굴이다.

"나 말이요? 암말 안 했는데?"

ㄴ노인이 ㄷ노인의 팔을 거머잡는다.

"이, 이 양반 아, 암말도 안 했어요."

ㄷ노인이 말을 더듬는다.

ㄱ노인이 내린 후 새로 앉은 ㅎ노파는 앞뒤 사정을 모른다. 바깥을 내다보며 혼잣말을 한다. 정거장도 아닌데 차가 왜 섰대? 이것도 급행 있고 완행 있나베. 그때 뒤 칸으로 통하는 문이

열린다. 헙수룩한 옷차림의 걸인이 건너와 승객들의 무릎에 전단을 내려놓는다. ㅎ노파가 큰 소리로 전단을 읽기 시작한다.

"〈도와주세요〉라. 본인은 간경화로 일을 못하고, 아내가 파출부 하여 가족을 먹여 살렸는데, 아내가 대장암에 걸려 ㅈㅇ병원에서 수술을 했습니다. 수술비가 팔백팔십만 원, 치료비가 사백오십만 원……"

ㅎ노파가 다 읽을 때까지 걸인은 그녀 앞을 떠나지 않는다. 행여 동전푼이라도 건네줄까 기대하는 눈치다. 하지만 그녀가 걸인에게 내민 것은 전단 한 장뿐이다.

"내가 올해로 일흔여섯이우. 이 쪼끄만 글씨도 다 읽잖아. 돈보기 같은 거 우린 몰라. 우리 애들도 안경 하나 안 썼어요? 우리 같은 사람만 있으면 안경 장사 굶어 죽어."

214 강변

출입문이 열린다. ㅊ이 내리고 전동차가 다시 달리는데도 ㄴ노인과 ㄷ노인은 입을 열지 않는다. ㅎ노파만 앞에 선 아줌마를 상대로 계속 지껄인다.

"내 머리도 이게 생머리유. 우린 염색이란 걸 안 해봤어. 우리 나이면 이빨도 다들 틀니 한다고 난리들인데, 이거 봐, 내 이빨이……"

80

뒤 칸에서 음반 장사가 건너온다. 전동차 한가운데에 선 그는 여행 가방 위에 시디 플레이어를 놓고 단추를 누른다. 노래가 흘러나온다. 우리 만남은 우연이 아니야. 그것은 우리의 바람이었어.

"여러분이 좋아하시는 국내외 애창곡만 골랐습니다. 시디 열 장에 실린 곡이 백다섯 곡, 단돈 만 원 한 장에 모시겠습니다. 지나갈 때 말씀해주십쇼. 감사합니다."

"좋아, 내 오늘 우리 마누라한테 쏜다."

승객들의 칭찬에 아직도 허공에 뜬 사내가 호기롭게 지갑을 꺼낸다. 마침 그의 앞을 지나던 걸인이 고개를 꾸뻑이며 손을 내민다.

"이봐! 내 손님한테 왜 들러붙어!"

시디를 내밀던 음반 장사가 걸인의 어깨를 낚아챈다.

"뭐야! 사람을 쳐?"

걸인이 음반 장사의 팔뚝을 잡는다.

"지금 시디 사려고 돈 꺼내잖아!"

"나한테 주려고 꺼냈어!"

"어디 끼어들어 지금? 너 어디 소속이야!"

주위 사람들이 한 발짝씩 물러난다. 어머나 어떡해, 부인이 기겁한다. 사내가 곤란하여 입을 연다.

"왜들 이러쇼. 사실 나는 마누라한테 음악을 사주려고……"

"들었지? 어디 남의 장사에 초를 쳐."

"사람 쳤어?"

"쳤다."

"쳤지?"

"어쩔래!"

두 사람이 엉키는 틈서리로 사내가 재빨리 끼어든다.

"헤헤이, 이러지들 마쇼! 아무것도 아닌 일로 왜 열들을 내
요? 내가 이렇게 시디도 사고, 이 아저씨도 돈 주고 그러면 되
지. 뭘 이런 걸 가지고!"

사내가 음반장사에게 만 원을, 걸인에게 또 다른 만 원을 건
넨다.

"어머나, 만 원이나!"

부인이 벌떡 일어나 걸인의 손에 넘겨진 일만 원권 지폐를 맞
잡는다. 걸인이 돈을 낚아챈다. 빠르기도 하다. 걸인은 눈 깜짝
할 사이에 앞 칸으로 사라진다. 승객들의 무릎에는 채 걷어가지
않은 전단들이 그대로 놓여 있다.

음반 장사의 표정이 묘하다. 걸인의 뒷모습을 노려보던 그는
알아들을 수도 없는 욕지거리를 혼자 내뱉다가 가방과 시디 플
레이어를 챙겨든다.

"잠깐. 물건을 줘야지."

사내가 음반 장사의 소매를 잡는다. 음반 장사가 돌아보며 기
막히다는 듯 코웃음을 친다.

"뭐야, 저 사람한테는 그냥 주고, 나한테는 본전 생각난다 이

거요?"

"아니, 물건 값을 냈으니 당연히······"

"더러워서! 이놈의 장사 때려치우고 구걸이나 해야지."

음반 장사가 그의 무릎에 시디재킷을 팽개친다. 사내는 어이가 없다.

"나한테 무슨 유감 있소?"

"없수다!"

음반 장사가 앞 칸으로 건너가며 칸막이 문을 부서져라 처닫는다. 사내는 얼떨떨하다.

"내가 잘못했어? 저 사람이 왜 나한테 화를 내?"

"거지한테 뭣하러 만 원이나 줘! 자기가 무슨 이병철이야?"

부인의 앙칼진 목소리가 허공을 가른다.

"이런다니까, 이이가! 만 원이 뭐야, 삼천 원, 천 원도 많지. 이이가 이런 사람이에요. 주머니에 돈이 있으면 쓰지 않고 못 배겨. 여편네는 시장에서 콩나물 한 줌 더 받으려고 눈이 빨간데, 오천 원도 아니고 만 원! 내가 죽어야 끝나. 개도 안 물어갈 이 징그러운 년의 팔자!"

"시끄러워!"

사내가 맞고함을 지른다.

"그래, 나 돈 없다. 내가 이병철이면 만 원만 주겠냐? 몇 억, 몇천 억 다 내준다. 가난한 사람 도와주는 게 뭐 어때서!"

억지로 욱박지르기는 했지만 사내의 표정 역시 밝지 않다. 좋은 일 하셨어요. 다 돕고 사는 거지. 누군가가 위로 삼아 한마디 했지만 더이상은 말들이 없다.

사내가 창밖으로 시선을 돌린다. 고가도로 위를 달리는 전동 차 옆으로 크고 작은 건물들이 수도 없이 지나간다. 스스로 생 각해도 걸인에게 만 원을 준 것은 과했다. 3천 원, 아니, 아내의 말대로 천 원 한 장이면 충분했다. 음반 장사의 뒤틀리는 심사 도 그는 당연히 이해한다. 남의 돈 만 원 벌기가 어디 그리 녹록 한가. 사내는 소리 없이 한숨을 내쉰다. 대체 자신은 무슨 배짱 으로 허세를 부렸을까. 당장 집에 들어가도 돈 들 구석이 한두 군데가 아니다. 아흔둘 노모는 백만 원 틀니 값이 없어 몇 년째 음식을 제대로 넘기지 못하며 지난겨울 제대한 아들놈은 대학 등록금을 벌어보겠다고 복학도 미룬 채 공사판에서 벽돌을 나르 고 있다. 아내의 말대로 자신은 정말 철이 나지 않은 것일까. 주 제를 모르고 첨벙대는 이 버릇은 언제나 되어야 고쳐질 것인가.

213 구의

전동차가 역사에 들어선다. 부인이 벌떡 일어나 문 앞에 선다. 사내도 따라 일어선다. 같이 웃고 떠들던 승객 한둘이 인사를 챙기려 하지만 그는 쳐다보지 않는다. 문이 열린다. 뒤돌아보지 않는 부인으로부터 뚝 떨어져 어깨를 늘어뜨린 중년의 사내가

뒤를 따른다. 그의 손에는 네모난 시디재킷이 들려 있다,

자주색 점퍼의 주인공 ㅈ도 차에서 내렸다. 종합운동장역에서 내려야 했던 그는 ㅊ때문에 다섯 정거장이나 더 지나쳤다. 그래도 ㅊ이 먼저 내려주어 얼마나 다행인지! ㅈ은 승강장을 바람처럼 가른다. 그는 버스를 탈 예정이다. 버스보다야 전철로 되짚어 가는 편이 빠르고 편하겠지만 ㅊ이 내린 강변역을 다시 지날 생각을 하면 머리카락이 선다. 강변역, 강변역, 강변역. 그는 수없이 강변역을 외운다. 강변역 근처에는 얼씬도 하지 않을 참이다.

전동차 안, 노약자석의 ㅎ노파는 고장난 라디오처럼 시끄럽다.

"노인네들한테는 전철이 최고예요. 공짜로 태워주지, 이렇게 경로석도 있지. 내가 무릎이 아파서 한약방에 다녀요. 시청 지나 서대문인데 의사가 용해. 환자들이 광주에서도 오고 대구에서도 오고. 한 번 가면 두 시간은 기다려야……"

노파 옆에는 새로 탄 ㄹ노인이 앉았다. ㄹ노인은 앞에 선 젊은이 ㅋ에게 종로로 가는 길을 묻는다. ㅋ은 시청역에서 내려 1호선으로 갈아타시라고 일러준다.

ㅈ이 앉았던 자리에는 아줌마 ㅅ이 앉았다. 중년 부부가 앉았던 맞은편 자리에는 아가씨 ㅌ과 ㅎ이 앉았다. 그들은 똑같이 눈을 감았다. 차가 흔들릴 때마다 약속이나 한 듯 같은 방향으로 고개를 끄덕거린다. 밤잠을 잤는데도 전철만 타면 왜 이렇게 졸리는지 알다가도 모를 일이다.

귀가도 3 - 아직은 밤

빗방울이 제법 굵었다. 어느새 옷과 가방이 젖어들기 시작했다. 우산을 가져가라는 과수댁의 말을 들었어야 했다. 하지만 나는 돌아가지 않았다. 돌아가기는커녕 단 한 번 뒤돌아보지도 않았다. 나는 아마 남편이 나를 보고 있지 않다는 사실이 두려워 차마 돌아볼 수 없었을 것이다. 몇 달 만에 찾아온 아내가 가겠다는데 방에서 내다보지도 않는 남편을, 그런 남편에게 미련이 남아 뒤를 돌아보는 내 모습을 과수댁에게 들킬까봐 나는 아마 겁이 났을 것이다.

논둑길에서 국도로 내려서는데 산허리를 굽이 돈 버스가 오는 것이 보였다. 정거장이야 백여 미터는 실히 가야 했지만 당장이라도 손을 들면 버스를 탈 수도 있을 터였다. 하지만 나는 손을 들지 않았다. 평상시와 똑같은 걸음걸이, 동네의 공원을 산책할 때의 빠르지도 느리지도 않은 속도를 유지하느라 무던히 애를 썼다. 남편과 과수댁의 폐에 들락거리는 이곳의 공기, 그들의 눈에 익숙한 이 산과 들에서 한시바삐 나를 들어내고 싶은 생각이 없지 않았다. 그러면서도 한편으로 이곳의 냄새와 이곳 비탈에 뿌리박은 비뚜름한 나무들, 길가 도랑을 메운 잡초 덤불들을 내 눈과 코에 새겨야 한다고 생각했다. 그들의 세상에 실수로라도 다시 찾아들지 않으려면 그리해야 했다.

정거장에 닿은 버스는 허리가 구부정한 노파 한 사람과 비가 내리는데도 형태조차 망가지지 않는 흰 매연가스 한 보따리를 쏟아놓고 횅허케 가버렸다. 손에 들었던 가방을 어깨로 올렸다. 내 미련의 무게였다. 칫솔과 샴푸, 화장품, 잠옷과 여러 벌의 내의, 혹시 시간이 나면 필요할지 모르는 수필집까지 새로 사 챙겨온 터였다.

남편의 집에서 이삼 일, 어쩌면 그 이상을 지내야 할지 모른다고 생각했었다. 부부간의 접촉이 그리워서가 아니었다. 몇 달 동안 떨어져 있었으니 남의 눈을 보아서도 그 정도는 함께 있어야 한다고 생각했다. 지난봄에 왔을 때는 이곳에서 일주일을 머물렀다. 특별히 할 일도 할 말도 없이 그저 소 닭 보듯, 함께 밥을 먹고 들을 거닐고 낮잠을 잤다. 너무나 단조롭고 무료하여 혼자 서울로 돌아가는 길에 몇 번이고 안도의 숨을 내쉬었지만 그래도 나중에 돌이켜보니 나쁘지 않은 시간들이었다. 소나무숲을 깨우던 산들바람, 복사꽃, 개울가에 모였던 오리들, 검은

염소들과 그리 배돌지 않았다는 자족감이 있었다. 이번에는 아니었다. 남편과 마주 앉은 지 한 시간이 못 되어 나는 나도 모르게 가방을 들고 일어섰다.

이렇게 봤으니 됐죠. 어둡기 전에 올라가려고요. 잠자리가 바뀌면 내가 잠을 설치는 거, 당신 알잖아요.

몇 마디 안부 인사를 나눈 뒤 숨조차 쉴 수 없게 조여오는 방 안의 침묵을 깨뜨리는 말은 그것밖에 없었다.

그러든지. 여기 잠자리가 아무래도 불편하지. 경훈이 뒷바라지도 해야 하고.

남편이 기다렸다는 듯 대답했다. 삶은 옥수수 몇 자루를 플라스틱 바가지에 담아 방으로 들어오던 과수댁이 깜짝 놀라며 호들갑을 떨었다.

지금 가신다고? 우떻게 내려오자마자 가실 생각을 한댜. 다믄 하루라도 쉬었다 가시야지. 애기 아부지 뭐해유, 애기 엄마를 이렇게 보내믄 되남?

정거장 벤치에 걸터앉았다. 그나마 버스정거장에 지붕이 있어 다행이었다. 함석지붕을 때리는 빗소리가 제법 소란스러웠다. 남편의 집 언덕의 소나무숲, 논둑, 채 영글지 않은 벼들이 빗방울 무게로 잘게 흔들리는 모습을 나는 또 찬찬히 눈에 담았다. 됐어, 이만하면. 나는 입속으로 중얼거렸다. 눈을 감았다. 버스가 오려면 이삼십 분은 더 기다려야 했다. 이러다가 깜빡 졸 수도 있다. 하기야 버스는 놓쳐도 되었다. 읍으로 가는 버스는 오고 또 올 것이었다.

"내 이럴 줄 알았다니께."

난데없는 말소리에 깜짝 놀라 고개를 들었다. 과수댁이었다. 푸르죽죽한 비닐 우장을 발목까지 걸친 과수댁이 숨을 헐떡이며 내 앞에 서 있었다. 과수댁이 접우산을 내밀었다.

"애기 엄마 발쎄 갔다고, 버스 떠났응게 나갈 것도 없다고 애기 아부지가 해싸도 내가 부리나케 쫓아왔구먼유. 애기 엄마 버스 놓치구 비 맞은 병아리마냥 쪼그리구 앉았는 게 눈에 환히 보이더란께유."

비닐 우장의 모자를 벗자 과수댁의 파마머리에서 김이 났다.

"버스만 타면 비 맞을 일 없어요. 괜히 수고하셨네요."

과수댁이 버럭 화를 내었다.

"가져가시란께! 읍에서 버스 기다리야지 서울에 내리면 걸으야지 우떻게 비 맞을 일이 없댜? 사람 정성을 이렇게 몰라주먼 되가니? 하여간 애기 엄마 고집두 애기 아부지랑 똑같어. 보통 때는 암시랑도 않다가 한 번 시작허먼 저잣거리 황소가 어마 뜨거라 꼬리를 뺀다니께."

과수댁이 내 쪽으로 바싹 당겨앉았다.

"쪼깐 맴이 거슥해서 그류. 애기 엄마가 하룻밤 자도 않구 바로 나서는 게 아무래도 무신 오해라도 샀는가 혀서유."

오늘따라 남편이 그녀의 집에 있었던 이유는 부엌 찬장 위에 올린 광주리를 꺼내는데 마침 남편이 그 집에 들렀고, 남편이 그 집에 들른 이유도 무시로 들르는 것이 절대 아니고 오늘따라 세금고지서가 나왔나 확인하러 잠깐 온 것뿐이었으며, 광주리를 대신 꺼내준다고 남편이 부뚜막에 올랐다가 뒤로 물러선다는 게 허방을 짚는 바람에 과수댁이 급히 남편의 허리춤을 잡고 같이 웃었을 뿐인데 때맞춰 내가 들어섰다는 얘기였다.

"암것두 아닌 일루 오해를 사믄 안 되니께. 이건 참 우리끼리 얘기지면, 시상천지 애기 아부지 같은 이는 없으니께. 쇠주 한 병을 제대루 마실 줄 아나 계집을 밝히길 허나. 그라니께 애기 엄마두 믿거라 서울 가 기신 거 아뉴."

"오해라니요. 그런 거 없어요. 이것저것 서울에 일이 많아서요."

웃는 표정으로 고개를 저으면서도 나는 과수댁을 훑고 있었다. 과수댁은 달라져 있었다. 손톱에 칠해진 분홍색 매니큐어, 거무스름한 피부에 목덜미는 놓아두고 얼굴만 뽀얗게 분을 올려 마치 각시탈이라도 쓴 듯한 화장, 현란한 꽃무늬 월남치마. 지금 무슨 생각을 하고 있는가, 나는 나 자신이 역겨웠다. 기미가 가득 낀 얼굴에 금속으로 앞니까지 두른 볼품없는 시골 여자, 수다라면 몇 날 며칠을 떠들어도 끝이 없을 듯한, 나보다도 열세 살이나 많은 예순다섯의 노파를 상대로 질투라도 하고 있는 것인가.

"……애기 아부지가 내 셋째 동생하구 동갑유. 아닌 소리루 홀아비 사정 과부가 안다고, 애기 아부지가 지금쯤은 입이 심심하겠다, 오늘쯤은 옷 갈아입을 때가 되었다, 동생 같으니께, 자연적으루 맴이 쓰이니께……"

버스에 오르는 내게 과수댁은 기어코 우산을 질러안겼다. 과수댁이 또 소리쳤다.

"여그 일은 암 걱정 말어유! 내가 다 알아서 하닌께!"

버스 좌석에 앉았다. 과수댁을 향하여 단 한 번의 미소도 손짓도 보내지 않았다. 힘이 없었다. 내 몸 어느 구석엔가 숨어 있던 작은 기운마저 씨억씨억한 과수댁에게 남김없이 빨려버린 느낌이었다.

읍내 버스터미널에서 서울행 직행버스를 타기 위해서는 사십여 분을 더 기다려야 했다. 그래봤자 오후 4시가 지날 뿐이었다. 남편에게 해야 할 말도 하지 못하고 이렇게 쫓기듯 되짚어올 바에야 새벽부터 왜 그렇게 서둘렀는지 모를 일이었다.

아들 경훈의 결혼 문제를 의논하고 싶었다. 제대하여 대학 4학년에 복학한 경훈이 웬 아가씨를 데려와 인사시켰다. 결혼하고 싶다고 했다. 가무잡잡한 피부의 아가씨는 검은 콩처럼 대글대글하고 당돌했다. 남편에게 해야 할 말은 또 있었다. 내 건강 상태에 대해서였다.

보호자분 계시죠? 한번 같이 나오시죠.

의료보험공단에서 날아온 건강기초검진을 받으러 갔다가 내과의사로부터 들은 말이었다. 쉰둘의 나이가 적어서 보호자가 필요하다는 말인가. 조금 더 캐어물으면 자세한 진단 결과를 알

려줄 듯도 했지만 나는 그대로 병원을 빠져나왔다.

보호자하고 같이 오래요.

아마 나는 오랜만에 남편에게 어리광을 피우고 싶었을 것이다. 의사로부터 들은 '보호자'라는 낱말이 그야말로 나를 보호해줄 것처럼 따뜻하고 안온하게 들렸기 때문일 것이다.

대합실에서 버스를 기다리는 사람은 몇 되지 않았다. 비바람이 들이치지 않으니 따뜻하기는 해도 쾌적하다고 할 수는 없었다. 바닥과 플라스틱 의자들에 밴 퀴퀴하고 지린 냄새가 내 몸까지 절이는 기분이었다. 지금쯤 남편과 과수댁은 무엇을 하고 있을까. 한 시간을 버티지 못하고 가버린 내 얘기를 나누며 조금쯤은 불편해하고 있을까. 과수댁이 건네준 우산을 슬그머니 의자들 틈서리에 내려놓았다. 퀴퀴한 냄새가 밴 이곳에 꼭 알맞은 물건이었다.

승강장으로 나섰다. 버스가 들고 나는 울퉁불퉁한 콘크리트 바닥에 빗물이 군데군데 고여 있었다. 대합실 지붕의 낙숫물이 떨어지는 제법 큰 웅덩이에는 수도 없이 크고 작은 물방울 왕관들이 만들어지고 있었다. 한순간에 스러질 영광, 환호, 박수갈채. 개척교회 목사로서 누구보다도 충직했던 남편과 목사의 사모로 궂은일을 도맡았던 내 지난 삶은 과연 어떤 의미가 있었을까.

신학대학원의 목회자 과정을 끝내고 남편이 작은 개척교회의 부목사로 부임했던 때가 우리 가족에게는 가장 행복하고 보람찬 시절이었는지 모른다.

더이상 바랄 것이 없어. 당신이 이해해주니까. 당신이 내 곁에 있으니까.

교회가 세 들어 있는 상가 옥상의 단칸방, 두 아이의 영양을 걱정해야 할 만큼 부족한 봉급이었지만 남편과 머리를 맞대고 다음 예배시간의 설교를 준비하던 그때의 우리에게는 끼니를 거르고도 환히 웃을 수 있는 성취감이 있었다. 세상과도 바꾸지 않을 남편이 있었고 그의 곁에 내가 있었다. 그러나 이제 그는 옛날의 그가 아니었다. 과수댁과 화통한 웃음을 나누던 그가 갑자기 나타난 나를 보고 악몽이라도 꾸듯 굳어지는 모습을 보면서 하필이면 그때 그 공간에 끼어든 나 자신이 밉고 원망스러워 어찌할 바를 몰랐다.

오후 4시의 하늘이 6시 7시의 하늘만큼 어두웠다. 검은 비구름이 두터운 천막처럼 하늘을 덮어 이대로 날이 저물 모양이었다. 그럴 수도 있다고 나는 과장되게 고개를 끄덕였다. 몇 시간 건너뛴다 하여 큰일이 날 것도 아니리라. 하루 스물네 시간, 세끼 밥을 꼬박꼬박 챙긴다 하여 그리 대단한 삶의 의미와 성과가 보장되는 것도 아닌 만큼 하루도 1년도 사람의 몇십 년 일생도 미어질 정도로 꽉꽉 끝까지 채울 필요는 없을 터였다.

좌석번호 8번. 서울행 직행버스의 두번째 자리가 내 좌석이었다. 가방을 시렁에 얹고 자리에 앉았다. 한기가 들었다. 비에 젖은 구두와 처덕처덕 감기는 바짓가랑이가 체온을 계속 빼앗아가고 있었다. 어찌되었거나 버스에 올랐으니 문제는 없었다. 서울의 내 집에 닿기만 하면 며칠 동안 감기를 앓든 몸살을 하든 혼자 감당하면 될 일이었다.

그 새끼 데려와. 사장이면 다야? 제가 회사에서나 사장이지 친구한테도 사장이야? 버스 뒤쪽에서 웬 사내의 혀 꼬부라진 소리가 들려왔다. 제발 똑바로 앉으라니까. 친구들 둘이 그를 진정시키느라 진땀을 빼는 중이었다. 조용히 가기는 틀린 듯했다.

"저, 여기 앉아도 될까요? 제 자리가 아무래도 좀……"

눈을 들어보니 한 아가씨가 나를 내려다보고 있었다. 그러고 보니 뒷좌석의 승객들 몇 명이 앞으로 자리를 옮기는 중이었다. 50인승 버스에 승객이 20명 남짓하니 취객만 아니라면 넉넉할 좌석이었다. 하는 수 없었다. 창 쪽으로 들어앉았다. 나 안 취했다니까! 여기 좋네. 야야, 여기 편안히 앉아서 술 한잔 더 하자. 취객이 사지를 버르적거리며 통로 바닥에 드러누웠다. 친구들이 그를 똑바로 앉히느라 애를 먹었다. 운전기사가 뒷자리로 갔다. 취객의 친구들이 죄송하다며 사과했다. 이놈 금방 잡니다. 술만 마시면 자는 놈이에요.

버스가 출렁대며 터미널을 빠져나가는 순간 차 안에는 또다른 작은 소동이 일었다. 옆에 앉았던 아가씨의 가방이 바닥에 엎어진 것이었다. 지갑, 작은 수첩, 휴대폰뿐 아니라 무언가 따그르르 소리를 내며 사방으로 구르는 것들이 있었다. 길쭉길쭉한 작은 막대기들이 수십 개는 되어 보였다. 어머나, 어떡해. 물건들을 줍느라 아가씨가 쩔쩔매었지만 나는 도와줄 수 없었다. 창가 쪽의 내 좌석에서 몸을 굽히기에는 공간이 너무 좁았다.

"이게 다 뭐랴. 애들 장난감여?"

통로 건너편에 앉은 할머니가 아가씨에게 물었다.

"롯드요. 파마할 때 머리에 마는 거요."

아가씨가 그것들을 주워올리는 동안 나는 휴대용 휴지를 넓게 펴서 아가씨의 자리에 놓아주었다. 아가씨가 고마워했다. 흙먼지뿐 아니라 사람들의 축축한 발길 때문에 롯드들이 형편없이 더러워져 있었다. 뒷자리에 앉은 중년의 사내도 바닥에 웅크린 아가씨의 등을 쳤다. 그의 손에 롯드 두 개가 쥐어 있었다. 여기도 있네. 맞은편 승객도 한 개를 내밀었다.

"언니 파마 좀 해주려고 서울에서 가져왔거든요."

가방을 겨우 꾸린 후 자리에 앉은 아가씨가 변명하듯 말을 이었다.

"제가 미용실에서 일해요. 영등포역 앞인데, 오시면 잘해드릴게요. 주인은 아니지만."

그러고 보니 아가씨의 긴 생머리가 매끈하게 잘 다듬어졌다는 생각이 들었다. 몇 가닥씩 집어 노란색으로 부분 염색을 한 것도 그런대로 세련되어 보였다.

"고마워요. 영등포면 조금 머네. 우리 집은 강동이라."

국도를 따라 검게 흐르는 강물도 길도 온통 물이었다. 바깥 온도가 낮은지 차창에 이내 김이 서리기 시작했다. 운전기사가 앞쪽 창문을 걸레로 닦기 바빴다. 나는 계속 한기를 느꼈지만 난방을 넣어달라는 청은 하지 못했다. 난방 때문에 김이 더 서릴 수도 있겠기 때문이었다. 그나마 옆자리에 아가씨가 앉은 것이 다행이었다. 아가씨의 무릎에서 내 무릎으로 전해오는 미약한 온기가 반가웠다.

"언니가 여기서 살아요. 사모님은 여기 어떻게, 고향이세요?"

아가씨가 나를 쳐다보고 있었다.

"아는 사람이 있어서. 그런데 사모님은 무슨. 아줌마라고 하든지."

사모님. 목사 사모. 더이상 듣고 싶지 않은 호칭이었다. 아가씨가 웃었다.

"미용실에 오는 손님들은 무조건 다 사모님이에요. 아줌마라고 하면 기분 나빠하시거든요."

부모가 일찍 돌아가셔서 열 살 차이 나는 언니가 반 엄마라고 했다. 한 달에 한 번 미용실이 쉬는 날에는 꼭 내려온다고 했다. 미용실 일이 중노동이라고도 했다. 온종일 서 있으니 다리도 부을 뿐 아니라 팔 힘도 세어야 손님들 머리를 감길 수 있다고도 했다.

차창에 어린 김 때문에 창밖은 내다뵈지 않았다. 유리창 바깥면에 닿는 빗방울들이 빗금을 그어대는 것만 보였다. 앞자리에 앉은 삼십대의 남자 승객이 가끔씩 일어나 앞 유리를 닦아주었다. 운전기사가 그때마다 고개를 끄덕이며 고마워했다. 아가씨의 이야기가 나직하게 이어졌다. 나도 고개를 끄덕여주었다.

목사 사모 노릇을 할 때에는 수많은 얘기를 듣고 또 들어야 했다. 뾰족한 해결책을 제시하지도 못했지만 신자들은 자신들의 답답한 심정을 털어놓는 것만으로도 위로를 받는다고 했다. 과수댁도 남편에게 그러했을까. 죽은 남편의 술버릇을, 징그럽던 시집살이를, 남이나 다름없이 사는 아들 부부 이야기를 헌 수도꼭지 물 새듯 줄줄이 꿰는 과수댁에게 남편은 고개를 끄덕이며 위로의 말을 건네었을까.

과수댁 때문에 불편했던 감정을 질투라는 한마디 낱말로 규정지을 수는 없었다. 과수댁의 몸을 가득 채운 어떤 환한 빛, 활기가 부러운 것이 사실이었다. 그녀의 단조로운 삶에 남편의 존재가 던져준 선물이리라. 남편에게도 과수댁의 존재가 삶의 새로운 지평이 되고 있다는 사실 또한 부인할 수 없을 것이다. 남편의 모습이 그것을 말해주고 있었다. 내가 기억하던 뿔테 안경, 흰 이마, 온후하면서도 확고한 의지가 보였던 그의 미소는 이제 없었다. 반백발의 짧게 자른 머리, 불거진 손마디, 검게 그을린 얼굴에 이리저리 그어진 주름들, 크고 작은 반점들이 그의 특징이 되어가고 있었다. 그는 앞으로도 더욱더 내가 모르는 낯선 사람이 되어갈 것이었다.

그냥 자라니까! 취객을 윽박지르는 친구의 목소리에 뒤를 돌아보았다.

"추우신가봐요."

아가씨가 나를 지켜보고 있었던 모양이었다.

"좀 춥네. 몸이 젖어서 그런가봐."

두 손을 겨드랑이에 끼고 몸을 웅크렸다. 아무래도 몸살 기운이 이는 듯했다. 그제야 생각해보니 그녀의 말소리가 끊겨 있었다. 무언가 얘기를 계속한 듯한데 내가 귀 기울이지 않는 것을 알아챈 듯했다. 미안한 감이 없지 않았지만 어쩔 수 없었다. 다른 이의 처지에 귀 기울이고 한숨을 쉬어주는 것도 내 안의 땅이 굳을 때의 일이었다.

잠깐만요, 가방을 뒤지던 그녀가 무슨 꾸러미를 내게 건네주었다. 털실로 얇게 짠 연노랑색 숄이었다.

"이거 걸치세요. 우리 언니가 짜준 거예요."

"필요 없어요. 괜찮아."

몇 번 손을 내저었지만 그녀는 굳이 그것을 내 어깨에 둘러주었다.

"언니는 내가 이걸 걸치고 있는 걸 좋아하거든요. 그래서 아직 철도 이른데 일부러 가져왔어요."

숄은 따뜻하고 포근했다. 무겁기만 한 내 미련한 가방에는 몇 벌의 내의와 얇은 잠옷만 들었을 뿐 추울 때를 대비하여 덧입을 만한 옷 한 벌이 없었다.

어느새 버스는 국도를 벗어나 곧게 뻗은 고속도로에 올라섰다. 그렇다고 시원스레 달리는 것도 아니었다. 빗길 운전이라 모든 차들이 속력을 내지 못했다. 창에 서리는 김뿐 아니라 앞서 가는 차들의 차폭등과 브레이크등도 문제였다. 노랗고 붉고 때로는 하얀 불빛이 빗물에 젖은 도로에 길게 드러누워 어디까지가 정작 앞차의 불빛인지 헷갈리기 십상이었다.

아가씨와 나는 한가로이 날씨 이야기를 나누었다. 유난히 비가 많았던 올여름, 우리나라도 점점 날씨가 푸근해져 겨울 추위가 그리 매섭지 않다는 등의 평범한 이야기였다.

"언니랑 아프리카에 갈 거예요."

그녀가 난데없이 말을 던졌다.

"아프리카 흑인들은, 화장은 하지 않아도 머리만큼은 목숨 걸고 한대요. 머리를 땋거나 펴지 않으면 머리카락이 엉킬 정도로 심한 곱슬머리가 많다는 거예요. 그러니 여자들뿐 아니라 남자들, 어린아이까지 다 파마 손님이죠. 그래서 요새 레게머리 배우고 있어요. 아시죠? 잘게, 빡빡하게 땋는 거요. 머리 땋는 기계가 있기는 해도 사람 손을 따라갈 수는 없거든요."

나는 그녀를 바라보았다. 방긋 웃을 때마다 뺨에 패는 보조개가 귀여웠다. 스무 살 안팎, 내 딸 경미가 살았으면 꼭 그 나이 또래였다.

"아프리카 잠비아에서 미용실을 열면 포대로 돈을 긁어모은대요. 그 나라에는 아직 미용실이 별로 없대요. 돈 없는 흑인들이 강도짓을 하는 게 문제라지만 저는 걱정 안 해요. 강도에게 털릴 만큼 돈을 벌면 되는 거죠. 근데 아줌마, 이건 비밀이에요. 다른 미용사들이 먼저 가면 말짱 헛일이니까요."

그녀가 눈을 크게 뜨며 쉿, 입에 손가락을 대었다. 우리는 마주 보고 웃었다.

"그런데 너무 멀지 않아? 말도 안 통할 테고."

"한 번 가면 그뿐인데요, 뭐. 그리고 말도 따로 배울 필요가 없어요. 미용실에 온 손님 얘기로는 잠비아는 여러 종족들이 모여살기 때문에 어차피 저희들끼리도 말이 안 통한대요."

그녀가 어린아이처럼 혼자 고개를 갸웃거렸다.

"공용어는 영어라는데 영어야 뭐, 파마, 커트, 레게, 헤어 드라이, 이거 다 영어잖아요. 팁, 머니, 샴푸, 뷰티풀, 땡큐, 안 되면 몸짓 발짓하면 되고요."

우리는 또 기분 좋게 같이 웃었다. 아프리카. 웃통을 벗은 흑인들이 북을 치는 검은 대륙. 좋은 생각일 수도 있었다. 한 집 건너 미용실인 서울에서 가게를 여느니 아프리카로 진출하는 것이 방법일 수도 있었다. 힘들고 외롭기야 하겠지만. 내 속마음을 알아채기나 한 듯 그녀가 말했다.

"언니랑 같이 갈 거니까요. 그러면 외로울 것도 없어요."

버스 안은 조용했다. 뒷자리의 취객이 드디어 잠이 든 모양이었다. 빗속을 헤치는 버스의 엔진 소리만 크게 들려왔다. 몸이 풀리니 기분이 훨씬 나았다. 좌석의 등받이를 뒤로 젖히고 편안히 몸을 기대었다. 그녀도 이내 나와 똑같이 몸을 기대었다. 내 귓가에 스치는 그녀의 목소리가 몽롱하고 잔잔했다.

"언니랑 매번 아프리카 얘기를 해요. 거기 가져갈 옷들, 밑반찬들, 우리가 살 집도 설계하고요. 마당에는 서로 다른 나무를 심겠다고 우기기도 하고요. 꿈꾸는 건 어쨌든 즐거우니까요. 한 순간에 깨지는 게 또 꿈이지만. 그런 동화 있잖아요, 우유 한 통을 머리에 이고 시장에 가는 아가씨. 우유를 팔면 그 돈으로 병아리를 사야지. 병아리를 잘 키워서 닭을 내다팔고. 그 돈으로 송아지를, 송아지는 커서 소가 되겠지. 부자가 되면 비싼 드레스를 입고 무도회에 가는 거야. 멋진 남자가 춤을 청하겠지. '춤을 추시겠습니까?' '예.' 아가씨가 남자에게 멋지게 인사를 하는 순간 머리에 인 우유가 쏟아져서."

"맞아. 그런 얘기가 있었어. 우리 딸이 어렸을 때 그 얘기를 읽어준 기억이 나."

"따님이 있으시구나. 몇 살이에요?"

"아, 아직 어려요. 고등학교 1학년."

고등학교 1학년 때까지만 해도 내 딸 경미에게는 아무 일이 없었다. 입술은 발갛고 눈망울이 큼직한, 친구들에 휩싸여 은방울처럼 웃던, 경미는 정말 흠이라곤 없는 착하고 현명한 소공녀였다.

"한창 공부하느라 바쁘겠네요. 그래도 뭐, 엄마가 잘해주실 테니까."

"잘해주기는. 나는 엄마도 아니었어. 정말 필요할 때 곁에 있어주지도 못했고."

"저는 엄마 얼굴을 기억하지도 못해요. 한 장 있던 엄마 사진을 언니가 찢어버렸거든요. 초등학교 때, 제가 언니 말 안 듣고 엄마 사진만 끌어안고 사니까. 몇 년 전까지는 그래도 엄마 얼굴을 기억하고 있었는데 요새는 잊어버렸어요. 미용실에서 아줌마들을 너무 많이 봐서 헷갈렸는지. 우리 엄마, 정말 착하고 좋은 분이었대요. 동네에서도 소문이 났었대요."

"다시 볼 수 없다는 건 정말 힘든 일이야. 잘해주고 싶고, 또 잘못한 걸 사과도 하고 싶은데 그럴 수 없으니까. 우리 딸도 얼마나 예쁘고 착했는데."

"따님이…… 돌아가셨어요?"

"아, 아니."

나는 깜짝 놀라 손을 내저었다.

"내, 내가 아는 여자. 나랑 잘 아는 여자 얘기야. 우리 딸이야 물론 잘살고 있지. 학교도 잘 다니고…… 피곤하네."

질끈 눈을 감았다. 잘 알지도 못하는 사람에게 딸의 죽음에 대해 너불너불 입을 열다니. 딸에 대한 아픔을 내놓고 광고할 만큼 어미의 낯이 두꺼워졌다는 뜻일까.

사고는 남편이 경미를 차에 태우고 집에 오던 도중에 일어났다. 남편은 맞은편에서 오는 차를 보지 못했다. 어스름 저녁인 데다 차의 색깔이 회색이었다고 했다. 다리뼈를 다친 남편은 한두 달 후 회복되었지만 경미는 오른쪽 눈을 잃었다. 조수석에 앉았던 경미에게 유리 파편이 쏟아졌기 때문이었다. 유명하다는 안과병원을 다 찾아다녔다. 한결같이 안구나 각막의 문제가 아니라 시신경이 훼손되었다고 했다. 겨우 열여섯 살, 고등학교 1학년생인 경미는 "왼쪽 눈이 두 배로 잘 보이니 아무 문제 없다"며 우스갯소리를 했고, 대학에 갓 입학한 경훈은 어느새 한쪽으로 일그러지는 제 동생의 얼굴을 차마 똑바로 보지 못하고 툭하면 숨어서 눈물을 훔쳤다.

주위 사람들에게 알린다 하여 경미의 상태가 좋아질 것도 아니었다. 교회사목이라는 것이 그러했다. 떨어지는 낙엽 한 장에 하늘이 무너졌다고 소동을 피우는 신자들이 있었다. 목사 가족에게 일어난 불상사를 하나님의 심판이라고 매도하는가 하면 목사의 무능, 목사 사모의 부덕과 결부시키기도 했다.

속으로는 피를 철철 흘리면서 나는 목사 사모로서 의무를 해나갔다. 아무 일도 없었던 듯 신자들과 웃고 식사를 하고 얘기를 나누었다. 신자들과 헤어져 옥상의 계단을 밟는 순간 나는 두 손으로 가면이 들러붙은 듯한 내 얼굴을 쥐어뜯고 싶었다. 사모로서의 삶이 끔찍했다. 조울증에 가까운 신자들의 웃지 못할 행태, 자기 입장밖에 모르는 뻔뻔함, 자화자찬, 믿음이 깊다는 집사나 장로들조차 무식한 신자들보다 나을 것이 없었다.

처음부터 나는 목사 사모의 재목이 아니었는지 모른다. 남편과 내가 처음 만난 곳이 교회 성가대이기는 했지만 그는 신학생도 아니었다. 결혼을 하고도 남편은 회사에 취직하여 가장으로서 자기 의무를 다했다. 경훈이 다섯 살, 경미가 두 살이던 어느 날 남편은 목사가 되고 싶다고 했다. 어렸을 때부터의 꿈이었다고, 오랫동안 고민하여 내린 결론이라고 했다.

신학대학원에서 목회자 과정을 마친 남편은 작은 개척교회의 부목사가 되었다. 신도도 많지 않은 개척교회를 이끌어가는 일이 결코 쉽지 않았다. 이내 담임 목사가 된 남편은 혼신의 힘으로 교회를 키웠다. 십여 년의 세월 동안 눈으로 뵈는 성과야 낡은 상가 건물 3층 반쪽에 세를 들었던 교회가 이삼 층으로 늘어나고 건물 주인이 교회 명의로 바뀐 것뿐이지만 남편이 아니었으면 절대로 이루지 못할 성과였다. 남편의 청렴함, 상가 옥상의 가건물에서 십여 년 동안 불편을 마다 않고 살아온 우리 가족들의 희생이 아니었으면 어림없는 일이었다.

딸아이의 한쪽 눈을 잃은 후 남편은 목회자답게 하나님께 매달렸다. 식구들이 잠든 한밤중에 교회당에 내려가 통곡하는 남편을 보면서, 애절한 기도를 바친 후 다시 올라와 평안한 잠에 빠져드는 그를 보면서, 그리고 어느새 통곡의 기도가 세끼 밥처럼 그의 일과로 자리잡는 것을 보면서 나는 남편으로부터 시선을 돌렸다. 일련의 모든 일이 "하나님의 깊은 뜻"이라고 말하는 남편이 비겁해 보였다. "참을 수 없는 고통 역시 하나님의 은총"이라 말하는 남편이 사기꾼으로 보였다.

피해자가 남이었다면 감옥에라도 가서 죄과를 치러야 했을 사람이었다. 남편을 감옥에 보내지 못해 억울한 것이 아니었다. 사고가 일어나기 전과 전혀 다름없이 모든 것을 하나님께 의지하는, 성경 구절을 통하여 여전히 삶의 길을 찾는 남편을 나는 용납할 수가 없었다. 기도를 할 수도 성경책을 펼 수도 없이 혼란에 빠진 나는…… 그랬다. 나는 하나님의 존재를 더이상 인정하지 않았다. 하나님이 계시다면 이러실 수는 없었다. 내가 무엇을 바랐던가. 영원한 삶도, 먹고 남을 재산도, 명예도 아니었다. 내가 바랐던 것은 그저 하루하루 별 탈 없이 넘어가기, 내 가족의 건강과 안녕뿐이었다. 하나님은 없었다. 하늘 꼭대기, 천사들이나 들락거리는 당신 성전에서 바깥도 한 번 내다보지 않고 잘 사시는 하나님, 죄라곤 티끌 하나 없는 내 딸 경미에게 그렇게 가혹한 벌을 내려 나를 조종하고 휘두르겠다는 심술궂은 하나님이라면 내 쪽에서 먼저 사절이었다.

날이 가고 학년이 바뀌어도 눈이 나아지는 기색이 없자 경미의 표정은 굳어갔다. 몸이 아프다며 학교를 결석하는 일이 다반사였다. 티브이도 보지 않고 음악도 듣지 않고 잠을 자는 척, 친구들은 물론 식구들과도 얘기를 나누려 하지 않았다. 남편이 어렵사리 경미를 붙잡고 대화를 나누었다. 그날부터 아이는 공부에 매달렸다.

명문대학에 갈 거야. 한번 해볼 거야.

아이는 밥 먹는 시간까지 아까워하며 공부에 전념했다. 나는 겁이 났다. 한순간도 소홀히 할 수 없다는 아이의 강한 집념은 한순간도 자기 눈에 대한 미련을 떨쳐버릴 수 없다는 뜻이기도 했다. 대학 입시가 가까워올수록 나는 두려웠다. 명문대학에 합격한다 해서 시력이 되찾아지는 것은 아니었다. 세상의 어떤 노력도 어떤 성과도 아이의 잃어버린 눈을 대신해줄 수는 없을 터였다. 나는 하나님과 남편을 미친 듯이 원망했다. 왜 아이에게 쓸데없는 희망을 주어 또다시 절망의 구렁텅이에 밀어넣는지. 힘든 목표를 달성해내지 못하면 아이에게 또 어떤 과오를 물으려는지.

경미는 원하던 대학에 합격했다. 눈 때문에 허비한 시간들을 감안하면 기적에 가까운 결과였다. 모두들 경미를 축하해주고 수고했다며 등을 토닥여주었다. 그뿐이었다. 대학에 다니면서 경미는 또 앓기 시작했다. 다리가 아파 학교에 갈 수 없다고 했다. 귀가 아파 소리를 들을 수 없다고 했다. 남은 눈 한쪽마저 보이지 않는다며 큰 소리로 울부짖었다. 다시 병원을 찾았다. 왼쪽 눈은 정상이었다.

따님이 거짓말을 하는 건 아니에요. 신경성이죠. 사람의 감정이란 게 묘해서 안 보인다고 믿으면 정말 안 보이거든요.

경미는 움직이지 않았다. 어두운 방에 웅크린 채로 불도 켜지 못하게 했다.

나는 경미 곁을 지킬 수 없었다. 내 몸이 아팠기 때문이다. 보름 한 달이 지나도록 한두 시간의 잠도 이룰 수 없었다. 머리가 뻐개지듯 아파 몇 달씩 병원 신세를 져야 했다. 그런 어미에게 경미가 괴로움을 털어놓을 수 없는 것은 당연했다. 바로 그 점을…… 나는 노렸던 것일까. 나는 무슨 생각을 했던가. 어미는 너를 도와줄 수 없다고, 외눈박이로 끔찍한 차별과 억울함을 당하며 사느니 차라리 모든 것을 포기하라고 딸에게 소리치고 싶었던 것은 아닐까.

남편의 심야기도도, 가족들에게 어떻게든 말을 붙이려는 남편의 비굴에 가까운 시도도 어느 날인가부터 사라져버렸다. 남편은 홀로 행동하기 시작했다. 자신의 빨래를, 세끼 식사를 혼자 해결하고 그릇들을 씻었다. 남편의 등을 향해 나는 한껏 이기죽거렸다.

왜, 음식에 독이라도 넣을까 걱정돼요?

남편이 천천히 말했다.

당신이 독을 줘서 내 삶을 끝낼 수 있다면 그만한 행복이 어디 있겠어.

경미는 죽었다. 집을 나간 지 열흘 뒤, 전남 어느 시골 마을의 저수지에서 시신이 떠올랐다. 교통사고로 눈을 다친 지 만 3년 만의 일이었다. 신문에 기사까지 났다. 명문대 여학생, 아무 걱정 없는 현직 목사의 딸이 왜 죽음을 택했는지 의문이라는 내용이었다. 무책임하고 흉측한 소문들이 뒤를 이었다. 목사인 아비가 딸아이를 성폭행했다느니, 그런 사실을 목사 사모가 먼저 알고 자살을 시도했었다느니, 목사가 여신도들을 건드린 숫자가 부지기수라느니 듣기만 해도 끔찍하고 역겨운 말들이 사방으로 퍼져갔다.

"화장실에 가실래요?"

아가씨의 목소리가 들려왔다. 고속도로 휴게소였다. 빗줄기가 약해지기는 했지만 아직도 비는 내리고 있었다. 나는 아가씨의 우산을 같이 받으며 버스에서 내렸다. 화장실에서 나오니 아가씨가 마실 것을 들고 서 있었다.

"생강차예요. 마침 한방차 코너가 있네요."

한 모금을 마셨다. 온몸 구석구석이 따뜻해지는 기분이었다.

"저는 비가 좋아요. 비가 와야 무지개도 뜨죠. 그런데 무지개를 밟으면 소원이 이루어진다는 것이 정말일까요?"

부슬부슬 내리는 빗줄기를 보며 아가씨가 말을 이었다.

"잠비아에는 커다란 폭포가 있대요. 폭포 앞길을 걸으면 무지개가 수도 없이 걸린대요. 우리 미용실에 왔던 손님은 거기서 원형 무지개를 보았대요. 완전히 동그란, 완전한 무지개요. 폭포 앞 계곡에 걸어놓은 다리가 있는데 거기 바로 원형 무지개가 생겼더라는 거예요. 그 손님은 그 다리로, 원형 무지개의 가운데로 걸어들어갔대요. 저는, 비가 그치고 날이 반짝 갤 때만 무지개가 생기는 줄 알았거든요. 그런데 그게 아니래요. 맑은 날, 해는 그저 높은 하늘에 떠 있는데 폭포의 물이 사방으로 튀고 솟구칠 때, 온몸이 젖고 주위가 모두 물안개에 싸여 하늘이고 땅이고 분간도 되지 않을 때 커다란 원형 무지개가 생긴다는 거예요."

"원형 무지개가 있구나. 나는 위로 봉긋한 반원형의 무지개만 봤는데. 거기 한번 꼭 가봐야겠네."

"아시죠? 폭포에서 그리 멀지 않은 미용실에 제가 있을 거예요. 우리 집에 오셔서 푹 쉬다 가세요. 방도 많고 마당 한쪽에는 커다란 벚나무도 있어요. 언니가 가꾸는 장미들도 활짝 피었고요. 한 달, 아니, 일 년을 계셔도 상관없어요."

버스가 휴게소를 빠져나와 다시 달리기 시작했다. 앞자리에 앉은 승객이 일어나 차창을 닦으려 하자 운전기사가 만류했다. 위쪽 차창에 김이 약간 서리기는 했지만 그 정도면 운전에는 지장이 없었다. 도로도 웬만치 마른 듯했다.

내 겨드랑이로 슬그머니 아가씨의 팔이 들어왔다. 아가씨가 내 어깨에 머리를 기대었다.

"이렇게 하면…… 따뜻하니까요."

아가씨의 목소리가 젖어 있었다. 나는 큰 숨을 쉬고 또 쉬었다. 내 딸 경미에게 필요했던 것이 바로 이런 사소한 몸짓, 따뜻한 위로였다. 왜 그때 경미의 손을 잡아주지 못했을까. 앞날의 무엇이 그렇게 무섭고 두려워 내가 먼저 절망에 떨었을까. 눈한쪽 불편한 것쯤은 장애도 아니라고, 희망을 가지고 즐겁게 사는 것이 중요하다고 품 안에 보듬어주기만 했더라도 경미는 죽지 않았을 것이다. 부모에게 누를 끼치지 않으려 낯선 곳에 찾아가 혼자 저수지에 몸을 던질 때 경미는 얼마나 외로웠을까. 얼마나 무서웠을까.

"아줌마가, 아니, 딸을 잃은 아줌마 친구분이 너무 괴로워하지 않으시면 좋겠어요."

아가씨의 나직한 목소리가 이어졌다.

"엄마가 계속 슬퍼하면 딸도 하늘에서 슬플 테니까요. 제가 그렇거든요. 저랑 언니가 사는 것이 힘들다고 괴로워하면 하늘에 있는 우리 엄마가 제일 슬퍼할 것 같아요. 그래서 저는 명랑하게 살기로 했어요. 엄마가 슬픈 게 싫거든요. 가뜩이나 고생만하다 가셨거든요."

나는 있는 힘껏 눈을 꽉 감았다. 딸 경미를 만나 용서를 빌 그날까지 내게는 눈물을 흘릴 자격이 없었다. 못 참겠다고 비명을 지르거나 다른 누구에게 하소연을 할 자격도 내게는 없었다. 나뿐 아니었다. 우리 가족 누구도 마음껏 웃거나 즐거워할 수 없다고 나는 나도 모르게 규정지었던 것이다. 하나님의 뜻이었다고 밀어붙이지 않고는 자신이 일으킨 사고를 마주 볼 용기도 없었던 남편을, 사랑하는 딸을 다치게 한 장본인으로서 나보다도 훨씬 더 괴로웠을 그를 나는 온갖 냉소와 침묵으로 끝없이 흔들어젖히는 중이었다. 아들 경훈에게도 마찬가지였다. 그 착하고 눈물 많은 녀석에게 기계적으로 밥을 내밀고 옷을 빨아주었을 뿐 따뜻한 말 한마디 건넨 적이 언제인지 기억조차 할 수 없었다. 외로움에 지친 녀석이 제 짝을 찾아 온기를 느낀다는 사실에 나는 당황했던 것이다. 그토록 아끼던 여동생 경미를 까맣게 잊고 저희끼리 눈을 맞추며 웃음을 나누다니 나는 녀석을 용서할 수 없었던 것이다. 하지만 그것은 어미로서 경미에게 지은 죄를 그들에게 새로이 전가하는 것에 불과했다. 성숙치 못한 내 감정으로 가뜩이나 외롭고 괴로운 그들을 새로운 검은 저수지로 채찍질하며 몰아가는 것과 다름없었다.

서울은 비가 그쳐 있었다. 대신 밤안개가 짙게 깔려 있었다.

그녀와 나는 천천히 버스터미널을 빠져나왔다. 이제 헤어져야 했다. 그녀는 지하철을 타러, 나는 시내버스를 타러 가야 했다.

"아줌마, 실은 저…… 아프리카에 못 가요. 물론 찾아오지도 않으실 테지만."

그녀가 빙긋 웃으며 말을 보태었다.

"우리 언니, 사실 요양소에 있거든요. 오늘 정말 슬펐어요. 언니가 절 알아보지 못하더라고요. 눈을 감고 말을 안 한 적은 몇 번 있었지만 저를 아예 못 알아본 적은 지난 이 년 동안 한 번도 없었거든요. 의사 선생님 말씀이 앞으로 자주 그럴지 모른대요. 의사 선생님한테 반농담식으로 아프리카 얘기를 꺼냈어요. 환경을 바꿔보면 언니의 병이 좀 나아질 수도 있지 않겠느냐고. 야단만 맞았어요. 그동안 제가 언니한테 아프리카 얘기를 자꾸 한 것이 언니 마음에 부담이 되었을 수도 있대요…… 아프리카에 간다는 건 그냥 꿈이었어요. 잠자고 일어나면 형체도 없는 그런 꿈이요. 멀기도 먼데다. 투자 이민이라나 뭐 그런 걸로 가야 한다는데 그 큰돈을 언제 모으겠어요. 아프리카 얘기도 무지개 얘기도 이제 다시는 하지 않아요. 꿈꾸는 것도 오늘로 끝이에요."

나는 가방을 땅바닥에 내려놓고 그녀를 부둥켜안았다. 그리고 등을 토닥여주었다.

"아가씨는 행복하게 잘살 거야. 아프리카까지 가지 않아도 어디서든 멋지게, 힘차게 아주 잘살 거야. 어쩌면 우리는 벌써 소원을 이뤘는지 몰라. 비 온 후에 무지개 본 적 있지? 붕긋한 윗

부분만 보이고 아랫부분이 보이지 않는다는 건, 우리가 이미 둥그런 무지개의 한가운데에서 살고 있다는 거잖아. 아가씨의 언니도 틀림없이 좋아질 거야. 내가 알아. 하늘에 계신 아가씨 엄마가 다 보살펴주실 거야."

그녀는 걸음을 옮기면서도 몇 번이고 뒤를 돌아보며 내게 손을 흔들었다. 그녀의 모습이 안개에 완전히 묻힐 때까지 나는 오래오래 그녀를 쳐다봐주었다.

시내버스 정류장을 향해 발짝을 떼었다. 비는 오지 않았지만 과수댁이 준 우산을 가져올걸 잘못했다는 생각이 들었다. 읍의 버스터미널 대합실에 버려진 우산을 혹시라도 과수댁이 보게 되면 얼마나 기분이 나쁠 것인가. 하지만 나는 걱정을 거두었다. 과수댁은 나처럼 매사를 꼬부장하게 쑤시는, 그리하여 주위 사람의 상처를 두고두고 우벼파는 속 좁은 여자가 아니었다.

헤헤이, 애기 엄마 좀 봐. 숨이 턱에 닿게 쫓아가 쥐여주었더니 기껏 요만치 갖다났구먼. 젊은 사람덜 정신이 왜 이 모냥이랴. 이러니 내가 죽도 못한다니께. 애기 엄마고 애기 아부지고 코 닦아주고 낯 닦아줄 사람이 나 말고 또 있가니.

남편 곁에 몸도 마음도 건강한 과수댁이 있어주어 얼마나 고마운지. 경훈이도 평생 함께할 예쁜 짝을 찾았으니 또 얼마나 다행인지. 그리고 내게도 남편에게 다시 내려가 진심으로 미안하다고 말할 수 있는 기회가 아직 있어서 얼마나 다행인지.

나는 적어도 살아 있었다. 오늘 밤 내가 내 딸 경미를 생각하

며 다시 가슴을 후비어판다 하더라도 나는 다시 환한 내일을 맞
을 것이었다. 모든 죽은 영혼들이 그리워하는 삶의 독한 괴로움,
칼끝 같은 아픔을 나는 아직 맛볼 수 있는 것이었다.

문단속을 제대로 하지 않으면

1월 22일 화요일

　오늘도 별일 없이 집에 돌아가게 되어서 어머니 감사합니다. 나무 가시가 손에 박히지도 않고 멍든 데도 없어서 어머니 감사합니다.

　오전에는 강동의 아파트에 침대 한 개, 오후에는 우리 공장에서 가까운 하남의 한 단독주택에 경대를 날랐는데 김과장에게 야단맞은 것은 오전에 침대를 나를 때뿐이었습니다. "유순봉! 정말 왜 이러는 거야. 내가 미치는 꼴 보고 싶어! 하여간 공장에 가서 보자고. 돌아서면 일이 터지니 사람이 살 수가 있어야지." 하지만 걱정 마세요, 어머니. 공장에 돌아가서는 김과장이 야단치는 것을 잊어버렸답니다. 어머니 감사합니다.

침대 배달을 떠날 때 김과장은 내게 골조는 새것을, 매트는 창고 앞쪽에 따로 놓아둔 반품된 것을 실으라고 했습니다. 골조는 박스로 포장되어 있었지만 매트의 비닐 포장은 당연히 벗겨져 있었습니다. 아파트 단지에 들어서기 전에 김과장이 갑자기 트럭을 세웠습니다. 그러지 않았으면 어땠을까요. 매트가 헌것이라고 손님이 시비를 걸면 침대를 팔기는커녕 하마터면 난리를 치를 뻔했습니다. "매트 포장을 새로 해와야지! 척 보면 똥인지 오줌인지 몰라?" 김과장은 왠지 뒷골이 당겨서 물건을 확인하고 싶었다고 했습니다. 김과장의 뒷골을 당겨주신 어머니 감사합니다.

다행히도 며칠 전에 배달한 매트의 비닐이 트럭 바닥에 남아 있었습니다. 이번 것과는 다른 제품이라 크기도 맞지 않고 가운데가 죽 찢겨나간 것이었지만 김과장은 그나마 살았다며 한숨을 돌렸습니다. 김과장의 지시대로 나는 찢겨진 비닐을 적당히 매트에 둘렀습니다. 손님의 아파트에 닿아 초인종을 누른 김과장은 주인이 문을 여는 순간에 매트의 비닐을 뜯는 것처럼 행동했습니다. "집에 들여가면 먼지가 많이 나서요. 어차피 포장은 우리가 치워드려야 하고요." 트럭에 전번 비닐을 그대로 실어놓으신 어머니 감사합니다.

공장 사람들은 김과장 성격이 더럽다고 흉을 보지만 내가 보기에 김과장은 정말 똑똑합니다. 나이가 나보다 세 살이나 어린데도 일 처리는 예순 넘은 공장장만큼 노숙합니다. 김과장 덕분에 나는 다음달도 공장에 무사히 다닐 수 있을 것 같습니다. 인부로 써달라고 공장에 찾아와 기웃거리는 사람들도 꽤 있는데 여러모로 부족한 내가 쫓겨나지 않고 다닐 수 있는 것은 김과장이 나랑 짝을 먹었기 때문입니다. 그러니 내 월급에서 김과장에게 20만 원을 떼어주는 것은 당연합니다. 박과장과 짝인 최철기 씨는 운전도 잘하고 웬만한 배달은 혼자 할 만큼 눈치가 있는데 나는 운전도 못하고 눈치도 없고 말주변도 별로 없습니다. "유순봉 때문에 나는 하루에도 몇 번씩 심장마비야. 이러다 죽으면 다들 제 성질 못 이겨 죽었다고 하겠지." 김과장이 투덜거리지만 그가 그렇게 쉽게 죽을 사람은 아닙니다. "죽겠다고 엄살떠는 사람 치고 빨리 죽는 사람 못 봤어." 이건 박과장이 한 말입니다. 그렇습니다. 죽겠다는 말은 농담으로도 하지 않던 어머니나 왕사장님이야말로 일찍 돌아가셨잖습니까. 어머니는 하늘에서 잘 지내시지요? 내 걱정은 마세요. 김과장만 꼭 붙잡고 있으면 만사 오케이입니다. 공장에 김과장을 보내주신 어머니 감사합니다.

웬일로 방앗간을 하는 넷째 동서가 전화를 걸어왔습니다. 오후에 경대 배달을 마치고 공장으로 돌아가는 길이었습니다. "별일 없남?" 근 1년 만에 듣는 목소리였지만 나는 금방 넷째 동서인 줄 알았습니다. "예. 저희는 별일 없……" "아직도 있남?" 나도 이제 조금씩 눈치가 생기나봅니다. 동서가 앞뒤 자르고 다짜고짜 묻는데도 나는 단번에 알아들었습니다. "예. 아직……"

넷째 동서는 내 말을 끝까지 듣는 법이 없습니다. 물론 다른 동서들도 비슷하기는 하지만요. "그게 시방 뭔 말여. 아직꺼정 같이 살다니 말 되는 소릴 혀. 자네두 막내 처제두 그눔허고 똑같어. 똑같으니께 그 꼴루들 살지. 하여간 나는 몰러. 나헌티는 전혀 책임 없응게 알아서들 혀. 지 앞가림 지가 허지, 누굴 탓혀 시방!" 충청도 사람이 느리다고 해도 넷째 동서를 보면 전혀 그렇지만도 않습니다. 제 할 말만 두두두 쏟아놓고는 어느새 전화를 끊어버립니다. 오랜만이기는 하지만 어쨌든 동기간이니까 안부 전화도 합니다. 동기간이……잖어. 남이…… 아니……잖어. 어머니가 풍을 맞아 입도 제대로 움직이지 못하면서 겨우 하신 말씀이 그것이었습니다. 어머니의 순댓가게를 방앗간으로 내준 것도 넷째 동서와 가깝게 허물없이 지내야 우리 식구들이 편하다는 어머니의 배려였습니다. 어머니 감사합니다.

집골목으로 들어서는데 웬 남자가 다가섰습니다. "유순봉씨 죠? 저는 가나티브이 피디입니다." 그가 명함을 내밀었습니다. 가로등 빛이 있기는 해도 그림자에 가려 제대로 보지도 못했는데 그는 명함을 자기 지갑에 다시 넣어버렸습니다. "유순봉씨가 명함을 갖고 계시는 게 좋지 않을 것 같아서요. 근처 다방에라도 가실까요." 그가 큰길 쪽을 가리켰지만 나는 그냥 서 있었습니다. 다방에 가자고 했으니 찻값이야 자기가 내겠지만 처음 보는 사람을 따라가기가 찜찜했습니다. 한참 머뭇거리던 그가 말을 이었습니다. "댁에 있는 남자분…… 말입니다. 뭐하는 사람입니까." 오늘따라 기천웅씨 얘기를 왜들 꺼내는지 모르겠습니다. "글쎄요, 모르겠는데요." "이름은요?" "기억이 나지 않습니다." "그 사람 이름은…… 기천웅입니다. 저희가 조사했습니다." 나는 아무 말 없이 그의 반코트 단추를 바라보았습니다. 그가 다시 물었습니다. "그 사람하고 어떤 관계십니까?" 나는 또 단추만 바라보며 가만히 있었습니다. 이번에는 정말 모르기 때문이었습니다. 어머니, 기천웅씨와 나는 어떤 관계일까요? "그럼 나중에 뵙겠습니다. 참," 돌아서려던 그가 다시 말을 이었습니다. "저 아래 시장에서 방앗간 하시는 분이 동서시라고요?" "예. 바로 윗동섭니다. 그 위의 동서들은 지방에서 살고요." 그가 고개를 끄덕였습니다. "그분께 이번 취재에 대해 양해를 구했습니다. 아시겠지만, 기천웅이란 사람에게는 절대 저를 만났다는 얘기는 하시면 안 됩니다." "알았습니다." 그가 돌아서서 골목을 빠져나갔습니다. 기천웅씨에게 무슨 일이 있기는 한 모양입니다. 다방에 가서 자세히 들어볼걸 그랬나 싶었지만 이미 지난 일이었습니다. 다방에 가봤자 찻값만 축내지 별것도 없습니다. 어머니 감사합니다.

우리 집 문 손잡이를 잡으려는데 주인 아줌마가 내 점퍼 자락을 잡아채었습니다. "저기." 자기 집 마당으로 나를 끌고 들어선 아줌마는 무슨 말인가를 하려다 말고 자기 입을 톡톡 쳤습니다. 내가 먼저 말을 꺼내었습니다. "이번 달 수도 요금이랑 전기 요금은……" "그게 아니고 미림 아빠, 오늘 누가 와서 미림이네…… 아냐, 관둬." 주인 아줌마가 도망치듯 자기 집 현관으로 들어가 버렸습니다.

드디어 집 미닫이문을 밀었습니다. 현관에는 기천웅씨의 슬리퍼와 미림이의 운동화와 종훈이의 운동화가 있었습니다. 미림 엄마 신발은 물론 없었습니다. 미림 엄마는 파출부 일이 끝난 후 해장국집 저녁 설거지를 더 하고 오기 때문에 나보다 늦습니다. 방 안 풍경도 여느 때와 같았습니다. 기천웅씨는 아랫목에 비스듬히 누워 티브이를 보고 있었고 미림이와 종훈이는 나를 보더니 배가 고프다고 징징거렸습니다. "일 끝나면 잽싸게 기어들어올 일이지 어딜 쏘다녀! 새끼들 굶을 거 뻔히 알면서." 기천웅씨가 나를 노려보았지만 더이상은 없었습니다. 저녁 설거지를 다 하고 방에 들어갔는데 기천웅씨는 별말 없이 티브이만 보았습니다. 새 사극 드라마가 재미있는 모양입니다. 재미있는 드라마를 시작해주신 어머니 감사합니다.

1월 23일 수요일

아침에 집골목을 나서는데 누가 어깨를 쳤습니다. 어젯밤의 그 피디였습니다. 깜깜할 때는 잘 몰랐는데 환할 때 보니 생각보다 어린 듯했습니다. 기껏해야 서른 중반, 내 나이 또래인 것도 같았습니다. "잠깐 같이 가시죠." 그를 따라가보니 아랫골목

공터에 웬 은색 차가 하나 서 있었습니다. 크기는 콤비버스만한데 창문은 운전석 쪽에만 나 있었습니다. 티브이 중계차라 했습니다. 차 앞에 서 있던 노랑머리의 남자가 잽싸게 차 문을 열었습니다. 차 안에는 우리 말고도 세 사람이나 더 있었습니다. 안녕하세요, 나를 보고 인사하면서도 한 사람은 기계의 스위치를 조절하느라 바빴고 또 한 사람은 천장에 매달린 전등들을 만지며 내 얼굴과 그림자를 살폈습니다. 버스 앞자리에 앉은 사람은 카메라를 어깨에 메고 나를 찍어대었습니다. 피디가 가리키는 화면에는 웬 후줄근한 사내가 쭈뼛대며 주위를 둘러보고 있었는데 자세히 보니 그가 바로 나였습니다. 마이크를 든 피디가 말을 시작했습니다. "기천웅씨에 대해 묻겠습니다." 제가 얼른 말했습니다. "출근해야 되거든요." 피디가 황급히 마이크를 끄더니 공장에 전화를 해주겠다고 했습니다. 나는 잠시 생각하다가 그럴 필요까지는 없다고 했습니다. 사실 공장에는 10시까지만 가면 됩니다. 매장 직원들이야 일찍 나가서 매장 청소도 하고 손님도 맞아야 하지만 창고의 인부들은 여유가 있습니다. 배달용 트럭으로 상계동에서부터 출퇴근하는 김과장도 10시 반은 되어야 나오니까요. 8시도 채 되지 않아 내가 집에서 나오는 이유는 미림 엄마도 파출부협회로 일찍 나가는데다 집에서 뭉그적거려봤자 기천웅씨에게 책이나 잡히기 때문입니다.

피디가 다시 마이크를 켰습니다. "기천웅씨랑 원래 아는 사이십니까." "처음에는 서로 몰랐죠." 내가 대답했습니다. "어떻게 같이 살게 되었나요.""……문단속을 제대로 하지 않아서요. 구멍가게를 했던 집이라 길 지나는 사람들이 종종 미닫이문을 밀거든요. 물론 살림집이란 걸 알고 얼른 닫기는 하지만요.""그 사람과 같이 산 지 얼마나 되었나요.""이삼 년쯤 되었죠. 그런데……" 갑자기 벼락 치는 소리가 났습니다. 사람들도 나도 깜짝 놀랐습니다. 피디가 나더러 마이크를 함부로 만지지 말라고 주의를 주었습니다. 손바닥으로 잠깐 마이크를 가렸을 뿐인데 그렇게 큰 소리가 날 줄은 몰랐습니다. 내가 말소리를 죽여, 기천웅씨가 우리 집에 있는 걸 어떻게 알았느냐고 물었습니다. 피디는 자기가 〈사람 사는 이야기〉라는 티브이 프로를 맡고 있는데, 그 프로를 담당하는 작가 중 한 사람이 누군가로부터 우리 집 얘기를 들었고, 그 누군가는 우리 동네의 시장 누군가에게서 얘기를 들었다고 했습니다. 피디가 시계를 들여다보며, 죄송하지만 시간이 없으니 자기가 묻는 말에 먼저 대답해달라고 했습니다. 나도 시계를 들여다보며, 죄송하지만 시간이 없어서 이만 가봐야겠다고 했습니다. 피디가 한숨을 쉬더니 그럼 종종 뵐 테니 오늘은 그냥 가시라고 했습니다. 어머니 감사합니다.

생각해보니 기천웅씨와 같이 산 세월이 3년하고도 2개월입니다. 다음달이면 초등학교에 입학하는 종훈이가 뺑소니 오토바이에 치여 다리를 다친 때가 네 살 여름이고, 그 병원비를 대느라 전셋집에서 지금의 사글셋방으로 옮겨앉은 때가 그해 10월, 기천웅씨가 우리 집에 들어온 것이 12월이었으니까요. 공장에서 돌

아와보니 미림 엄마랑 아이들이랑 그 사람이 있었습니다. 나는
그가 미림 엄마의 사촌이나 집안 형부쯤 되는 줄 알았습니다.
그래서 반갑게 인사했습니다. 그런데 미림 엄마는 나를 싱크대
쪽으로 부르더니 저 사람이 누구냐고 했습니다. 미림 엄마는 그
가 내 사촌이나 육촌인 줄 알았다고 했습니다. 결국 그 사람은
우리와 아무 관계도 없는 사람이었습니다. 하지만…… 대놓고
말하기가 어려웠습니다. 몸집도 큰데다 찢겨 올라간 눈꼬리, 짧
은 전중이 머리, 그가 한 번 성질을 부리면 감당하기가 쉽지 않
을 것 같았습니다. 게다가 그는 이미 우리 아이들과 함께 두레
상에서 저녁밥을 먹는 중이었습니다. 나는 기다렸습니다. 저녁
을 먹고 나면 나는 그가 미안하다며 일어날 줄 알았습니다. 집
주인인 내 얼굴도 확인했고 자기가 집을 잘못 찾아들었다는 걸
알았을 테니까요. 하지만 그는 일어나지 않았습니다. 밥을 먹은
그 자리에서 그는 꼼짝 않고 티브이를 보았습니다. 아니, 한 번
일어나기는 했습니다. 말도 한마디 했습니다. "변소가 어디요?"
　우리가 세 들기 전까지 구멍가게였던 집에 욕실이나 화장실이
따로 있을 리 없습니다. 길에서 미닫이문을 열고 들어서면 신발
너덧 켤레를 놓을 수 있는 현관, 현관 옆에 단칸방, 마주 보이는
허드레 공간에 싱크대가 한 조 놓인 것이 다입니다. 화장실은
주인집 마당에 있습니다. 화장실을 이용하자면 우리 집에서 나
가 담을 따라 돌아 주인집 대문에 달린 작은 문을 열쇠로 따고
들어가야 합니다. 하는 수 없이 내가 앞장서서 그를 화장실에

데려다주었습니다. 화장실 한 번 쓰겠다는데 야박하게 굴 수는 없지 않습니까. 그렇다고 아이들 요강을 내줄 수도 없는 일이고요. "얼른 문을 잠가요." 내가 집에 들어오자 미림 엄마가 말했습니다. 우리는 잠깐 망설였습니다. 그가 들고 온 큼직한 가방이 방바닥에 놓여 있었기 때문입니다. "가방이야 바깥에 내놓으면 되지." 그의 가방에 손을 대는 순간 문이 열리고 그가 집 안으로 들어섰습니다. 나는 깜짝 놀라 방 한쪽 구석으로 물러섰습니다. 그의 가방을 탐낸 것으로 오해하면 곤란하니까요. 가방을 챙겨 든 그가 머무적거리는 듯싶더니 웬일로 방에 다시 주저앉았습니다. 그의 눈은 티브이에서 방영되는 주말 드라마에 박혀 있었습니다.

드라마가 끝나면 나는 그가 갈 줄 알았습니다. 미림 엄마는 설거지를 하고 나는 옷을 갈아입었습니다. 미림이와 종훈이는 방바닥을 뒹굴며 장난감 비행기를 가지고 놀았습니다. 드라마가 끝나고 뉴스, 뉴스가 끝나고 오락 프로. 아이들이 잠에 곯아떨어졌을 때 그가 다시 입을 떼었습니다. "내가 윗목에서 자지요." 미림 엄마와 나는 또 아무 말도 하지 못했습니다. 밤 11시가 넘은 시각이었습니다. 날이나 밝으면 보내야지 추운 겨울밤에 어떻게 내쫓겠습니까. 갈 곳이 있으면 그렇게 우리 집에서 개개겠습니까.

길가 유리창 쪽으로 그 사람이 눕고 그 옆에 미림이와 종훈이, 나, 맨 안쪽으로 미림 엄마가 누웠습니다. 그의 코 고는 소

리가 너무 시끄러운데다 종훈이 역시 좁아진 방이 답답한지 몸
부림을 심하게 쳐서 나는 잠을 이룰 수가 없었습니다. 아침이
되었습니다. 미림 엄마가 아침밥을 차렸고 그 사람과 내가 밥을
먹었습니다. 미림 엄마가 자꾸 눈짓을 했습니다. "그럼 안녕히
가세요." 나는 그 사람에게 짐짓 작별 인사를 하고 바깥으로 나
왔습니다. 일요일이라 공장에 출근할 것도 아니었습니다. 나는
주인집 대문 안쪽에 숨어 그가 나가는 것을 기다렸습니다. 한
시간, 두 시간…… 그는 나오지 않았습니다. 하는 수 없이 집에
다시 들어갔습니다. 그 사람은 방 아랫목에 꼼짝 않고 앉아 있
었습니다. 아니, 미림이를 앉은뱅이책상에 앉혀 숙제를 시키는
중이었습니다. 그가 집에서 나간 것은 두 번, 열쇠를 가지고 변
소에 갈 때뿐이었습니다. 어물어물하는 사이에 점심때가 되고
저녁때가 되고 밤이 되었습니다. 다음날 아침 나는 출근 시간보
다 한 시간은 빨리 집을 나서면서 큰 소리로 힘주어 말했습니
다. "그럼 안녕히 가세요. 못 보더라도 건강하시고요." 아무 대
답도 듣지 못했지만 나는 그가 그날만큼은 꼭 갈 줄 알았습니
다. 아무리 갈 곳이 없어도 남의 집에 마냥 눌러앉을 수는 없을
테니까요. 주인집 대문 안에 서서 이제나저제나 동정을 살피고
있는데 누가 나오기는 했습니다. 미림 엄마였습니다. "나가서
볼일 보래. 자기가 아이들 돌봐준다고."

　오늘 제일 기뻤던 일은 저녁으로 순댓국을 먹은 일입니다. 오
후에 식당 의자를 배달했는데 마침 그 식당에서 순댓국을 팔고

있었습니다. 박과장과 최철기씨와 김과장은 갈비탕을 먹었지만 나는 천 원 더 싼 순댓국을 먹겠다고 했습니다. 어머니 생각에 눈물이 찔끔 났는데 김과장이 나를 쳐다봐서, 정말 추운 날이라고, 그래서 눈물이 난다고 말했습니다.

돌이켜보면 어머니가 순댓국을 끓이고 내가 손님들에게 음식을 나르던 때가 가장 행복했던 시절인 것 같습니다. 커다란 국솥 두 개가 절절 끓던 가게는 한겨울에도 봄날처럼 따뜻했지요. 두번째로 행복했던 때는 우리 순댓국집 단골이었던 종묘사 왕사장님의 주선으로 묘목장 일을 할 때였습니다. 밭이랑에 씨를 뿌리는 일이나 묘목 심기, 물 주기, 비료 주기, 나는 어느 일이든 재미있었습니다. 하루가 다르게 커가는 작물들을 보면 힘이 들기는커녕 부쩍부쩍 힘이 솟곤 했습니다. 흰색 파프리카뿐 아니라 노랑색 당근, 잎 모양이 공주 드레스 같은 상추 이야기를 하면 공장 사람들은 내가 말을 지어낸다며 코웃음 칩니다. 그럴 때마다 나는 최박사님이 떠오릅니다. "유순봉씨는 정말 사람이 좋아. 언제나 봐도 밝고, 진실하고." 매일매일 노트를 들고 밭이랑을 체크하던 최박사님은 지금 어디서 무엇을 하실까요. 왕사장님이 갑자기 돌아가시지만 않았어도, 왕사장님 아들이 그 묘목장 땅을 팔지만 않았어도 나는 거기서 평생 일할 수도 있었을 것입니다. 묘목장 안에 빈 농막도 있어서 우리 식구 정도는 거기서 살아도 아무 문제도 없었을 것입니다. 하지만 괜찮습니다. 나는 어쨌든 아이들과 잘살고 있으니까요. 어머니 감사합니다.

집 근처 버스정류장에 내렸는데 아침에 보았던 노랑머리 남자가 나를 기다리고 있었습니다. 티브이 사람들은 빈틈이 없습니다. 휴대폰으로 내게 전화를 걸면 간단할 텐데 기천웅씨에게 들킬까봐 절대 걸지 않습니다. 중계차에 오르니 피디가 맞아주었습니다. "기천웅이 슈퍼에 간 틈을 타서 집에 소형 카메라를 설치했어요. 양해해주십쇼. 유순봉씨 가족을 위한 거니까요." 나는 고개를 끄덕였습니다. 화면에 비친 우리 집은 정신이 없었습니다. 사방 벽에 걸린 옷들, 방바닥의 담요, 미림이 책상, 밥상, 티브이, 싱크대와 밥통, 신발장 쪽에 있는 우산…… 피디에게 집을 치우지 못해 미안하다고 하자 피디는 단칸방에서 어른 셋과 아이들 둘이 사는데 어떻게 깨끗할 수 있느냐며 창피할 것 없다고 말해주었습니다. 어머 감사합니다.

중계차의 화면에는 무엇보다도 사람이 이상하게 나옵니다. 아랫목에 앉은 기천웅씨만 해도 머리는 큰데 다리는 짧고 가늘게 나와서 표고버섯이나 꼴뚜기를 보는 기분이 듭니다. 기천웅씨가 발로 종훈이를 찼습니다. 또 미림이가 쥐포와 땅콩을 사와서 기천웅씨에게 주었습니다. 아이들이 물끄러미 보고 있는데 기천웅씨는 자기 혼자만 열심히 다 먹었습니다. "그동안 힘드셨죠?" 피디가 마이크를 대었습니다. 내가 아무 말 하지 않자 그가 마이크를 껐습니다. "별로 힘들지 않으신가봐요?" 그가 웃었습니다. "세상 사는 게 다 그렇죠." 나도 웃어주었습니다. 그리 특이한 대답도 아닌데 그는 나를 한참 동안 바라보았습니다. 그러고는 무슨 말인가를 하려다가 혼자 머리를 내저었습니다. 기계를 만지는 사람과 무언가 속삭이더니 나더러 오늘은 그만 가시라고 했습니다. 그리고 어쨌든 자기들이 우리 집을 지켜보고 있으니 아무 걱정 하지 말라고 했습니다. 어머니, 나는 어머니가 우리 식구를 돌봐주고 계시니 아무 걱정 안 합니다. 티브이 카메라에 낱낱이 찍히는 것을 기천웅씨가 나중에라도 알고 화를 낼까봐 걱정이 되긴 하지만 내가 시킨 것은 아니니 많이 걱정하지는 않습니다. 어머니 감사합니다.

집에 돌아오니 미림이랑 종훈이도 잘 지냈다고 하고 미림 엄마도 별일 없었다고 했습니다. 기천웅씨는 오늘도 드라마에 정신이 팔려 나한테 시비 걸지 않았습니다. 드라마가 매일매일 오래 계속되면 좋겠습니다. 재미있는 드라마를 보내주셔서 어머니 감사합니다.

1월 24일 목요일

아침에 일어나니 함박눈이 내리고 있었습니다. 미림이와 종훈이는 역시 아이들입니다. 눈이 내리면 길도 미끄럽고 고생하는 사람들이 한둘이 아닌데 눈이 온다며 그저 좋아합니다. 하지만 금방 조용해졌습니다. 기천웅씨가 시끄럽다고 화를 냈기 때문입니다.

집골목을 나서는데 또 노랑머리 남자가 나를 기다리고 있었습니다. 중계차에 오르니 피디는 누군가와 전화를 하는 중이었습니다. 화면에서는 기천웅씨가 혼자 집 안을 뒤지고 있었습니다. 싱크대의 양념통들을 들었다 놓더니 냄비와 그릇들을 들추고, 싱크대 서랍을 들어내고 그 속을 들여다보기도 했습니다. 미림 엄마의 비상금을 찾는 것이 분명했습니다. 나도 모르게 웃음이 나왔습니다. 피디가 마이크를 켜고 웃으며 말했습니다. "이제 마음이 놓이시나봐요.""그런 게 아니라…… 뒤져봤자 헛일이거든요. 미림 엄마나 나나 비상금은 양말 속에 있거든요." 나는 바지를 약간 올려 양말목을 보여주었습니다. "……아무렇지 않으세요?""저 사람 원래 저래요." 웃자고 한 얘기였는데 웬일인지 피디의 표정이 딱딱하게 굳었습니다. 갑자기 화면이 바뀌었습니다. 미림이가 기천웅씨의 눈치를 보며 학교 가방을 챙기고 있고 종훈이는 기천웅씨에게 쥐어박혀 싱크대 앞에 쪼그리고 앉아 눈물을 짜고 있었습니다. "현재 상황입니다. 유순봉씨, 어떤 기분이 드십니까." 대답하고 싶지 않았지만 피디가 계속 나를 노려보고 있었습니다. "기천웅씨가 종훈이를 너무 심하게 때리지 말았으면 좋겠습니다." 아이가 맞는 것이 안쓰럽기는 하지만 사실 사내자식은 맞을 필요가 있습니다. 학교나 군대에 가면 당연히 매를 맞으니까요. 참, 종훈이는 다리를 절기 때문에 군대에 가지 않을 수도 있겠습니다. 종훈이가 사고를 당한 것이 나쁜 것만은 아닌 듯합니다. 비록 전세금은 병원비로 날렸지만요. 어머니 감사합니다. 피디가 다시 물었습니다. "저 사람에게 책잡힌 일 있습니까?" "아뇨." "그럼 왜 그렇게 꼼짝 못하십니까. 억울하지 않습니까?" 나는 가만히 있었습니다. 피디가 담배를 꺼내어 불을 붙였습니다. "유순봉씨가 원치 않으시면 우리도 손 뗍니다. 모르는 사람이 막무가내로 들어와 나가지 않는다는 게 아주 희귀한 경우라 우리 프로에서 다뤄볼 생각이었지만, 순봉씨 쪽에서 저 사람과 사는 게 아무렇지 않다면 제삼자인 우리가 끼어들 성질은 아니죠. 티브이 방영도 곤란하고요. 어떻게, 저 사람과 계속 같이 사실 예정입니까?" "예정이랄 게 뭐 있나요." "쫓아낼 힘이 없어서 같이 사는 거라면 우리가 이참에 확실하게 쫓아내 드릴 수 있단 말입니다. 감옥에 보낼 수도 있고요. 분명히 말씀하세요. 저 사람과 계속 같이 살고 싶으십니까?" 나는 가만히 있었습니다. 피디가 다 태우지도 않은 담배를 재떨이에 비벼 껐습니다. 나는 출근해야 한다는 핑계로 차에서 내렸습니다. 피디도 더이상 나를 잡지 않았습니다. 어머니 감사합니다.

오늘은 원래 땡처리되는 미국 수입 가구를 창고에 쌓으려고 했는데 눈 때문에 내일로 연기되었습니다. 비나 눈을 맞으면 가구가 망가지니까요. 창고는 춥습니다. 모두들 난로 곁을 떠나지 못합니다. "팔리지도 않는 가구 쪼개어서 불이나 때면 좋겠구먼." "좋지. 잘 타겠다." 다들 한바탕 웃었습니다. "석유난로에 나무를 어떻게 넣어요." 내가 한마디하자 사람들이 더 크게 웃어대었습니다. "부수기만 해. 어떻게든 땔 테니." "모닥불이 훨

씬 뜨뜻하고말고. 이까짓 석유난로에 비하겠어.""그럼. 락카통
하나 비워서 불 때면 되지.""순봉씨, 하나 부숴봐." 사람들이 모
두 나를 부추겼습니다. 나는 슬그머니 창고에서 나왔습니다. 유
순봉 간다! 이왕이면 큰 걸로 때려잡아. 웃는 소리가 시끄러웠
습니다. 공장 문밖에 서서 내리는 눈을 바라보았습니다. 수선부
에 가면 허드레 나무토막이 뒹굴고 그런 것들만 주워 와도 하루
땔감이야 되겠지만 저 사람들 이야기를 그대로 들었다가는 큰일
납니다. 지난가을 어느 비 오는 날, 사람들이 부추겨서 소주를
사온 적이 있습니다. 공장장에게 들키자 사람들은 내가 권해서
할 수 없이 마셨다며 하나같이 발뺌을 했습니다. 별수 없었습니
다. 사정이야 어떻든 내가 내 돈으로 소주를 사온 것은 사실이
었으니까요. 한바탕 나를 야단치고 난 후 공장장은 그들에게도
한마디했습니다. "유순봉이가 너희들 봉이냐? 툭하면 뒤집어씌
우게.""봉이잖아요! 유순봉." 사람들과 같이 웃는 공장장이 나
는 원망스러웠습니다. 내 이름에 봉 자가 있기는 하지만 나는
그들의 지시대로 움직이는 봉은 아닙니다. 나는 내 이름을 좋아
합니다. 어머니가 주신 이름이니까요. 어머니 감사합니다.

　방앗간 동서가 또 전화를 했습니다. "피디 만났남?""예."
"이번 기회에 그 쥑일 눔을 워떻게든 끌어내어.""나가려고 하겠
어요? 이 겨울에." 별말도 아니었는데 동서가 마구 화를 내었습
니다. "자네가 그놈 추울 걱정을 왜 혀! 삼 년이나 그 꼴을 당하
구두 혼이 덜 났남? 지발 똑바루 좀 굴어. 자네 땜에 내가 욕먹

어. 내가 무슨 잘못여. 자네 동서 된 죄밖에 더 있남? 답답혀, 내 복장 터지는 걸 누가 알어. 끊어!" 전화를 끊고 가만히 생각하니 기천웅씨도 어쩌면 갈 데가 있을지 모른다는 생각이 들었습니다. 언젠가 자기도 처자식이 있다는 말을 했거든요. 그래도 처자식까지 데려오지는 않고 혼자 우리 집에 있는 것을 보면 기천웅씨가 영 염치없는 사람은 아닙니다. 어머니 감사합니다.

퇴근하여 집에 들어서는 나를 기천웅씨가 노려보았습니다. "티브이에서 왔다는 것들, 만났냐?" 나는 얼른 고개를 내저었습니다. 속으로는 간이 뚝 떨어졌습니다. 기천웅씨가 모든 걸 다 알았다면 어떻게 나올까요. 우리는 어떻게 해야 할까요. "말해 봐. 이 집 주인이 누구야?" 기천웅씨의 발이 내 옆구리를 질렀습니다. 너무 아파 말이 나오지 않았습니다. 나는 두 손으로 겨우 기천웅씨를 가리켰습니다. "알긴 아냐? 길바닥으로 쫓겨나 얼어 죽고 싶지 않으면 똑바로들 굴어!" 내가 얻어맞는 것을 티브이 쪽 사람들은 다 보고 있겠지요. '보고 있으니 걱정 말라'는 말은 무슨 뜻이었을까요. 맞아 죽게 내버려두지는 않겠다는 보장일까요. 아니면 보는 사람들이 있으니 용감하게 맞으라는 뜻일까요. 내게 하던 발길질이 그치나 했더니 어느새 종훈이가 앞으로 고꾸라집니다. 종훈이는 울지도 않고 혼자 일어섭니다. 크게 다친 데는 없는 것 같습니다. 어머니 감사합니다.

여느 때와 똑같이 기천웅씨는 아랫목에서 따로, 우리 네 식구는 작은 플라스틱 상에 둘러앉아 저녁밥을 먹기 시작했습니다.

누가 문을 두드렸습니다. 방앗간 처형이었습니다. 집에 들어선 처형이 다짜고짜 소리를 질렀습니다. "왜 내 동생 집에서 이러는 거야! 대체 당신이 누구냐고!" 처형이 기천웅씨에게 대놓고 화를 내는 것은 처음이었습니다. 내가 진정하라고 하니까 이번에는 나를 노려보며 소리쳤습니다. "제부는 가만히 있어요! 이런 사람 하나 내쫓지도 못하면서 무슨 말이 많아!" 그 소동 속에서도 기천웅씨는 밥숟가락을 뜹니다. 티브이 연속극을 보면서 한가로이 한마디합니다. "밥 먹고 얘기해. 밥 먹을 때는 개도 안 건드리는 법이야." 나도 그냥 밥을 먹을까 싶어서 다시 숟가락을 잡았습니다. 처형에게 저녁 드셨냐고 하니까 지금 밥이 넘어가냐고 또 화를 내었습니다. 밥이 잘 넘어가지는 않지만, 어머니, 나는 어머니 말씀을 기억하고 있습니다. "무슨 일이 있어도 밥은 꼭 찾아먹어야 되어. 한 끼를 굶으면 죽을 때꺼정 그 끼니를 못 찾아먹으니께." 그릇에 있던 밥을 억지로 입에 쑤셔넣었습니다. 밥상을 싱크대 앞으로 옮기며 아이들에게 빨리 먹으라고 손짓했습니다. 처형은 기천웅씨에게 계속 소리를 질러대었습니다. "당신이 사람이야? 내 동생이고 조카들이고 무슨 죄가 있다고 이렇게 괴롭히냐고!" 처형의 목소리에 울음이 섞이니까 나도 울고 싶었습니다.

드디어 기천웅씨의 밥그릇이 비었습니다. 물을 따라 마신 그는 예상대로 자기 밥상을 걷어찼습니다. 상이 널브러지고 반찬이 쏟아지고 김치 그릇이 박살났습니다. "여보, 밥통!" 미림 엄마가 내게 밥통을 치우라고 소리쳤지만 때는 이미 늦었습니다. 밥통이 방 밖으로 날아가고 미림이의 책가방이, 옷이, 물주전자가 차례대로 날아갔습니다. 나는 얼른 싱크대 앞으로 가서 미림이와 종훈이를 감쌌습니다. 그가 심하게 화나면 물건뿐 아니라 아이들도 던지기 때문입니다. 종훈이를 패대기쳐서 머리가 깨진 적도 있습니다. 처형에게 제발 진정하시라고 소리쳤지만 처형은 참지 않았습니다. "제부가 이 모양이니 식구들이 고생하잖아! 사내가 싸울 때는 싸워야지, 왜 피하기만 해!" 기천웅씨가 널브러진 두레상을 머리 위까지 쳐들었습니다. 아찔했습니다. 누군가가 다쳐도 크게 다칠 상황이었습니다. "잠깐만요!" 나는 벌떡 일어나 처형의 등을 힘껏 밀쳤습니다. 처형을 집 밖으로 몰아내고 문을 닫아버렸습니다. 경찰에 신고할 거야! 당장 집에서 나가! 처형의 목소리가 골목에 울려퍼졌지만, 처형도 겁이 나는 모양입니다. 다시 집에 들어서지는 못했습니다. "빨리 치우지 않고 뭐해!" 기천웅씨의 호통에 우리는 얼른 방을 치우기 시작했습니다. 미림이의 책들이 물에 젖기는 했지만 그래도 찢어지지는 않았습니다. 현관까지 굴러간 밥통도 찌그러지기는 했지만 그런대로 뚜껑이 닫혔습니다. 무엇보다도 아이들과 미림 엄마가 무사했습니다. 어머니 감사합니다.

더이상 별일 없이 잠을 잘 수 있었으면 얼마나 좋았을까요. 방 안을 서성이던 기천웅씨는 아무래도 분이 풀리지 않는 모양이었습니다. "애들 내보내." 결국 아이들은 겉옷도 입지 못하고 밖으로 내쫓겼습니다. 엄마, 아빠, 추워! 잘못했어요! 우는 아이들의 목소리가 애처로웠습니다. "이참에 느이 연놈도 같이 나가라. 더이상은 못 봐주겠다." 나는 얼른 무릎을 꿇었습니다. "잘못했습니다. 다시는 안 그럽니다." "뭘 안 그러는데? 말해봐. 네가 잘못한 게 뭔데?" "다 잘못했습니다. 진정하십쇼." 아이들의 울음소리가 들리지 않아 영 불안했습니다. 잠시 후 작은 소리지만 다시 울음소리가 나서 그나마 마음이 놓였습니다. 기천웅씨가 내 휴대폰을 집어던졌습니다. 아이고, 요행히 잡았습니다. 휴대폰이 또 황천으로 갈 뻔했습니다. "방앗간에 전화해. 또 한 번 조잘거리면 아가리를 찢어놓겠다고 해. 집이고 방앗간이고 확 싸질러버린다고." 방앗간 처형에게 전화를 걸었습니다. "실은요, 기천웅씨한테 돈을 꾸었거든요. 그래서 이 집이 기천웅씨 집이거든요." 내가 말했습니다. "제부, 정말 왜 이래! 그놈한테 또 맞은 거야? 애들도? 속상해 죽어, 내가!" 처형이 전화통에 대고 다시 울부짖기 시작했습니다. 처형의 말소리를 기천웅씨가 들은 모양이었습니다. "죽어! 죽으면 될 거 아냐? 언제 그렇게 동생이고 조카들이고 챙겼다고! 이 집 알토란 같은 재산은 즈이덜이 다 채간 주제에. 너희 방앗간, 그거 유순봉 거잖아! 진짜 도둑이 누군데?" 어느새 전화 목소리가 넷째 동서로 바뀌었습니다. "너 이게 무슨 소리야! 엇다 대고 없는 소릴 만들어? 너 정말 내 손에 죽어볼래?" "지랄하고 자빠졌네." 기천웅씨가 코웃음을 쳤습니다. 기천웅씨와 넷째 동서가 시비를 붙는 동안 나는, 에라 모르겠다. 바깥에 있는 아이들을 들여놓았습니다. 미림이와 종훈이는 마른 장작처럼 얼어붙어 있었습니다. 미림 엄마가 손발을 주물러주고 뜨거운 물을 먹였습니다. 기천웅씨는 전화를 끊고도 한동안 씩씩대었습니다. 허락도 받지 않고 아이들을 들여놓았다며 또 나를 발로 찼지만, 그래도 아이들을 다시 내쫓지는 않았습니다. 어머니 감사합니다.

기천웅씨가 오줌 누러 간 새에 천장 구석에 설치된 카메라를 올려다보았습니다. 피디와 그 일행들은 지금쯤 무엇을 하고 있을까요. 그들을 믿은 것은 아닙니다. 처음부터 기대도 하지 않았습니다. 어머니, 나는 하늘에 계신 어머니만 믿습니다.

기천웅씨의 코 고는 소리가 들리니 오늘도 이럭저럭 끝이 난 듯합니다. 어머니 감사합니다.

1월 25일 금요일

출근하는 길에 중계차에 들렀습니다. 어젯밤에 처형이 왔었다는 이야기를 꺼내는데 피디가 말을 막았습니다. "알고 있어요. 우리가 보낸 건데요. 그 사람을 자극하면 어떻게 나오나 보려고요." 피디가 당연하다는 표정으로 마이크를 켰습니다. 나는 갑자기 얼떨떨했습니다. "지금 월세로 사시는 집의 명의가 누구 이름으로 되어 있습니까." 얼떨떨한 채로 기천웅씨라고 대답했습니다. "기천웅씨한테서 목돈을 꾼 적이 있습니까?" "예." "사실대로 말씀하세요. 목돈을 뺏기셨죠?" "그야…… 사람이 살다 보면 목돈이 필요할 때가." "월급도 뺏습니까?" "뺏는 건 아니고요, 기천웅씨 통장에 일단 넣었다가……" "넣었다가 어떻게 하는데요?" "그건 아직까지……" 그때 기계를 만지는 사람이 손을 들었습니다. "왜 끊고 그래?" 피디가 짜증을 내었습니다. 방송국에서 전화가 왔다고 했습니다. 피디가 전화를 받았습니다. "이번 기획 그대로 진행합니다." 피디가 갑자기 얼굴을 구겼습니다. "……그럼 이대로 포기해요? 애들 장난도 아니고. 방앗간 얘기는 잘라내면 되죠. 식구들 간의 재산 문제는 건드리지 않는다니까요…… 본인이 원하고말고요. 확실하다니까요!" 전화를 끊은 피디는 테이블에 전화기를 내동댕이쳤습니다. 화면 속의 기천웅씨는 아랫목에 비스듬히 누워 맨배를 득득 긁어대었습니다. 피디가 선 채로 담배를 뻑뻑 피워대었습니다. 기천웅씨는 누운 채로 느긋하게 커피를 마시며 트림을 했습니다. "유순봉씨, 잘 들으십쇼. 마지막 기횝니다." 피디가 나를 쳐다보지도 않고 말했습니다. "기천웅이 집에서 나가주면 좋겠죠?" "그건 그렇죠, 그런데……" "됐어요, 거기까지!" 피디가 손을 올렸습니다. 꼼짝하지 않던 차 안의 사람들이 조심조심 움직이기 시작했습니다. 멈춰 섰던 카메라가 다시 피디와 나를 향했습니다. "우리가 알아본 바로는 기천웅씨는 전과잡니다. 조폭 출신이고 술집 살인사건에 연루되어 징역 십오 년에 처해졌습니다. 감형

되어 팔 년 복역한 후 삼 년 전 가을에……" 내가 얼른 거들었습니다. "전과자라고 다 나쁜 사람은 아닙니다." "지금 뭐하자는 거예요!" 피디가 벌떡 일어서며 주먹으로 테이블을 내리쳤습니다. 나는 깜짝 놀라 가만히 있었습니다. 어머니도 아시다시피 묘목장에서 같이 일하던 임씨 말입니다. 임씨는 정말 착했습니다. 누구의 심부름을 무심코 해주었는데 그 사람이 마약과 관계되는 사람이라 임씨가 감방에 들어갔었습니다. 의자에 앉은 피디는 더이상 아무 말도 하지 않고 팔짱을 낀 채로 눈을 감아버렸습니다. "지금 출근해야 되거든요." 조심스레 말을 했는데도 그는 꼼짝하지 않았습니다. 차에서 내려서니 그래도 노랑머리 남자가 안녕히 가시라고 인사해주었습니다. 어머니 감사합니다.

놀라지 마세요, 어머니. 아침에 차에서 만났던 피디 일행이 공장에 나타났습니다. 피디, 조명기사, 카메라맨 둘, 노랑머리 남자까지 총 다섯 명이었습니다. 그때 나는 다른 인부들과 함께 대형 소파들을 창고 안쪽에 쟁이는 중이었습니다. 카메라맨들이 공장 이곳저곳을 찍어대자 공장장이 기겁했습니다. "너희들 뭐야! 누구 허락받고 사진 찍어!" 중국에서 들여온 골조에 천을 씌워 미국 가구 회사의 상표를 붙인 소파들에 대해서는 엄밀히 따지자면 우리 공장은 책임이 없습니다. 우리가 만들지도 않은 데다 벌써 몇 년 동안 전국 점포에 깔렸던 것을 공짜나 다름없이 넘겨받은 것에 불과하기 때문입니다. 피디가 공장장에게 명함을 내밀었습니다. "사장님께 협조를 구했습니다." 마침 그때

사장이 왔습니다. 사장과 공장장과 피디가 얘기를 나누는 동안 카메라맨들은 계속 사진을 찍었습니다. 그중 한 사람은 줄곧 나만 따라다녔습니다. 나는 열심히 일했습니다. 2인용 소파를 혼자 지는 것이 꽤 무거웠지만 내색하지 않았습니다. 아이들이 보더라도 아빠가 씩씩하게 일하는 모습이 보기 좋을 테니까요. 사장은 이내 돌아가고, 공장장이 내게 오더니 어깨를 툭툭 두드려주었습니다. 피디가 공장장에게 마이크를 대었습니다. "유순봉씨 성격이 어떻습니까." "성실하죠. 말수도 없고 아침에도 제일 먼저 출근하고요." 김과장도 한마디 거들었습니다. "법 없이도 살 사람이죠. 다른 사람에게 피해를 입으면 입었지 절대 해를 끼칠 사람이 아닙니다." 나는 기분이 좋았습니다. "그런데 왜 나랑 일하면 심장마비 걸린다고 합니까." 내가 웃으며 한마디했습니다. 순간 김과장의 얼굴이 벌게졌습니다. 그렇게 심한 농담도 아닌 것 같은데 또 내가 잘못한 것일까요.

점심시간 후에도 피디 일행은 떠나지 않았습니다. 괜찮은 장면을 골라야 하기 때문에 골고루 넉넉히 찍는다고 했습니다. 무엇이 잘못되었는지 피디 일행이 공장 한쪽에 모여 얘기들을 나누는데, 김과장이 내 귀에 대고 작은 소리로 물었습니다. "피디에게 월급 얼마 받는다고 했어요?" 웬일로 존댓말이었습니다. "안 물어보던데요." "혹시 물으면 백만 원이라고 해요. 내 얘기는 절대 하지 말고." 나는 고개를 끄덕였습니다. 때마침 공장장이 오더니 잠깐 공장장실로 가자고 했습니다. "피디한테 월급이 얼마라고 했어?" "안 물어보던데요." "순봉씨 월급은 백삼십만 원이야. 지금 사장님이 전화했어. 퇴직할 때 주려고 매달 저축하는 것이 있어서 조금 덜 주는 거지. 알았지? 백삼십만 원." 나는 또 고개를 끄덕였습니다. 희한하지요. 사람들은 어떻게 피디가 물을 말을 먼저 알고 있을까요. 공장장실에서 나오자마자 피디가 마이크를 들이대었습니다. "한 달 봉급이 얼마쯤 되십니까." "백삼십만 원요." 나는 당당하게 말했습니다. 백삼십만 원. 어머니, 제 가슴이 울렁거립니다. 어머니도 기쁘시지요?

퇴근길에 나는 또 중계차에 갔습니다. 피디가 "별다른 지시가 없는 한 무조건 아침저녁으로 차에 들르라"고 했기 때문입니다. 무슨 일이 있는 듯했습니다. 양복을 차려입은 점잖은 신사가 테이블 앞에 앉아 있고 피디가 그 앞에 서서 고개를 숙이고 있었습니다. 신사가 내게 자리를 권했습니다. 화면에는 수돗가에 쪼그린 미림 엄마가 보였습니다. 피디 일행이 미림 엄마에게도 갔던 모양입니다. 미림 엄마는 찬물로 야채를 씻느라 손이 곱아 어쩔 줄 몰라했습니다. 그때 누군가가 뜨거운 물을 설거지통에 부어주었습니다. 화장을 진하게 하고 옷도 그럴싸하게 입은 식당 주인 아줌마였습니다. 뜨거운 물을 부어주다니, 미림 엄마에게 들은 바로는 그 아줌마는 요새 증권에 빠져 가게에 나타나지도 않는다고 했습니다. 신사와 피디가 계속 얘기를 나누었기 때문에 나는 쉬고 있는 카메라맨에게 작은 소리로 말했습니다. "주인 아줌마가 잘 보이고 싶은가봐요. 저렇게 물도 떠다주고."

카메라맨 역시 작은 소리로 대답했습니다. "애기 엄마는 파출부 일은 안 하고 식당 일만 하는 걸로 했어요. 파출부를 부르는 여자들이 집을 공개하지 않아서요." 나는 조금 놀랐습니다. 드라마나 오락 프로야 꾸민 이야기지만, 시장이나 농촌 등지의 사람 사는 모습을 찍은 것들은 사실 그대로인 줄 알았거든요. 피디와 애기를 끝낸 신사가 내게 악수를 청했습니다. "말씀 들었습니다. 알지도 못하는 사람이 집에 들어와서 식구들 모두 고생하시네요." "고생 안 하는 사람이 세상에 있겠습니까." 나는 여유롭게 웃었습니다. 신사가 말을 이었습니다. "월세 명의를 되찾는 일이나 그 사람을 감옥에 보내는 일들은 우리 마음대로 하는 게 아닙니다. 유순봉씨가 원하신다는 전제하에 우리가 도와드리는 거죠. 티브이 방영도 마찬가집니다. 유순봉씨가 원치 않으시면 안 하셔도 됩니다." "사실 티브이에 나가는 것은 좀…… 남에게 자랑할 만한 일도 아니고 기천웅씨도……" 내가 말하는 도중에 피디가 내 팔을 쳤습니다. 신사가 피디를 노려보았습니다. 피디가 하는 수 없이 뒤쪽으로 물러났습니다. 잠깐만요, 내가 피디에게 말을 걸었습니다. 피디가 반색하며 나를 쳐다보았습니다. "내 월급이요, 그거 진짜 우리 사장이 줄까요?" 피디가 눈을 껌벅거렸습니다. 무슨 말인지 모르는 눈치였습니다. 신사가 말했습니다. "그럼요. 월급이야 당연히 사장이 주죠. 그럼 누가 주겠습니까." 백삼십만 원. 그 돈만 꼬박꼬박 받는다면 미림 엄마가 식당 설거지까지는 안 해도 됩니다. 티브이에 나가는 것이 잘된 일인

지도 모르겠습니다. 사장이 두 말은 안 할 테니까요. 어머니 감
사합니다.

1월 26일 토요일

출근길에 아랫골목에 갔는데 웬일로 중계차가 없었습니다. 그
아랫골목, 또 그 아랫골목까지 뒤져보아도 차는 보이지 않았습
니다. 놀랍기도 하고 섭섭하기도 했습니다. 차가 있던 골목으로
다시 돌아왔습니다. 차바퀴 때문에 으깨진 공터의 잡초를 한참
동안 들여다보다가, 마치 내가 중계차라도 되는 양 한참 동안
그것들을 밟고 서 있었습니다. 나를 도와주고 싶어하는 피디 일
행의 마음을 모르는 것은 아닙니다. 하지만 그들은 자기들 일이
끝나면 떠날 사람들 아닙니까. 기천웅씨를 감옥에 보낸들 그는
얼마 되지 않아 다시 나오지 않겠습니까. 나오면 그는 또 어떻
게든 우리를 찾아내지 않겠습니까. 어머니, 어머니가 보고 싶습
니다. 저 혼자 가족을 지키는 일이 너무나 힘듭니다.
공장 사람들은 무언가를 수군거리다가도 내가 다가서면 뿔뿔
이 흩어지곤 합니다. 티브이에서 나를 찍은 이유를 알고 저희들
끼리 나눌 말들이 많은가봅니다. 혹시라도 내 얘기가 티브이에
나오지 않게 되면 이들은 또 얼마나 많은 말들을 할까요. 김과장
은 단단히 틀어졌습니다. 커다란 안락의자를 끙끙대며 혼자 차

에 신고는 혼자 배달을 떠나버렸습니다. 빗자루로 창고 바닥을 쓸었습니다. 공장장실도 치우고 공장 마당의 눈까지 치웠는데도 내게 일을 시키는 사람이 없었습니다. 창고 문 앞에 혼자 서 있는데 웬일로 노랑머리 남자가 나타났습니다. 반가웠습니다.

은색의 티브이 중계차가 공장 앞 벌판에 서 있었습니다. 차 앞에 섰던 피디가 나를 보더니 손을 번쩍 들었습니다. 피디가 반가워하는 모습을 보니 갑자기 눈물이 날 듯했습니다. 피디가 아침저녁으로 나를 괴롭힌다고 생각했는데 한편으로는 정이 들었던 모양입니다. "유순봉씨가 꼭 봐야 할 장면이 있어서요." 차에 오르자 피디가 화면을 가리켰습니다. 어제 오후의 일이라고 했습니다. 미림이와 종훈이가 방에 있는데 기천웅씨가 종훈이에게 소주를 사오라고 했습니다. 종훈이가 가기 싫다며 누나더러 가라고 하니까 기천웅씨가 종훈이의 머리를 쥐어박았습니다. 종훈이가 찔끔거리다가 돈을 받아 밖으로 나갔습니다. 미림이가 앉은뱅이책상에서 공부를 하고 있는데 기천웅씨가 미림이의 등 뒤에 붙어앉아 아이를 껴안았습니다. "공부 잘하나 봐야지." 말은 그러면서 기천웅씨는 미림이의 가슴과 배를 주물렀습니다. "저리 가요." 미림이가 싫다고 몸을 비틀며 책상에 바짝 붙었습니다. 기천웅씨가 가만있으라며 호통을 쳤습니다. 미림이의 얼굴이 일그러졌습니다. "아저씨 저리 가요, 왜 그래요." 미림이가 자꾸 몸을 피하며 울먹였지만 기천웅씨는 가만히 있지 않으면 매 맞는다고 겁을 주었습니다. 기천웅씨가 미림이의 스웨터 속으로 손을 넣었습니다. 그리고 미림이더러 바지를 벗으라고 했습니다. 미림이가 벌떡 일어나 바깥으로 나가버렸습니다. "너 이년, 집에 못 들어와!" 기천웅씨가 소리를 질렀습니다. "내가 저놈 나쁜 놈이라고 했죠? 이래도 가만있을 거예요? 딸이 저렇게 당하는데도 같이 살 거냐고요!" 손가락으로 화면을 가리키며 나를 다그치는 피디가 왜 내 눈에는 덩실덩실 춤이라도 출 듯 뵈는 걸까요. 피디의 말로는 기천웅씨가 밤에도 미림이에게 손을 대는 것 같다고 말했습니다. 기천웅씨 옆에 미림이가 자는 것은 사실입니다. 종훈이가 잠을 잘 때 몸부림을 심하게 쳐서 기천웅씨가 싫어하기 때문입니다. "담배 태우시겠어요?" 피디가 담배를 내밀었습니다. 담배를 끊은 지 5년이 넘었지만 오늘은 피우지 않을 수가 없었습니다. 담배에 불을 붙이는데 손이 덜덜 떨렸습니다. "확실히 얘기하세요. 이 일을 덮을 것인지 아니면 저놈을 경찰에 넘길 건지." 나는 온몸에서 힘을 짜내어 겨우 말했습니다. "잡아가세요. 잡아가는데…… 우리 식구들이 없을 때 잡아가세요." 피디가 어딘가로 즉각 전화를 걸었습니다. 차 안에서 일하던 사람들도 한마디씩 거들었습니다. 저런 놈은 사형을 시켜야 해, 개만도 못한 놈. 저게 인간이야? 일어나 집으로 오려는데 그때까지도 이리저리 전화를 계속하던 피디가 소리 쳤습니다. "그놈한테 절대 말하면 안 돼요. 유순봉씨 행동, 우리가 다 보고 있어요, 알죠?"

공장 창고에 다시 돌아왔습니다. 창고는 춥고 난롯가는 비어 있었지만 나는 난로 곁에 가지 않았습니다. 나 같은 놈은 불을 쬘 자격이 없으니까요. 아무도 몰래 창고 구석, 높이 쌓아올린 소파와 소파의 작은 틈서리를 비집고 들어갔습니다. 나는 소리 죽여 눈물을 흘리기 시작했습니다. 미림이에게 너무 미안했습니다. 한참 동안 울다보니 어쨌거나 미림이가 더이상 피해를 입지 않게 되어 다행이라는 생각이 들었습니다. 티브이 사람들을 보내주신 어머니 감사합니다. 그리고 아무에게도 들키지 않고 울게 해주셔서 어머니 감사합니다.

1월 27일 일요일

일요일에 가끔 나는 이삿짐을 나릅니다. 하루 품이 보통 사오만 원인데 기껏해야 한 달에 한두 번 있는 일이라 그 돈까지는 기천웅씨가 채뜨리지 않습니다. 오늘은 일도 없는데 이삿짐을 나르러 간다고 거짓말을 했습니다. 중계차에 가야 했기 때문입니다. 밤새 잠을 이루지 못했습니다. 잠든 미림이를 내 자리에 뉘고 기천웅씨 옆에 내가 누웠습니다. 기천웅씨가 나를 발로 걸어차며 왜 옆에 눕느냐고 화를 내었습니다. 나는 그냥 죄송하다고만 했습니다. 기천웅씨도 찔리는 게 있던지 더이상은 아무 말도 하지 않았습니다. 밤새 그는 팔다리를 내게 얹으며 불편하게 굴었습니다. 하지만 내가 잠을 이루지 못한 것은 몸보다도 마음이 아팠기 때문입니다. 이런 말을 해서는 안 되지만 기천웅씨의 상대가 미림 엄마였다면 차라리 나을 수도 있었겠습니다. 어떻게 만 열 살도 되지 않은 미림이를 괴롭힌단 말입니까. 기천웅씨의 코 고는 소리를 들으며 나는 그의 가슴에 식칼을 푹 꽂는 상상을 했습니다. 가슴에서 붉은 피가 분수처럼 솟구치고 그가 눈을 떠서 칼을 빼보려 하지만 이미 그의 상태는…… 어머니, 나쁜 상상을 해서 죄송합니다. 물론 나는 그런 일을 하지 못합니다. 상상을 이어나가는 것만으로도 겁이 나는, 그래서 딸아이도 지키지 못한 못난 아빠인 것입니다.

중계차의 화면에는 현재의 우리 집이 보였습니다. 미림이는 미림 엄마 곁에 딱 붙어다닙니다. 답답하니까 떨어지라고 해도 미림이는 떨어지지 않습니다. 종훈이도 마찬가집니다. 싱크대 밑에 드러누워 징징대니 미림 엄마는 설거지도 제대로 하지 못합니다. 기천웅씨가 소리를 지릅니다. 아이들의 징징대는 소리가 뚝 그칩니다. 피디가 스위치를 만지니, 세상에, 기천웅씨가 미림이를 만지는 화면이 또다시 나왔습니다. "왜 자꾸 이래요!" 나도 모르게 소리를 지르고 외면해버렸습니다. "어제 본 것과 달라요. 어제 우리가 중계차에서 얘기를 나눌 때 찍힌 새 필름이에요." 다른 것은 사실이었습니다. 어제 본 필름에서는 미림이가 기천웅씨를 피해 바깥으로 도망쳤는데 이번 것은 미림이가 하는 수 없이 아랫도리를 벗고 있었습니다. "순봉씨, 어제 처음 봤을 때의 표정을 지어주세요. 어제는 내가 그만 흥분해서 순봉씨 찍는 것을 잊어버렸거든요." 피디가 다른 사람들에게 무언가 지시했습니다. "자, 찍습니다. 담배 피우시고요, 손도 좀 떨고요……" 피디가 담배를 건넸지만 나는 받지 않았습니다. 피디에게 말했습니다. "미림이가 시달리는 장면은 텔레비전에 내보내지 않았으면 좋겠습니다. 미림이 친구들이 보면 곤란하니까요." 그렇습니다. 내가 티브이에 나가고 싶지 않으면 안 나가는 것입니다. 피디보다 더 높은 신사도 말하지 않았습니까. "그렇게 해주시지 않으면 우리 집 일은 처음부터 없었던 것으로……" 피디가 벌컥 화를 내었습니다. "뭐야, 저런 인간하고 그냥 살겠다고요? 딸이 저런 꼴을 당하는 걸 보고도 그대로 넘어가겠다는 겁니까? 당신이 그러고도 아빠 맞아요? 지금 이 얘기를 빼면 뭐가됩니까. 딸 이야기가 낱낱이 밝혀져야 저 짐승만도 못한 놈이 확실히 벌을 받을 것 아네요! 담배 잡지 않고 뭐해, 지금!" 나는 그만 고개를 숙였습니다. 피디도…… 기천웅씨와 똑같았습니다. 얼굴이나 하는 일은 다르지만 자신이 얻고자 하는 것은 무슨 일이 있어도 손에 쥐고 마는, 강한 인간 말입니다. 나는 담배를 피우고 또 피웠습니다. 미림이는 아랫도리를 벗고 또 벗었습니다. 미림이의 울음 섞인 목소리와 기천웅씨의 강압적인 목소리가 내 귀에 쌓이고 또 쌓였습니다. 모든 것은 흘러가게 마련이라지만 어머니, 어떤 순간은 흘러가지 않습니다. 1분이 1년처럼, 한 시간이 백 년처럼 길 때가 있습니다.

오케이 사인이 나왔을 때 나는 자리에서 일어섰습니다. 하지만 피디가 다시 나를 잡아 앉혔습니다. "내일 저녁에 예고편이 나가야 되거든요." 피디는 다른 필름을 또 틀었습니다. "전과자라고 다 나쁜 사람이 아닙니다"라고 말하던 내 모습, "저 사람 원래 저래요" 하며 웃던 내 모습들을 틀며 그는 다시, 또다시 해보라고 명령했습니다.

화면이 겨우 현재 상태로 돌아왔습니다. 미림 엄마가 기천웅씨에게 커피를 타다주는 모습, 기천웅씨가 방에 누운 종훈이를 발로 차서 종훈이가 새우처럼 오그리는 모습들이 이어졌습니다. 피디가 수고했다며 선심 쓰듯 말했습니다. "미림이를 위해서, 성희롱은 딱 한 번뿐이었던 걸로 하겠습니다. 사실 우리도 곤란합니다. 이런 일이 벌어지는 동안 촬영팀은 뭐했느냐고 항의가 들어올 수도 있고요." 차에서 나오기 전에 나는 남은 힘을 다 짜내어 말했습니다. "저 사람, 지금 잡아가주세요. 되도록 빨리 데려가세요." 어머니, 어머니께 항상 감사드려야 하는데 오늘은 그러기가 정말 힘드네요. 중계차에서 우리 집까지 오는 동안 나는 앞뒤 생각하지 않고 칵 죽어버릴 수 있다면 얼마나 좋을까 생각했습니다. 어머니, 어머니 곁에 가면 안 될까요? 미림 엄마와 아이들 모두 데리고 한꺼번에 그리로 건너가면 안 될까요?

"왜 벌써 와?" 집에 들어가자 기천웅씨가 나를 노려보았습니다. "가보니, 이사가 벌써 끝났더라고요." 내가 둘러대었습니다. "병신, 그렇게 행동이 굼뜨니 평생 요 꼴이지." 기천웅씨가 양은 재떨이를 날렸습니다. 담배꽁초와 재들이 이불과 방바닥에 부슬

부슬 내려앉았습니다. 미림 엄마가 점심을 먹겠느냐고 물었습니다. 나는 점심을 먹고 왔다고 거짓말을 했습니다. 어머니, 한 끼는 굶더라도 눈감아주세요. 숟가락을 들 힘이 없습니다.

점퍼를 벗기도 전에 미닫이문 열리는 소리가 났습니다. 경찰이 온 것이 틀림없었습니다. 나는 얼른 아이들을 일으켜 싱크대 구석으로 몰았습니다. 집에 들어선 사람들은 경찰이 아니라…… 피디 일행이었습니다. 앞서 들어온 조명기사가 커다란 반사판을 들고 방 안 구석을 비추어대었고 곧바로 따라 들어온 카메라맨은 기천웅씨와 우리 식구들을 찍어대었습니다. 기천웅씨는 아랫목에 앉은 채 꼼짝하지 않았습니다. 피디가 기천웅씨에게 마이크를 대었습니다. "말씀 좀……" 기천웅씨가 마이크를 뿌리쳤습니다. 벼락 치는 소리가 났지만 피디는 다시 마이크를 들이대었습니다. "이 집 주인이십니까?" "당신들 누구야?" "이 집 주인은 저기 계신 유순봉씨 아닙니까? 월세계약서 명의를 기천웅씨 이름으로 바꾸셨더군요. 말씀하십쇼. 왜 그랬습니까." "나가. 남의 집에 들어와서 지금 뭐하는 거야?" "그러게 말입니다. 남의 집에 들어와서 대체 뭐하시는 겁니까?" 기천웅씨의 옆모습 뒷모습을 한참 찍어대던 카메라맨이 오케이, 됐어요, 말했습니다. 그들이 썰물처럼 집을 빠져나갔습니다. 나도 얼른 그들을 따라 골목으로 나갔습니다. 경찰이…… 경찰이 보이지 않았습니다. 골목에는 은색의 중계차만 덩그러니 서 있었습니다. "잠깐만요!" 차에 올라타는 피디 일행을 잡는 순간 기천웅씨의 고함이 들렸습니다. "유순봉, 당장 이리 못 와?" "왜, 왜 이래요! 종훈아!" 미림 엄마의 놀란 목소리가 이어졌습니다. 돌아보니 기천웅씨가 종훈이를 가슴에 붙안고 문간에 서 있었습니다. 피디가 쫓아가 다시 마이크를 들이대었습니다. "뭐하는 겁니까. 아이를 잡아 협박하는 겁니까?" 카메라맨이 연이어 기천웅씨를 찍어대었습니다. 기천웅씨가 엉겁결에 종훈이를 내려놓았습니다. 종훈이가 절룩거리면서 엄마에게 달려가 안겼습니다. "이 집 식구들에게 함부로 손대지 않는 게 좋을 겁니다. 집 안팎 곳곳에 소형 카메라가 설치되어 있거든요." 피디의 말에 기천웅씨의 얼굴이 굳었습니다.

피디가 다시 중계차에 올랐습니다. 나는 작은 소리로 경찰이 어디 있느냐고 물었습니다. "참! 말씀드린다는 게." 피디가 나를 내려다보며 말했습니다. "일요일이라 영장이 안 나온다네요. 내일 오후나 되어야죠. 저 인간, 도망이야 가겠어요? 월세 보증금까지 제 것으로 해놓았는데 그게 아까워서라도." 기가 막혔습니다. "그런 문제가 아니고요, 기천웅씨가 다 알았으니 우리는 오늘 밤에……" 피디가 내게 한마디 쏘았습니다. "삼 년도 참아내셨잖아요. 어차피 하룻결요. 김군, 가자!"

나는 집 안에 다시 들어서야 했습니다. 미림 엄마와 아이들은 싱크대 앞에 한 덩어리로 얼크러져 있었고 기천웅씨가 선 채로 나를 향해 손을 뻗었습니다. "너, 이리 와." "자, 잠깐만요." 나는 얼른 집 밖으로 뛰쳐나왔습니다. 어떻게든 오늘 밤 안으로 기천웅씨를 데려가라고 피디에게 매달릴 참이었습니다. 중계차는 이미 보이지 않았습니다. 전속력으로 뛰어 버스를 탔습니다. 피디의 휴대폰 번호는 모르지만 그가 어디 사는지는 대충 알고 있었습니다. 무슨 말끝에 그가 사는 아파트 이야기를 했거든요. 가구배달을 한 적이 있는 곳이었습니다. "맞아요. 입구에서 첫번째 동이에요." 피디의 목소리를 나는 똑똑히 기억하고 있었습니다.

아파트 단지 입구로 들어섰습니다. 오른쪽과 왼쪽에 1동과 2동이 있는데 피디가 어느 동에서 사는지 알 수가 없었습니다. 그렇다고 경비원에게 물을 수도 없었습니다. 피디의 이름도 모를 뿐 아니라 무슨 용건으로 왔는지 설명하기도 쉽지 않았습니다. 나는 단지의 정문 옆에 섰습니다. 단지로 걸어 들어오는 사람들 하나하나, 주차장에 들고 나는 승용차 하나하나를 확인했습니다. 겨울이라 날이 금방 저물었습니다. 손과 발과 귀가 추위에 떨어져나가는 듯했습니다. 기다린 지 세 시간, 저녁 8시가 넘어도 피디는 오지 않았습니다. 불안했습니다. 이 시간에도 기천웅씨에게 곤욕을 당할 미림 엄마와 아이들을 생각하면 초조하기 짝이 없었습니다. 시계를 다시 들여다보는데 승용차 하나가 옆을 스쳤습니다. 아! 차의 조수석에 앉은 사람이 피디가 틀림없었습니다. "잠깐만 기다려요! 나 좀 보세요!" 나는 큰 소리로 외치며 차를 따라 뛰었습니다. 차가 설 듯하더니 그대로 부르릉 떠났습니다. 나는 고작 차의 꽁무니를 손으로 한 번 내리쳤을 뿐입니다. 단지 안 깊숙이 들어가는 차를 한참 따라가다가 그만

두었습니다. 피디가 아닌 모양이었습니다. 피디라면 자기 집이 있는 1동이나 2동에서 내리지 않겠습니까. 피디라면 나를 보고 왜 피했겠습니까.

결국 집에 돌아가기로 마음먹었습니다. 버스정류장으로 가는데 휴대폰이 울렸습니다. 세상에! 피디였습니다. 너무나 반가웠습니다. "저기 저, 제가……" 입이 얼어붙어 숨을 고르는 사이 피디가 내 말을 끊어버렸습니다. "듣기만 해요. 그놈 지금 옆에 있어요?" 날씨보다도 더 냉랭한 목소리였습니다. "아, 아뇨." "집에 없죠?" "그건 잘……" "왜 시치미를 떼요! 그놈이 우리 집까지 찾아와 나를 덮쳤잖아. 우리 집 가르쳐준 게 당신이지?" "아, 아뇨, 그런 적 없……" "대체 나한테 왜 이래? 어째 아군 적군을 몰라봐요! 집 주소를 가르쳐주다니, 우리 집 식구들 해코지당하면 당신 책임질 거야? 당신도 그놈하고 같이 콩밥 좀 먹어볼 거야?" 전화가 끊겨버렸습니다. 나는 한동안 멍하니 서 있었습니다. 기천웅씨가 피디의 집을 찾아가 덮치다니, 내가 피디의 말을 잘못 알아들은 걸까요?

집안은 의외로 말짱했습니다. 미림이는 윗목 앉은뱅이책상에 앉아 공부를 하고 있었고 종훈이는 윗목에서 바느질을 하는 엄마의 무릎을 베고 있었습니다. 돌부처처럼 앉아 꼼짝하지 않는 기천웅씨는 피디를 덮치기는커녕 30년은 그 자세로 도를 닦은 스님 같았습니다. 주위를 돌아보니 방 안이 깨끗했습니다. 이리 저리 널렸던 물건들도 정돈되어 있고, 방바닥에 깔렸던 이불도 얌전히 개켜져 있었습니다. 숨 막힐 듯 조용한 이유는…… 텔레비전 때문이었습니다. 잠을 자지도 않는데 텔레비전이 꺼져 있었습니다. 미림 엄마가 살그머니 일어서며 내게 손짓했습니다. 우리는 싱크대 구석으로 가서 귀엣말을 나누었습니다. "어떻게 된 거야?" "몰라. 당신 나가자마자 다 죽인다고 난리를 피우더니, 혼자 집 안을 뱅뱅 돌더니, 갑자기 해해 웃으며 방을 치우고, 애들 머리를 쓰다듬고, 저녁 먹을 때는 애들한테 반찬까지 집어주었어."

자정이 지나고 새벽 1시, 2시가 지났습니다. 기천웅씨가 눕지 않으니 미림 엄마도 나도 누울 수가 없었습니다. 미림 엄마는 윗목에서 아이들을 그러안은 채 졸고 있었고 나도 앉은 채로 졸기 시작했습니다. 헛기침 소리가 났습니다. 나는 얼른 눈을 떴습니다. "유순봉, 이리 아랫목으로 내려와." "아, 아닙니다. 춥지 않습니다." 나는 얼른 무릎을 꿇었습니다. "왜 않던 짓을 하고 그래. 이리 오라니까. 누가 보면 오해하겠네." 기천웅씨를 쳐다보다가 그제야 나는 깨달았습니다. 그는 어딘가에 숨겨져 있을 티브이 카메라가 신경 쓰이는 모양이었습니다. 나는 얼른 아랫목에 내려가 기천웅씨와 똑같이 책상다리를 했습니다. "얘기를 해보자고. 당신이 내 돈을 꿔갔잖아. 오천만 원. 안 그래? 당신 입으로 확실히 말해봐. 얼마야?" 기천웅씨의 목소리는 부드러웠습니다. "오천만 원요." "그래. 당신이 꿔간 오천만 원을 지금 갚는 중이잖아. 그래서 이 사글세 명의도 나한테 넘겨주었고. 안 그래?" "맞습니다." "딴 사람들은 오해할 수밖에 없지. 속사정을 모르니까. 말해봐, 내가 당신 식구들 피 빨아먹는 거야? 아니잖아. 거꾸로 내가 당신 식구들을 봐주고 있는 거잖아. 내 말 틀려?" "맞습니다." 나는 고개를 끄덕이고 또 끄덕였습니다.

쾅쾅쾅, 누군가가 미닫이문을 부서져라 두드려대었습니다. "경찰입니다. 문 열어요!" 벽시계를 올려다보았습니다. 2시 45분. 이 시간에 경찰이 웬일일까요. 기천웅씨가 나를 노려보았습니다. 나는 순간적으로 체머리를 흔들었습니다. 몰라요, 나는 몰라요. 미림 엄마가 문을 열었습니다. 기천웅씨가 또 종훈이를 끌어안았습니다. 집에 들어선 경찰이 말했습니다. "기천웅씨, 우리랑 같이 가주셔야겠습니다. 아이는 내려놓으십쇼. 놓지 않으면 현행범, 인질범으로 간주하겠습니다." 뒤에 선 경찰이 기천웅씨를 향해 권총을 겨누었습니다. 기천웅씨가 즉각 종훈이를 내려놓았습니다. 그러고는 얼른 인사를 차렸습니다. "바쁘신데 어떻게 여기까지, 별일도 아닌데, 아니, 물론 수고가 많으신데, 워낙 아무 일도 아니니까." 벽에 걸렸던 점퍼를 입으며 그가 나를 쳐다보았습니다. 간절한 표정이었습니다. "잘 말씀드려. 괜히 오해 없으시게. 이건 정말 아무것도 아니고, 완전히 오해로 벌어진 일이니까. 안 그래?" 그는 신발을 신으면서도 내내 되뇌었습니다. "바쁘신 분들이 이렇게 오해로, 이건 알고 보면 아무것도 아닌 일인데." 나도 모르게 기천웅씨를 따라 골목으로 나섰습니다. 그가 경찰차에 오르고 차가 삐용삐용 소리를 내며 골목을 빠져나간 후에도 나는 한참 동안 골목에 서 있었습니다. 어머니, 이게 꿈일까요? 경찰차에 얌전히 올라탄 사람이 기천웅씨 맞을까요? 온갖 악다구니와 공갈과 협박을 일삼던, 물건을 던지고 돈을 빼앗고 부엌칼을 휘두르고 아이들을 거꾸로 들어 패대기를 치던 바로 그 사람일까요? 그동안 나는 대체 누구를 두려워했던 것일까요. "골목에서 뭐하고 섰어? 추운데 안 들어오고!" 미림 엄마의 목소리가 들려왔습니다.

1월 28일 월요일

어떻게 새벽을 맞았는지 모르겠습니다. 아이들은 세상모르고 잠들었지만 미림 엄마와 나는 누운 채로 누가 들을세라 소리 죽여 이야기를 계속했습니다. 기천웅씨가 없는 방은 너무나 넓었습니다. 뜨뜻한 아랫목에서 자는 아이들이 물레방아처럼 맴을 돌았습니다.

네 식구가 아침밥을 먹고 있는데 누가 문을 두드렸습니다. 미림 엄마와 나는 깜짝 놀라 서로 쳐다보았습니다. 기천웅씨가 조사를 받고 벌써? 착잡했습니다. 문을 두드린 사람은…… 기천웅씨가 아니라 피디 일행이었습니다. 작별 인사도 할 겸 카메라를 철거하러 왔다고 했습니다. 그리고 끝으로 인터뷰를 할 테니 고맙다는 인사를 차리라고 했습니다.

피디가 목소리를 가다듬더니 미소를 지으며 말했습니다. "집 명의도, 기천웅씨의 통장에 있던 돈도 찾을 수 있을 것 같습니다. 법적인 절차는 밟아야 하지만 순봉씨 월급이 들어간 게 확인되고, 또 티브이 화면을 보아도 앞뒤 정황을 알 수 있으니까요." "고맙습니다. 정말 여러분 덕분입니다." "얼른 돈 버셔서 집도 사시고 식구들과 편안히 사셔야죠." "감사합니다. 이 은혜 잊지 않겠습니다." "저희도 보람 있습니다." 컷. 카메라맨의 사인이 내리자 피디의 웃던 얼굴이 금방 사늘해졌습니다. 그의 표정을 보고 나는 갑자기 기천웅씨가 생각났습니다. 기천웅씨는 지금 무엇을 하고 있을까요. 추위를 많이 타서 방 안에서도 이불을 둘둘 말고 있었는데 감옥은 어떨지 모르겠습니다. 마침 기천웅씨가 들던 아령이 피디의 발에 걸렸습니다. "이렇게 큰 아령이…… 그놈이 쓰던 겁니까?" 나는 그렇다고 대답했습니다. "지겹지도 않아요? 얼른 갖다 버리지." "버릴 수는 없죠. 나중에 다시 사려면 다 돈인걸요." 카메라맨이 아령을 찍자 피디가 화를 내며 카메라맨의 등짝을 쳤습니다. "가자고!" 감사 인사를 하려고 골목까지 따라 나갔지만 피디는 끝내 돌아보지 않았습니다. 두 번 다시 나를 보고 싶지 않다는 피디의 마음을 읽을 수 있었습니다. 실은 나도 그러했습니다. 그들을 다시 보고 싶지 않았습니다. 하지만 어머니, 미림이가 더이상 괴로움을 당하지 않게 된 것은 그들 덕입니다. 그들을 원망할 수는 없습니다. 티브이 사람들을 보내주시고 데려가주신 어머니 감사합니다.

노랑머리 남자가 운전하는 차를 타고 우리는 종합병원으로 갔습니다. 병원에서 피도 뽑고 소변도 받아내고 초음파에 엑스레이도 찍었습니다. 그 와중에도 카메라는 우리 뒤를 따라다녔습니다. 맨 마지막에 정신과 상담이 있었습니다. 아이들 둘은 소아정신과 상담을, 미림 엄마와 나는 정신과 상담을 받았습니다. 예쁘장하게 생긴 사십대의 여자 의사가 기천웅씨 때문에 힘들었던 점을 말해보라고 했습니다. "작은 문제지만, 어느 사이에 아랫목을 기천웅씨가 차지했고 그 옆에 미림이, 종훈이, 나, 미림 엄마 순으로 누워 자게 되었습니다. 그동안 아이들도 몸피가 붙어서 내가 방문 앞에 가로 누워 잘 때도 많았는데, 기천웅씨가 밤에 일어나 소변을 보러 갈 때면 나를 밟았습니다. 그 정돕니다." 나는 그저 한 가지만 간단히 말했습니다. 미림 엄마는 좀 달랐습니다. "힘들었죠. 그 사람 밥 차려주기도 힘들었고요. 돈 뺏고, 물건 던지고, 툭하면 아이들 때리고, 얼마나 힘들었게요." 내가 미림 엄마의 팔을 툭 치자 의사가 그러지 말라고 주의를 주었습니다. 미림 엄마의 말을 끝까지 들어봐야 한다는 것이었습니다. 미림 엄마가 계속 말했습니다. "미림이가 '아저씨가 자꾸 만져서 싫다'고 말한 지도 꽤 되었어요." 나는 미림 엄마의 팔을 꽉 붙잡았습니다. 의사가 또 괜찮다고, 이미 알고 있는 일이라고 말했습니다. "이이가 너무 물러요. 누구한테나 너무 잘해줘서 손해를 봐요. 독한 구석이 있어야 되는데." 미림 엄마는 신이 났습니다. 나는 그냥 가만히 있었습니다.

"기천웅씨가 없어져서 불안하십니까?" 책상 모서리를 문질러 대는 내게 의사가 다시 물었습니다. 뜬금없이 집주인 아줌마가 떠올랐습니다. 화장실을 같이 쓴다는 이유로 화장실 청소는 물론이고 툭하면 머슴 부리듯 크고 작은 집안일을 다 시키곤 했는데, 기천웅씨가 온 다음부터 주인 아줌마는 화장실 청소는커녕 거꾸로 우리 식구 눈치를 봤습니다. 또 종훈이가 네 살 위의 동네 형에게 매를 맞고 온 적이 있었습니다. 기천웅씨가 종훈이를 데리고 어디론가 가더니 이후로 동네 아이들은 종훈이를 괴롭히지 않습니다. 종훈이가 다리를 저는 것도 아무도 놀리지 않습니다. 하지만 나는 그런 사실을 의사에게 말하지는 않았습니다. 그건 기천웅씨의 편을 드는 셈이 되니까요. 그야말로 아군 적군을 모르는 셈이니까요. "편안하게 말씀해보세요. 기천웅씨가 없어서 불안하십니까?" 나는 묘목장에서 일하던 때의 얘기를 했습니다. "고추나 시금치 같은 야채들 말고 조금 큰 것들, 말하자면 포도 같은 덩굴나무들은 지지대가 필요합니다." "기천웅씨가 지지대 같은 역할을 해주었군요?" "아뇨. 그냥 포도나무 얘깁니다. 포도 같은 작물은 지지대를 세워주어야 키가 높아져서 열매를 제대로 맺는다는 얘깁니다." "그럼요, 밤나무, 느티나무, 벚나무처럼 제 뿌리를 내리고 당당히 크는 나무들도 있지만 지지대가 필요한 덩굴나무도 있습니다." 나는 고개를 끄덕였습니다. 의사가 말을 이었습니다. "갖가지 나무들이 있습니다. 어떤 나무들은 모양은 볼품없지만 좋은 열매를 맺기도 하고 또 어떤 것

162

들은 쭉쭉 하늘로 뻗어올라 가구를 만드는 데 쓰이기도 합니다. 물론 이도 저도 아닌 나무도 많고요. 그들이 다같이 모여 숲을 이룹니다." 내가 말을 덧붙였습니다. "나무들끼리 서로 화내거나 싸우지 말고 잘 어울려 살면 좋겠습니다. 웬만큼은 양보해가면서요." "그럼요. 유순봉씨 말이 맞습니다." 의사의 칭찬에 나는 고개를 숙였습니다. 의사는 이제 나무 얘기는 그만하고 사람 얘기를 하자고 했습니다. "기천웅과 같이 사실 예정이었나요?" "그 사람이 갈 곳이 없으니 평생 같이 살게 될지도 모른다고 생각했습니다." "돈을 뺏지 않았습니까." "돈이야 뭐, 있다가도 없는 거니까요." "식구들을 때리기도 했고요. 안 아프셨습니까?" "성질을 건드리지 않으면 그냥 넘어갈 때도 많았습니다." 의사가 나를 한동안 쳐다보았습니다. "따님을 건드린 건 어떻게 생각하십니까." 바로 그것이 문제였습니다. 목이 메어왔습니다. "다 내 탓입니다. 문단속만 제대로 했더라면……" 쓸데없이 눈물이 비치는 것은 어떻게 고칠 수 있을까요. 나는 말을 끝낼 수 없었습니다. 의사가 고개를 끄덕였습니다.

노랑머리 남자가 운전하는 차를 타고 우리는 다시 집으로 돌아왔습니다. 미림 엄마와 아이들은 피곤한지 잠이 들어버렸습니다. 거리에는 어둠이 내리고 있었습니다. 눈발도 어느새 굵어졌습니다. 어둠 속에서 눈을 맞고 선 나무들을 보았습니다. 어머니, 나는 어떤 나무일까요. 자기 열매도 제대로 지키지 못하는, 자기 발로 설 수도 없는 쓸모없는 덩굴나무. 그래도 계속 살아야겠지요? 어머니, 이왕이면 보기 좋은 밤나무나 느티나무로 낳아주시지 그러셨어요. 그러면 하늘에서 내려다보시기도 훨씬 마음 편하셨을 텐데요.

집에 들어서자 아이들이 깡충대며 좋아했습니다. 미림이는 아저씨가 다시는 안 왔으면 좋겠다고 했습니다. 종훈이도 아저씨가 세상에서 완전히 없어졌으면 좋겠다고 했습니다. 그 말을 들으니 또 가슴이 저렸습니다. 오랜만에 티브이 채널도 마음대로 돌려보았습니다. 아이들이 먹고 싶어하는 과자에 떡볶이, 순대, 땅콩을 사와 배가 터지도록 먹었습니다. 어머니, 어머니가 모든 일을 보살펴주셨음을 잘 압니다. 어머니 감사합니다.

2월 20일 수요일

티브이에 우리 집 얘기가 방영되어 우리는 꽤 유명해졌습니다. 방영된 지 보름이 넘었는데도 동네 사람들이 아는 척하며 웃기도 하고 어떤 사람은 악수를 청하기도 합니다. 여든은 되어 보이는 할머니는 내 등짝을 치며 말했습니다. "사내가 너무 순하면 못써. 싫은 건 싫다고 딱 부러지게 말해야지." 나는 그 할머니에게 '더이상 우리 집 얘기를 하지 마세요'하고 딱 부러지게 말하고 싶었지만 하지 못했습니다. 할머니가 기분 나빠할 것 같아서요.

종훈이는 아침 일찍 아동보호소에서 보내주는 버스를 탑니다. 미림이는 학교 수업을 마친 후 아동보호소에 갔다가 종훈이와 함께 저녁까지 먹고 옵니다. 덕분에 이달 말까지는 미림 엄마도 나도 아이들 걱정 없이 일을 다닐 수 있습니다. 그리고 3월이 되면 종훈이도 초등학교에 입학합니다. 미림이와 종훈이가 나란히 학교에 가면 문단속도 제대로 할 수 있을 것입니다. 어머니 감사합니다.

오늘은 월급날이었습니다. 월급 봉투에서 20만 원을 꺼내어 김과장에게 건네는데 마침 공장장이 옆을 스쳤습니다. 공장장이 김과장더러 따라오라고 했습니다. 공장장실의 열린 문으로 말소리가 새어나왔습니다. "뭐야, 김과장이 유순봉 월급에서 돈을 뗐던 거야? 어쩐지 그 티브이 피디가 이상한 소리를 하더라. 통장에 들어간 유순봉 월급이 팔십만 원뿐이라고, 유순봉이가 혹시 뒤로 돈 빼돌리는 거냐고 묻더라고. 김과장 정신 차려. 나중에 무슨 꼴을 당하려고 이래? 어리숙한 사람들 상대했다가 더 크게 망신당하는 거 몰라?" 공장장실에서 나온 김과장이 나에게 따라오라고 했습니다. 김과장을 따라 트럭에 올랐습니다. 그가 20만 원을 내밀었습니다. "유순봉씨 대단하네. 겉으로는 순진한 척하면서 피디한테 내게 돈 주는 얘길 했던 거야? 그래 잘했어. 나도 유순봉씨한테 돈 받으면서 맘이 불편했어. 앞으로는 딴 사람하고 일해. 나도 숨 좀 쉬게." 나는 김과장의 손을 덥석 잡았습니다. 피디에게 안 일렀다고, 제발 화를 풀라고 말했습니다. "이거 왜 이래? 누가 보면 내가 순봉씨 괴롭히는 줄 알겠네. 내리지 않고 뭐해!" 김과장이 소리를 질러도 나는 내리지 않았습니다. 김과장이 그대로 트럭을 몰았습니다. 차는 우리 집 동네도 훨씬 지나고 천호대교를 건너기 시작했습니다. 그의 집이 있는 상계동으로 가는 모양이었습니다. 나는 월급 봉투에서 5만 원을 더 꺼내어 20만 원에 보태었습니다. "김과장님만 믿습니다. 계속 일하게만 해주세요. 김과장님이 봐주지 않으면 우리 식구 다 굶어 죽습니다." 나는 부탁하고 또 부탁했습니다. 결국 그는 내가 내민 돈 중 20만 원만 받고 5만 원을 돌려주었습니다. 나는 나머지 5만 원을 그의 호주머니에 마저 쑤셔넣었습니다. 그가 한숨을 쉬며 혼잣말처럼 뇌까렸습니다.

"참, 사는 게 뭔지."

고맙다고, 안녕히 가시라고 말하고 트럭에서 내렸습니다. 천호대교 중간부터 집을 향해 걷기 시작했습니다. 강바람이 매섭기는 했지만 다리만 내려서면 집에 가는 버스를 탈 수 있을 것입니다. 무엇보다도 공장에서 김과장과 같이 일할 수 있으니 얼마나 다행입니까. 어머니 덕분입니다. 더디기는 하지만 어딘가에 봄도 오고 있을 테니 추운 겨울도 얼마 남지 않았습니다. 어머니 감사합니다.

떠나지 말아요, 오동나무

안방에 들어선 김명구는 장롱부터 뒤지기 시작했다. 영수증들을 찾기 위해서였다. 동네 슈퍼 영수증이야 버린다 해도 공공요금 영수증 이를테면 가스요금이나 주민세, 오물수거료 등 한동안은 보관해야 할 종이 나부랭이들이 집집마다 있게 마련이었다. 그것들을 뒤져보면 아내 혜순의 별쭝난 행동이 무엇 때문인지 알 수 있을 것이었다. 아니할 소리로 암 덩어리라도 몸 한귀퉁이에 키우고 있다면 병원진료비 영수증이라도 나올 터였다.

혜순에게서 처음으로 이상한 낌새를 챈 것은 지난주 초였다. 정확히 말하면 4월 15일 오후 2시, 꽃다방의 홍마담과 때늦은 진해 벚꽃놀이를 즐기고 서울로 돌아와 집골목에 들어섰을 때 마침 민방위훈련 사이렌이 울렸기 때문에 그는 날짜와 시간을 분명하게 기억했다. 안방에 들어와 점퍼를 벗고 자리에 눕고…… 잠결에 웬 사내 목소리가 들렸다. 아들 종혁이었다.

"글쎄, 시집올 때 받은 엄마 금반지를 왜 나한테 주냐고요. 여자 거라 손가락에 낄 수도 없는데. 나중에 며느리한테 직접 주시면 되잖아요. 나는 잃어버린다니까……네? 알았어요, 엄마 좋을 대로 해요."

그때만 해도 그는 혜순이 아들 종혁의 장가를 재촉하느라 일부러 금반지를 건넨다고 생각했다. 그 이유가 아니라면 글쎄, 딸 미연에게 빼앗기지 않으려고 그럴 수도 있었다. 미연은 어려서부터 욕심이 많았다. 밤낮으로 강울음에 숨넘어가는 시늉을 해서라도 원하는 것을 차지해야 속이 풀리는 아이였다. 나이 든다고 성품이 바뀌는 것도 아니었다. 미연은 썩은 사과 한 알 친정에 들고 오는 법 없으면서 갈 때에는 양손에 무언가를 잔뜩 챙겨들고야 집을 나섰다. 그것도 세상 살아가는 한 방편이라고 그는 너그러이 받아들였다. 그는 딸보다 아들 종혁이 걱정이었다. 어미인 혜순을 빼어닮아 그야말로 먹던 떡, 제 밥그릇도 못 챙기는 성품으로 험한 세상을 어떻게 헤쳐나갈지 그는 아들을 생각할 때마다 열불이 오르곤 했다.

그러고는 이번 주 월요일이었다. 점심 먹은 속이 부대껴 일찍 집에 돌아오는데 집 앞에 웬 1톤 트럭이 서 있었다. 인부 둘이 열심히 가구를 싣는 중이었다. 자개장롱에 문갑, 커다란 경대까지 다 문간방 노모의 가구들이었다. '흠집나지 않도록 조심하라'고 소리를 지르는 사람은 바로 그의 누이였다. 누이의 손에는 큼직한 이불 보따리도 쥐어져 있었다.

"누가 보면 이삿짐인 줄 알겠네."

자신도 모르게 볼멘소리가 나왔다. 노모가 돌아가면 다 처분할 물건이라 아까울 것은 없어도 가장 몰래 살림을 내가다니 기분 좋은 일은 아니었다. 도리어 누이가 눈을 흘겼다.

"너는 대관절 나이가 몇인디 아직꺼정 계집질이냐."

"무슨 소리 하는 거여 시방? 장롱은 왜 채어가냐는디."

누이가 코웃음을 쳤다.

"출장은 무신 놈의 출장? 미연에미나 되니까 이 나이꺼정 니 꼴 보구 산다. 요샛시상에 누가 시에미 대소변 쳐가며 시앗 꼬라지를 보냐."

누이가 혜순의 편을 들다니 희한한 노릇이었다. 집에 들어서서 그는 혜순에게 무슨 일이냐고 물었다. 혜순은 평소와 다름없었다. '노인네 장롱이야 원래 딸 차지'라는 대답이었다.

그리고 오늘 아침, 부동산 사무실에 출근하던 길에 그는 골목 분리수거함 앞에 놓인 꽤 큰 부피의, 웬만한 하숙생 짐만큼은 실히 될 물건들에 눈이 갔다. 낡은 깔개로 씌워놓기는 했지만 옆으로 비어져나온 채반, 깨진 다듬잇돌, 큰 장독 등은 바로 그의 집에서 수십 년간 보아온 살림들이었다. 깔개를 젖혔다. 보자기에 싸인 헌 이불, 신발, 옷 나부랭이들이 몽땅 노모의 것이라고는 할 수 없었다. 혜순이 걸치던 모직 치마, 빛바랜 코트, 보온 슬리퍼…… 오히려 혜순의 것이 더 많았다. 이 여편네가 제

정신이 아니구먼. 그는 신경질적으로 보퉁이를 끄르기 시작했다. 열김에 시작한 일이었지만 맨 밑 보퉁이까지 끌러보아도 옷가지고 신발이고 너무 낡아서 혜순 앞에 가져가 들이댈 물건은 사실 없었다.

"출장 핑계 대고 홍마담하고 놀러간 거 제수씨가 알았지, 뭐. 누님도 한마디하셨다며?"

혜순의 이상한 행동에 대해 부동산 중개업소를 같이 운영하는 친구 차실장은 단언했지만 명구는 고개를 저었다. 그의 외도야 젊어서부터 호가 난 것이었다. 계집과 살림을 차린 적도 있었다. 크고 작은 분란은 있었지만 어쨌든 혜순은 참아넘겼다. 외도는 어디까지나 외도, 본처인 혜순을 내쫓거나 바꿀 생각은 그에게도 없었다. 남매를 낳고 불임수술을 받은 것도 그가 자진한 일이었다.

둘은 혜순을 불러내어 점심을 같이하기로 했다. 평생 눈치로 먹고살았다 해도 과언이 아닐 거간꾼 둘이 문문한 혜순의 속내 하나 우비어파지 못한다면 이참에 명구부동산의 간판을 떼어내 버리자고 허튼 맹세까지 나누었다. 그런데 혜순이 전화를 받지 않았다. 외출한 모양이었다. 혜순에게는 휴대폰도 없었다. 살림하는 여편네에게 휴대폰이 무슨 필요냐며 한마디로 자른 사람이 바로 그였다. 차실장과 점심을 먹은 후 그는 집으로 향했다. 혜순이 없는 동안 집 안을 뒤져볼 속셈이었다.

참죽나무장의 가운데칸에는 이불들이 개켜져 있었고 이불 밑

서랍 두 칸에는…… 가만, 이 서랍들이 원래 이렇게 비어 있었던가? 그는 고개를 갸웃거렸다. 30년은 묵었을 벼루와 먹과 필통, 아래칸에는 상비약 상자와 친목모임 기념품으로 받은 새 수건들이 십여 장 들어 있을 뿐이었다. 왼쪽 의걸이를 열었다. 그는 또 고개를 갸웃거렸다. 이쪽에는 혜순의 옷이 걸려 있었을 텐데. 추동 신사복과 스웨터, 가죽 점퍼 등은 자신의 겨울옷들이었다. 이어 오른쪽 의걸이를 열었다. 요새 입는 얄팍한 티셔츠와 춘하 신사복, 이쪽은 뭐, 오늘 아침에도 여기서 옷을 꺼내 입었으니 확인할 것도 없었다. 그는 다시 왼쪽 의걸이를 열어보았다. 분명하고말고. 지난달인가, 시집간 딸 미연을 배웅한다며 겉옷을 걸칠 때만 해도 혜순은 이 왼쪽 의걸이에서 그녀의 옷을 꺼냈던 것이다.

하기야 기억이란 놈을 전적으로 믿을 수는 없다. 몇 년 전의 일과 몇 달 전의 일을 헷갈리는 경우가 요즈음 종종 있었다. 지난번 차실장과 한바탕 얼굴을 붉힌 일도 그러했다. 명구는 아랫골목 단독주택의 화재가 남대문 화재보다 2년은 먼저라고 우겼고 차실장은 반대로 남대문 화재가 아랫골목 화재보다 2년은 먼저라고 우겼다. 마침 사무실 앞을 지나가던 아랫골목 철물점 주인에게 물으니 남대문 화재가 자기네 골목 화재보다 이르기는 했지만 두 건 모두 재작년, 2008년의 일로 5개월 차이밖에 나지 않는다고 했다. 그도 차실장도 아무 말 하지 못했다. 둘은 예순일곱 동갑내기, 나이는 속일 수 없다고 고개를 끄덕였을 뿐이다.

영수증은 그만두고라도 혜순의 옷가지나 물건들은 대체 어디에 두고 쓰는 것일까. 거실 장식장과 주방 서랍까지 열어젖히던 그는 40년이 넘도록 부부로 살면서 아내의 동선을 모르고 있었다는 사실에 적이 당황했다. 안방 맞은편의 작은 방에 들어섰다. 아들 종혁의 방이었다. 서른여덟 나이에 장가갈 생각은 않고 허황한 영화판만 쫓아다니는 녀석의 방에는 헌 카메라에 큼직한 배우 사진, 어떻게 들여놓았는지 알 수 없는 엄청난 크기의 천막까지 뒤숭숭한 물건들만 가득 차 있었다. 같은 서울인데도 오피스텔을 따로 얻어 생활하는 녀석은 한 달에 두어 번 집에 들를까말까 했지만 그렇다고 방을 없앨 수도 없는 노릇이었다.

그는 결국 현관 쪽의 문간방 앞에 섰다. 가장 먼저 확인할 곳이 이곳이었음을 그가 모를 리 없었다. 8년째 자리보전하고 있는 그의 노모와 함께 혜순이 이 방에서 기거하기 때문이었다. 기어이 이 방까지 들어서게 하누먼. 그는 짜증이 났다. 문손잡이를 돌리는 순간 그는 자신이 이 방에 들어온 지 5년은 실히 지났음을 깨달았다. 아무리 노인네 수발은 여편네가 한다 해도 친자식이 이럴 수는 없었다. 그러나 방에 발을 들여놓는 순간 그는 양심의 가책을 받기보다 자신의 기억을 바꾸기로 결심했다. 오로지 껌벅이는 두 눈뿐, 무엇이 그리 분한지 양 주먹을 꽉 쥐고 천장을 노려보는 노모의 모습이 8년 전이나 지금이나 똑같다면 그가 들여다본 때가 5년 전이든 한두 달 전이든 아무 상관이 없었다.

"지난달에도 들여다보기는 했슈. 아시쥬, 엄니?"

노모가 당장 자리를 털고 일어나 따진다 해도 잡아떼면 그뿐이었다. 다음 순간 그는 미간을 찌푸렸다. 냄새, 바로 이 오물 냄새 때문에 자신이 불효를 저질렀던 것이다.

"창문 좀 열것슈, 엄니."

노모의 머리맡에 있는 창을 활짝 열고서야 그는 비로소 코로 숨을 쉬었다. 노모의 이부자리와 옷을 둘러보았다. 깔끔했다. 이만하면 아들 복이 없다고는 할 수 없었다. 여든여덟 미수, 오늘 돌아가셔도 그리 섭섭지는 않은 나이였다. 장롱과 경대 들을 들어낸 방은 휑뎅그렁했다. 남은 가구라고는 구석에 밀어놓은 해묵은 3단 서랍장뿐이었다. 서랍장 위에 얹힌 혜순의 이부자리를 보는 순간 그는 이 방에 들어온 이유를 다시금 떠올렸다. 그는 서둘러 서랍을 뒤지기 시작했다. 맨 위 서랍에는 여자 머플러와 허리띠, 손수건, 노인네를 씻길 때 사용하는 것이 분명한 헌 수건들, 가운데칸에는 노인네의 옷과 속옷 들, 그리고 아래칸에, 옳지, 혜순의 평상복이 서너 벌, 그녀의 내복과 양말 들이 들어 있었다. 그녀의 옷가지 밑을 더듬던 그는 가슴이 덜컥 떨어져 손을 뺐다. 노인네의 뻣뻣한 삼베 수의가 만져졌기 때문이다. 서랍장 옆에는 노인네의 종이기저귀 뭉치와 그 위에 얹힌 스웨터, 그게 다였다. 혜순의 옷이 아무리 없기로 이렇게 적을 수 있나? 겨울옷들을…… 다 처분했다면, 당장 입을 옷만 남겼다면 무엇을 어떻게 하겠다는 말인가. 그는 영 마뜩잖았다. 막혀도 꽉 막힌 여편네였다. 앞은 이렇고 뒤는 저렇다 설명을 해줘야 하지 않은가 말이다.

"대체 무슨 일이냐 말여!"

약이 오를 대로 오른 그는 버럭 소리를 질렀다. 혜순의 머리채라도 잡듯 그녀의 이부자리를 움켜 방바닥으로 힘껏 흩뜨려버렸다. 그때였다. 그의 서슬에 겁이라도 먹은 것일까, 이부자리 틈에서 웬 대학노트 한 권이 비죽이 얼굴을 내밀었다.

"네까짓 게 뛰어야 벼룩이여."

비닐 겉표지에 스프링까지 달린 꽤 고급스런 노트를 주워들며 그는 유행가라도 한 곡조 읊조리고 싶었다. 노트가 두툼하기는 했지만 씌어진 부분은 많지 않았다. 글씨가 씌어진 십여 쪽 정도야 선 자리에서 훑어보면 그뿐이었다. 방 한가운데에 버티고 선 채로 그는 점퍼 안주머니의 돋보기안경을 꺼내어 코에 걸었다.

조금 전 성희한테서 전화를 받았어요. 이게 무슨 일이에요. 당신 부인이 죽다니요. 성희가 그동안 얘기를 하지 않아 저는 까맣게 몰랐어요. 8년 전 당신 부인이 유방암 수술을 받았다는 사실, 3년 전에 재발하여 이미 그때부터 희망이 없었다는 사실도 오늘에서야 알았어요.

'당신 부인'이 죽다니 누구 부인? 명구는 무슨 얘기인지 알 수 없었다. 노트의 앞뒤를 다시 살펴보았다. 혜순의 이부자리에서 나왔으니 그녀가 썼다고 봐야 옳았다. 이 여편네가 늘그막에 소설가 지망생이라도 된 것일까.

8년 전이라면 나라 전체가 월드컵 4강에 들떠 제정신이 아니던 그 2002년이잖아요. 개도 안 물어갈 김명구의 어미가 중풍으로 쓰러져 병원으로 실려가던 그해, 한 달 만에 퇴원하여 제 업보가 된 바로 그해잖아요. 그리고 3년 전에 부인의 병이 재발하다니, 여보, 이 모든 것이 저 때문인가요. 제가 당신을 부둥켜안고 당신 부인을 밀쳐내었던 그때, 그때쯤이었던가요. 여보, 제 죄인가요.

'개도 안 물어갈 김명구'가 그는 차라리 반가웠다. 노모가 쓰러진 때가 8년 전, 혜순이 그때부터 노인네를 수발한 것도 사실 그대로였다. 혜순이 쓴 글임은 분명했다.

돌아가신 분께 너무 죄스러우면서도, 그래요, 저는 한편으로 고소해요. 그때 제 나이 열다섯 살, 제 꽃봉오리 시절에 당신이 저를 알아봐주시기만 했더라도 지금 당신이 홀아비는 되지 않았을 테니까요. 부인의 무덤 앞에서 눈물 흘릴 당신. 여보, 이제 그만 슬퍼하세요. 당신계는 제가 있잖아요.
부인의 마지막 모습이 어땠는지 궁금해요. 그곳 미국에서는 돌아가신 분의 얼굴을 곱게 꾸미어 남겨진 가족들에게 보여준다는 데…… 어땠나요. 돌아가시는 순간까지 아름다우셨나요? 죄송해요. 당신 부인이 돌아오지 못할 길을 떠나셨는데도 저는 아직도 그분을 질투하고 있어요. 하지만 제게서 얼굴을 돌리지는 마세요. 당신 부인을 가게 한 사람이 저라 해도 저를 밀어내지는 마세요. 사랑해요. 제게는 당신밖에 없어요. 이 세상에 살아 있는 단 하나의 이유가 바로 당신인걸요.

이년이 나 몰래 샛서방을. 그의 손이 부들부들 떨렸다. 일기치고 정확한 날짜가 씌어 있지 않다는 점이 답답했다. 하지만 옛날이야기는 아니었다. 노모가 쓰러진 지 8년이라면 적어도 올해에 벌어진 일들이었다.

오늘도 당신의 체취가 남은 스웨터에 얼굴을 파묻습니다. 당신의 따뜻하고 넉넉한 가슴에 안겨 잠을 청하다가 다시 전등을 켜고 펜을 듭니다. 그래요, 당신 부인이 먼저 돌아갈 수도 있다는 사실을 저는 예상하지 못했어요. 저는 그저 당신의 사랑을 듬뿍 받는 애첩, 죽을 때까지 세상에 나설 수 없는 숨겨진 여인이라고만 생각해왔어요. 그런데 아니잖아요. 당신 옆자리가 비었다면 그리로 제가 갈 수도 있는 거잖아요. 그동안 저는 무엇을 했을까요. 김명구라는 인간에게는 오로지 애들 아비일 뿐 바늘 끝만큼의 정도 없었으면서 왜 저는 갈라설 생각을 하지 못했을까요. 홀몸이었다면 당장이라도 당신께 날아갔을 텐데. 어느새 날이 밝아오고 있어요. 이 아까운 시간들이 흐르고 있어요.

'당신의 체취가 남은 스웨터'? 노모의 기저귀 뭉치 위에 놓인 저 회색 스웨터? 그는 몸을 돌려 스웨터를 펼쳐보았다. 넉넉한 품에 긴 기장, 명구 자신이 입기에도 너무 큰 남성용 스웨터가 분명했다. 그는 어쩔 줄 몰랐다. 노트를 내던지고 두 손으로 스웨터를 잡아뜯다가, 발로 짓이기다가, 급기야 열린 창밖으로 내던져버렸다. 그리고 다시 노트를 쥐고 허겁지겁 다음 글을 읽어나갔다.

참다못해 당신 여동생에게 전화를 걸었어요. '혹시 성호 오빠 재혼 안 하시냐고요. 예전에는 너무나 부족했지만, 당신과 나란히 박사학위를 받은 당신 부인과는 감히 겨룰 수도 없었지만, 이제 당신 부인은 저세상 사람이잖아요. 돌아가신 분보다야 살아 있는 제가 낫지 않은가요. 성희가 웃으며 말하더라고요. '왜, 지금이라도 팔자 고쳐보게? 좋지. 그럼 내가 중신 서지.' 농담이 분명했지만 저는 심장이 멈추는 줄 알았어요. 전화를 끊고도 가슴을 진정시키느라 한동안 마당을 서성였어요. 여보, 제게 손을 내밀어주세요. 당신이 오라고 한마디만 하시면 저는 당장 불속으로라도 뛰어들수 있어요.

그러면 지금 혜순은 이 작자를 만나러 간 것인가. 그에게 확답을 받으러? 그는 그만 방바닥에 주저앉았다.

여보, 당신이셨죠? 티브이에 나온 구청 민원상담실 소개, '누구든지 구청에 오면 여권을 낼 수 있다'는 그 얘기, 당신이 제게 보내신 메시지였죠? '여권, 여권부터 만들어요.' 아직도 제 귀에 남은 당신의 목소리, 당신의 따뜻한 숨결. 여보, 저는 당신의 흔적이 지워질까봐 숨도 크게 쉬지 못해요. 뺨을 타고 흐르는 눈물도 제대로 닦지 못해요. 그래요. 내일 아침 일찍 구청 여권과로 갈게요. 참, 그 이전에 여권 사진부터, 아니, 그 이전에 미장원에 들러 머리부터 매만져야겠네요. 며칠 후면 여권이 나오겠지요. 여보, 제가 갈게요. 날개 달린 새가 되어 당신이 계신 미국으로 훨훨 날아갈게요.

정이라는 게 뭔지 모르겠어요. 배 아파 낳은 제 자식보다도 제가 떠난 후 이리저리 눈을 굴리며 주인을 찾을 손때 묻은 살림살이들이 안쓰럽네요. 하나같이 귀 떨어지고 금 가고 지질하기 짝이 없는 살림살이들, 새 여자가 들어오면 단박에 버려질 이 구접스런 물건들이 제 가슴을 아프게 하네요. 그래도 여보, 저는 당신께 감사해요. 당신 덕분에 제 몸을 옭아매었던 사슬들을 하나하나 끊고 있어요. 일 초 일 초 제 몸이 가벼워지고 있어요. 새의 깃털이 되어 너울너울 춤추는 흰 눈송이가 되어 당신 어깨에 사뿐히 내려앉을 그날을 고대하고 있어요.

이것이었다. 멀쩡한 집안 살림을 갖다버리는 이유가 바로 이
것이었다. 혜순은 미친 것이 틀림없었다. 새처럼 눈처럼 날아가
다니 온전한 정신 가지고는 이런 생각을 할 수가 없었다. 그는
분한 심사를 참지 못하여 노트장을 찢기 시작했다. 찢어낸 부분
을 잘게 찢고 또 찢어 그야말로 새의 깃털처럼 눈송이처럼 허공
에 날려버렸다. 그리고 서랍들을 통째로 빼어 엎기 시작했다. 노
트와 스웨터만이 아닐 것이었다. 뭔가 더 있을 것이 분명했다.

여권. 머플러들 틈에서 그의 손에 잡힌 것은 검은색의 새 여
권이었다. 그는 떨리는 손으로 여권을 펼쳐보았다. 2010년 4월
25일, 발급 날짜가 바로 그저께였다. 그는 뒤지기를 멈추지 않
았다. 서랍에서 쏟아진 옷가지들을 낱낱이 헤친 후 서랍을 빼어
낸 서랍장 속까지 들여다보았다. 장의 바닥 공간에서 비닐봉지
에 싸인 또다른 노트들을 끄집어낸 그는 만족하여 고개를 끄덕
였다. 자신은 부동산 거래업자가 아니라 도둑이 되었어도 크게
성공했을 것이 틀림없었다.

바로 그때였다. 철대문 소리가 났다. 혜순이 돌아온 모양이었
다. 그는 여권과 비닐봉지에 든 노트를 들고 잽싸게 안방으로
건너왔다. 급한 대로 그것들을 자신의 가죽 손가방에 처넣었다.
하지만 이대로 시치미 뗄 수는 없었다. 아니, 이대로 끝낼 일이
아니었다. 그는 지체 없이 거실로 나섰다. 현관에서 신발을 벗던
혜순이 깜짝 놀라 그를 올려다보았다.

"귀신이라도 봤냐? 왜 그렇게 놀라냐?"

문간방으로 들어서는 혜순의 뒤를 바짝 뒤쫓았다. 혜순의 손에 들려 있던 쇼핑백을 낚아채어 거꾸로 털었다. 새 블라우스와 바지, 화장품들이 쏟아져내렸다.

"오호라, 새 옷 입고 꽃단장하고 서방님께 날아가시려고?"

그녀의 머리채가 휘둘리고 그녀의 허리와 가슴이 그의 발길에 채고 뒤집힌 서랍과 이리저리 쏟아진 옷가지들 위로 그녀의 몸뚱어리가 목 딴 돼지처럼 얹히는 데에는 그리 오랜 시간이 걸리지 않았다.

"성희가 누구야, 성호 동생 성희가 누구냐고!"

널브러진 혜순에게 고함을 치던 그 순간에, 오오, 스스로 생각해도 자신의 기억력 하나는 정말 쓸 만했다. 정성희. 몇 년 전 지방 신도시 분양 때 아파트를 구입했던, 평창동에서 사는, 혜순의 가장 가까운 친구이자 병원장 부인.

"평창동 정성희 그 여자? 그 여편네의 오라비가 네 샛서방이었어?"

그는 자신의 휴대전화를 혜순의 머리통에 던졌다. 친구의 번호를 숨겨봤자 소용없었다. 사무실의 장부만 뒤지면 정성희의 집 전화에 남편의 병원 전화까지 알 수 있을 터였다. 결국 그는 정성희와 통화했다.

"민혜순의 남편입니다. 본론만 얘기합시다. 남의 집 멀쩡한 마누라 꼬셔내어 오빠한테 시집보내신다고요? 그러고도 당신들이 무사할 줄 아셨습니까?"

전화 속의 성희는 얼떨떨해했다. 무슨 말이냐고 거꾸로 물어왔다. 그가 예상했던 대로였다. 혜순의 짝사랑일 뿐이었다. 성호라는 작자는 미국에 있었고, 혜순은 지난 수십 년 동안 서울 바닥을 떠난 적이 없었다. 진도고 진전이고 있을 수가 없었다. 하지만 어쩔 뻔했는가. 혜순이 미국으로 날아가기라도 했다면 그야말로 닭 쫓던 개가 되지 않았겠는가. 그는 전화통에 대고 고함을 지르기 시작했다.

"성호라는 이 인간 지금 당장 나한테 전화하라고 해! 일 초라도 빨리, 민혜순 이년 내 손에 죽기 전에!"

혜순의 허리를 다시 한번 질렀다. 아악! 느닷없는 발길질에 혜순의 비명이 제대로 전화기 속에 빨려들어갔다. 혜순의 울음 섞인 목소리가 금방 뒤를 이었다.

"성희야! 아무 일도 아냐. 오빠한테 연락하지 마! 나는 괜찮아! 아무 일 없어!"

그가 두 발로 혜순을 짓이기기 시작했다. 혜순아! 여보세요! 대체 왜 이래요! 전화기 속의 성희가 덩달아 비명을 질렀다.

전화를 끊고도 그의 발길질은 계속되었다. 혜순의 입과 코에서 피가 흘렀다. 그뿐 아니었다. 서랍의 모서리에 부딪쳤는지 그녀의 종아리에서도 피가 흐르기 시작했다. 긴 오륙 분 혹은 십분. 이윽고 전화벨이 울렸다. 그의 휴대전화를 빼앗는 혜순의 몸짓이 처절했다.

"아니에요, 오빠! 정말 아무 일도 아니에요! 저희 남편이 지금 술에 취해가지고는, 죄송해요, 아무 일도, 원래 저희 남편이, 아, 아니에요."

이 정도면 상대방도 충분히 감을 잡았을 것이었다. 명구가 전화를 낚아채었다.

"늙으려면 곱게 늙으셔, 이 양반아! 어디 여자가 없어 남의 마누라를 지분거려!"

전화 속의 사내가 무어라 떠들어대었지만 명구는 더이상 대꾸할 수 없었다. 혜순이 그의 발가락을 깨물었기 때문이다. 전화는 끊기고 그의 일방적인 발길질이 계속되었다. 그렇게 또 몇 분. 새로이 퍼지는 지린내를 맡고 그는 방에서 빠져나왔다. 노인네의 오물이 아니었다. 바닥에 새우처럼 꼬부라진 혜순의 몸 주위로 물이, 오줌이 흥건하게 괴는 중이었다.

"요실금 기저귀 찰 나이에 샛서방은 얼어 죽을."

안방으로 들어선 그는 바깥의 기척에 잠시 귀를 기울였다. 혜순의 울음소리가 이어질 만도 한데 아무 소리가 없었다. 설마…… 죽지는 않았겠지? 그는 자신이 혜순에게 가한 발길질과 주먹질을 차근차근 되짚어보았다.

밤 8시가 넘었는데도 혜순이 저녁을 차리는 기색이 없었다. 하기야 오줌으로 뒤발한 여편네의 밥상을 받은들 무슨 맛이 있으랴. 그는 주섬주섬 옷을 챙겨입었다. 집을 빠져나와 꽃다방으로 향했다. 다방으로 저녁을 배달시키면 되었다. 그리고 그는 홍마담에게 한 번 더 바람이나 쐬러 가자고 말할 작정이었다.

　다음날 아침 그는 홍마담과 함께 시외버스터미널 음식점에서 아침을 해결했다. 음식을 시키기 전에 말을 할 일이지 홍마담은 백반 2인분이 앞에 놓이자 그제야 입맛이 없다며 먹지 않겠다고 했다. 입맛이 있을 까닭이 없었다. 어젯밤 그가 다방에 갔을 때 홍마담과 춘미는 저녁을 먹었다면서도 피자에 통닭에 족발까지 주문했다. 자정이 가깝도록 음식을 지범거리다가 남은 음식을 냉장고에 챙기기까지 했던 것이다.
　홍마담의 수다는 끝이 없었다. 명구부동산 김사장님이 이렇게 보채고 불러내는 통에 다방 영업에 지장이 많으며 그 일례로 지난번 진해에 사흘 동안 다녀왔을 때에도 춘미년이 다방 매상이라고 내놓은 돈이 겨우 9만 5천 원이었고 그년이 빼돌린 돈이 적어도 2십만 원은 될 텐데 그 이유는 국산 양주이기는 하지만 일곱 병이 있었던 것을 분명히 기억하는데 다섯 병 있었다고 벅벅 우길 뿐 아니라 요새 젊은애들은 하나같이 제 잇속만 환할 뿐 다방 영업이 어떻게 되어가는지 책임감이라곤 약에 쓰려도 없다고 했다. 홍마담의 수다는 수덕사행 버스를 타고도 그칠 줄 몰랐다. 자신의 아파트가 낡아서 수리할 데가 너무 많아졌고 그것을 하나하나 고치기보다는 숫제 딴 아파트로 이사를 가는 것이 방법이며 아쉬운 대로 열 평 정도만 늘리면 평생 거기서 살 수 있으니 언제고 한 번은 이사할 생각이었고 그 일은 자기 혼자 좋자는 것도 아니고 방 하나가 더 있으면 사장님도 가끔 와서 쉴 수 있으니 좋고 그것이 별로 어렵지도 않은 것이 김사장님이 요사이처럼 부동산 가격이 주춤할 때 35평짜리 급매 아파트를 일단 잡아 자신 앞으로 화끈하게 돌려주고 지금의 24평 아파트는 조금 더 가지고 있다가 경기 좋을 때 팔면 목돈 들 것도 그리 없다는 얘기였다. 그는 머리통이 지끈거렸다. 입만 열면 돈돈, 어제까지도 그런 줄 몰랐는데 홍마담의 머릿속에는 돈밖에 없는 듯했다. 사실 홍마담이 기거하는 24평 아파트도 그가 온갖 수단을 동원하여 거의 반값으로 주선해준 물건이었다.

수덕사 앞 주차장에 버스가 도착하자 그는 우선 음식점부터 찾았다. 홍마담에게 몇 숟가락 뜨게 한 뒤 그는 그녀를 버스정류장에 다시 데려갔다. 서울로 가는 표 한 장을 사서 홍마담을 억지로 태웠다.

"먼저 가 있으라니까. 사업상 중요한 구상이 떠올라서 그래."

혼자가 된 명구는 여관의 한 방에 들었다. 방은 작았지만 남쪽 창문으로 햇빛이 비쳐드는 것이 나쁘지 않았다. 이부자리를 편 후 그는 그 위에 드러누웠다. 정류장 앞 구멍가게에서 산 소주 두 병과 땅콩 한 봉지도 바로 손 닿는 곳에 놓았다. 홍마담의 수다가 끝없이 이어지는 동안 문득 떠오른 것이 바로 혜순의 여권과 비닐에 싸인 노트들이었다. 출근할 때나 여행을 갈 때에도 손가방을 습관처럼 들고 다니다보니 그 물건들이 고스란히 이곳까지 따라온 것이었다.

소주 두 잔을 연거푸 홀짝거린 후 그는 가방에서 노트들을 꺼내었다. 다시 보니 노트가 아니라 가계부들이었다. 하나는 요새 구하기도 힘든 딱딱한 표지의 금전출납부였고, 또 하나는 여성 잡지 부록인 화려한 꽃그림의 가계부였다. 꽃그림 가계부는 2006년 1월부터, 금색 한자로 씌어진 시꺼먼 금전출납부는 2002년 7월부터였다. 2002년 7월이라면 중풍으로 쓰러진 그의 노모를 집으로 모셨던 바로 그때였다. 그랬다. 그는 그 금전출납부를 기억했다. 사무실에서 굴러다니던 장부를 집에 가져와 혜순 앞에 던진 사람이 바로 자신이었다.

"오늘부터 가계부 써. 뜨뜻한 방에서 엉덩이나 지지구 앉았으니 세상 무서운 줄 모르지? 사무실은 지금 맨손가락 빨게 생겼다고!"

노모의 체중이 만만치 않아 도저히 혼자 수발할 수 없다는 혜순에게 그가 선수를 쳤던 것이다. 콩나물에 두부, 버스비, 어머니 기저귀, 가스요금. 처음 한두 달간은 그가 신경질적으로 점검한 후 남긴 확인 사인도 간간이 보였다. 그러다가 어느 날부터 잊어버린 일이었다. 1년여, 가계부를 쓰던 칸에 조금씩 설명이 깃들기 시작했다.

소희 에미 돼지고기 두 근, 닭 한 마리, 애들 요구르트 사줌. 그리고 집 김치 한 통, 깍두기 한 통. 덕분에 내일 또 김치를 담가야 한다. 그나마 친정이니 손을 벌리겠지. 소희 애비 인테리어 장사만으로는 네 식구 먹고살기가 힘들 것이다.

 가계부를 검사할 때 참고해달라는 투의 메모였다. 뒤로 갈수
록 장부에는 돈의 출납보다는 혜순의 답답한 심사와 하소연이
깔려 있었다. 시어머니 수발로 허리가 아파서 진통제를 병으로
사다놓고 먹는 상황. 남편이 복용하는 보약과 개소주를 한 달만
줄여도 겨울 동안 보일러를 뜨뜻하게 돌릴 수 있을 것이라는 한
탄. 할인매장에서 파는 패딩점퍼를 하나 장만하면 좋겠는데 그
돈 5만 원을 빼낼 수 없는 빡빡한 집안 살림. 속절없이 가는 세
월. 어느덧 글들은 혜순의 일기로 바뀌어가고 있었다.

 춘삼월 날씨가 갑자기 더워져서 꽃들이 허둥댄다. 꽃을 먼저 피
워야 하나 이파리들을 내놓아야 하나 고민하는가 싶더니 어느새
꽃이 진다. 내 인생의 봄도 그랬지 싶다. 봄 꽃봉오리가 맺히기도
전에 여름, 가을이 겹쳐왔다. 내 나이 예순이니 이제 겨울로 들어
선 셈인가. 세월이 빨리 가준 것이 한편으로 고맙다. 남은 세월도
물 흐르듯 흘러가겠지. 어느 날 눈을 감으면 이 고달픈 몸도 쉴 수
있겠지.

 초등학교 동창들이 온천에 가서 하루 자고 오자며 끈질기게 연
락들을 해댄다. 나는 갈 수가 없다. 시어미의 대소변을 단 하루라
도 대신 받아줄 사람이 없기 때문이다. 여건이 된다 하더라도 그

친구들과 어울리고 싶은 생각은 없다. 젊어서부터 그들과는 영 어색했다. 남편이 딴살림을 차린 아파트가 하필이면 그 친구들 중 한 사람의 윗집이었다. 세 살 미연의 손을 잡고 두 살 종혁은 업고 그 집에 찾아갔던 나는 남편에게 머리채를 잡혀 끌려나왔다. 친구에게 그 꼴을 다 보이고 집에 돌아왔을 때 시어머니는 '사내는 계집을 품어야 회춘하는 거. 열 계집 싫다면 그게 어디 사내냐?'며 호통을 쳤다. 그 시어미의 밑을 지금 내가 닦아주고 있다.

이번에 고등학교에 들어간 미연이 딸년 소희. 갓난아이 때부터 내 손으로 그년을 키웠건만 외갓집에서 오물 냄새가 난다며 다시는 오지 않겠다고 했단다. 그 말을 아무렇지 않게 전하는 미연이 한편으로 섭섭하면서도 다른 한편으로는 존경스럽다. 미연은 맏며느리인데도 시부모 봉양 따위는 안중에 없다. 안사돈이 신장병으로 사흘이 멀다고 투석을 받는데 그 시중은 둘째 며느리가 들고 있다. 미연은 깔깔대며 '이 없으면 잇몸'이라고 말한다. 시어머니와 남편의 말투 그대로다. 남이 어떤 피해를 입든 전혀 개의치 않는 그들의 튼튼한 신경줄이 정말 부럽다. 나는 아직도 무섭다. 손가락 하나 까딱이지 못하는, 시체나 다름없는 이 노인이 어느 순간 벌떡 일어나 내 멱살을 잡을까 겁이 난다. 나는 왜 이리 지질컹이일까.

남편이 전화를 하고 있다. 내게 들키지 않으려 집 뒤꼍으로 돌아가 전화를 하는데 그의 말소리는 부엌 쪽문을 통해 확성기를 댄 듯 똑똑하게 들린다. '야야 희경아. 지금껏 겪어보고도 내 맘 모르겠냐. 나한텐 너밖에 없다니까? 한 사흘 속초 가서 바닷바람이나 쐬고 오자. 맛있는 회 실컷 사줄게.' 여자가 그사이에 또 바뀌었다. 남편에 대한 기대를 버린 지는 이미 오래다. 그러면서도 나는 무슨 미련이 남은 것일까. 남편이 휴대폰을 들고 바깥으로 나갈 때마다 부엌 쪽문에 다가서서 귀를 대는 나는 대체 무엇이 궁금한 것일까.

그는 천장을 보고 똑바로 누웠다. 옆방에 투숙한 남녀의 키득대는 소리가 바로 옆에서 일을 벌이는 것처럼 선명하게 들려왔다.

결혼하여 아이들을 키우던 집은 일본식 적산가옥이었다. 방이 두 개라고는 하지만 종이 미닫이문으로 겨우 갈라놓은 것이라 한 방이나 다름없었다. 부부가 덮은 이불이 버적거리기만 해도 강팍한 성품의 그의 어머니는 '잠들도 안 잔다'며 구시렁대었다. 그런 집에 그는 계집을 데려와 자기도 했다. 어머니가 누이 집에 산관을 하러 간 그 몇 달 동안이었다. 미닫이문 건너 아이들이 기척이라도 내면 그는 서슴없이 문을 열어젖히고 혜순에게 발길질을 해대었다.

남편은 민마담과 미국으로 여행을 떠났다. 저번에는 동남아에 중국도 다녀왔다. 외국으로 날아다니는 것을 보면 부동산 사업이 잘되는 모양이다. 나는 비행기를 타보지 못했다. 소회 에미도 신혼여행으로 동남아를 다녀왔지만, 종혁이도 영화판을 따라 외국으로 휙휙 날아다니지만, 나는 이 징그러운 한국 땅에서 한 번도 발을 떼어본 적이 없다. 하지만 미국, 그곳에는 죽기 전에 꼭 한 번 가보고 싶다. 풍요와 행복의 나라. 어렸을 때 배급받던 흰 밀가루와 설탕의 나라. 그리고 성호 오빠가 사는 나라. 주말이면 성호 오빠와 그 부인이 나란히 자전거 여행을 떠나는 나라, 미국.

딱딱한 겉표지의 시꺼먼 금전출납부는 2005년 12월, 3년 반의 세월로 끝이 났다. 그다음의 일기는 화려한 꽃그림 가계부에 이어져 있었다.

성회 어머니가 폐암 말기라고 한다. 성회 어머니께 입은 은혜를 생각하면 당장이라도 달려가야 옳은데 나는 망설이고 또 망설인다. 성호 오빠가 미국에서 나왔다는 말을 들었기 때문이다. 성호 오빠에게 내 초라한 모습을 보이는 게 싫다. 어떻게 하면 좋을까.

성회 어머니께 문병을 가려고 몸을 씻고 또 씻었다. 혹시라도 오물 냄새가 날까 입고 갈 옷을 빨랫줄에 널어 밤이슬도 맞혔다. 그런데 오늘따라 개도 안 물어갈 김명구가 감기 기운이 있다며 출근하지 않았다. 이것저것 시중을 들다보니 어느새 오후가 되고 저녁이 되었다. 한편으로 속상했지만 또 한편으로 잘되었지 싶다. 성호 오빠는 며칠 후에 다시 미국에 갔다가 온다고 한다. 성호 오빠가 간 사이에 문병을 가면 되는 일이다. 나는 오빠가 보고 싶지만 오빠에게 나를 보여주고 싶지는 않다. 어릴 때의 민혜순, 예쁘장한 동생으로만 기억되고 싶다.

성희 어머니가 돌아가셨다는 전화는 한밤중에 왔다. 모레가 발인이라니 내일은 어쨌든 가뵈어야 한다. 이제는 오빠를 피할 방법이 없다. 오빠는 어떻게 변했을까. 내가 이렇다. 떠나신 분에 대한 슬픔보다 성호 오빠에 대한 설렘, 나를 어떻게 봐주려나 하는 조마조마함으로 잠을 이루지 못한다.

성호 오빠는 나를 알아보지 못했다. '누구? 민혜순, 아아.' 성희의 소개에 어렴풋이 기억나는 척 연기를 했을 뿐이었다. 어떻게 기억하랴, 50년 전에 잠깐 스친 인연을. 그런데도 나는 무안하여 조문도 한 둥 만 둥 영안실을 빠져나왔다. 집에 오는 내내 마음이 서느렇고 허전했다. 오빠가 나를 알아보지 못한 것도 서운했지만 그보다 더 충격이었던 것은 오빠가 너무 늙었기 때문이었다. 벗겨진 머리, 쪼그라든 어깨, 뺨에 난 검버섯들.

집에 들어와 나는 옷도 갈아입지 않은 채 거울 앞에 섰다. 내가 오빠를 좋아했던 이유가 무엇이었을까. 오빠가 미남이어서? 오빠는 절대 늙을 사람이 아니어서? 아니다. 누구나 늙어간다. 일흔이

192

내일모레인 오빠의 머리가 벗겨지는 것은 당연한 일이다. 온갖 보약에 해구신까지 구해 먹는 김명구, 어떻게든 젊어 뵈려고 얼굴에 비싼 주사까지 맞는 개도 안 물어갈 김명구도 어쩔 수 없는 중늙은이 아니던가. 거울 속에서 나를 마주 보는, 초라하고 볼품없는 육순의 노파를 나는 눈물을 글썽이며 오랫동안 바라보았다.

이어 성호 오빠에게 보내는 혜순의 긴 편지가 이어졌다. 그 글을 읽으면서 명구는 자신이 혜순의 어린 날에 대해 아는 것이 없다는 사실에 새삼 놀랐다. 아니, 듣기는 들었을 터였다. 단지 그가 품에 안았던 수많은 여자들의 기구한 사연과 뒤섞여 어느 것이 혜순의 사연인지 집어낼 수 없을 뿐이었다.

육이오 전쟁에 참전했다가 목발을 짚고 돌아온 혜순의 아버지는 몸만큼 마음도 피폐해 있었다. 남편의 술과 폭력을 견디지 못한 혜순의 어머니가 집 우물에 몸을 던져 목숨을 끊었다. 1년이 채 지나지 않아 아버지도 길가에서 시체로 발견되었다. 그때 혜순의 나이가 열 살, 언니가 열다섯 살이었다. 언니가 서울의 한 구두 공장에 취직하면서 자매는 창신동 골목의 가겟집에 세 들었다. 혜순의 집골목 안쪽, 처맛자락이 날아갈 듯 들려올라간 큰 한옥이 성희의 집이었다. 성희 아버지는 목재 회사의 사장님이었고 성희 어머니는 교회 전도사로 정이 많으셨다. 친구인 성희의 집에서 어쩌다 밥을 얻어먹는 날이면 혜순은 마치 자신의 생일이라도 맞은 듯 행복했다.

초등학교 졸업을 앞두고 또 한 번의 시련이 닥쳐왔다. 혜순의 언니가 공장 동료의 꼬임에 넘어가 월세 보증금마저 털리고 오갈 데가 없어진 것이었다. 사라진 공장 동료를 찾아 언니도 사라지고 결국 가겟방 주인은 혼자 남은 혜순을 내쫓아버렸다. 골목에서 울고 있던 혜순을 발견한 사람이 성희의 오빠 성호였다. 성호는 그때 대학생이었다. 성호가 자신의 대학 등록금 중 일부를 가겟방 주인에게 건네주어 혜순은 일단 살던 방에 다시 들어갈 수 있었다. 하지만 언제까지나 그 방에 머무를 수는 없었다. 끼니도 문제였다. 늦게나마 사정을 알게 된 성희 어머니의 주선으로 혜순은 한 공민학교에 보내졌다. 낮에는 학교의 사환 노릇을 하는 대신 저녁에는 야간 중학에 진학할 수 있는, 월급은 거의 없었지만 학교의 간이 기숙시설에서 숙식도 해결할 수 있는 좋은 조건이었다.

혜순에게는 은인이나 다름없는 성희 부모님이었지만 그들은 혜순이 성호에게 더이상 다가서는 것은 원치 않았다. 혜순이 고마움의 표시로 조그만 복주머니를 만들어 성호에게 부친 적이 있었는데 나중에 물으니 성호도 성희도 전혀 모르고 있었다. 그것으로 혜순과 성호의 인연은 끝이었다. 혜순이 학교의 간이 기숙시설에서 사는 동안 성호는 군에 입대했고 제대해서는 곧바로 미국 유학을 떠났기 때문이다. '왜, 혜순이도 예뻐. 귀엽잖아.' 성호가 지나가듯 흘린 말을 혜순은 50년 동안 귀한 보석처럼 마음에 간직해온 것이었다.

중학교를 마친 혜순은 미장원의 보조가 되었다. 학교 사환을 계속하며 야간 고등학교에 진학할 수도 있었지만 그녀에게 더이상의 공부는 사치였다. 돈을 떼어먹은 동료를 찾아나섰던 그녀의 언니가 다시 돌아오기는 했지만 언니는 혼자가 아니었다. 비슷한 처지의 가난한 남자와 가정을 꾸림으로써 언니의 도움을 받기는커녕 도움을 주어야 할 입장이었다.

이후 혜순의 삶은 남편인 명구가 아는 바였다. 미장원에 드나들던 손님의 중매로 명구와 결혼한 혜순은 며느리를 쟁기 멘 소로 아는 시어머니 밑에서 고된 시집살이를 했다. 바람기가 심한 남편, 성깔을 부리는 손윗시누이도 혜순이 떨쳐낼 수 없는 무거운 굴레들이었다. 남매를 낳아 키우고 외손주들을 키워주고 늘 그막에야 쉬는가 싶더니 시어머니가 쓰러져 이날까지 징그러운 삶을 이어오는 중이었다.

때리지는 말걸, 잘못했다는 생각이 들었다. 혜순에게 화를 내고 폭력을 휘두른 적도 없지 않았지만 어젯밤처럼 심하게 때린 것은 처음이었다. 갑자기 혜순이 걱정되었다. 크게 다친 것은 아닐까. 집으로 전화를 걸었다. 혜순이 전화를 받지 않았다. 그는 걸고 또 걸었다. 수십수백 번의 벨이 울린 다음 겨우 반응이 왔다.

"······여보세요."

혜순의 목소리였다. 그는 슬그머니 휴대폰을 닫았다.

오빠, 오빠에게 시집을 갔더라면 제 인생이 달라졌겠지요. 하지만 제 주제에 어떻게 오빠의 아내가 되었겠어요. 하지만 오빠, 꿈을 꾸어보는 것은 괜찮지요? 오늘, 저는 너무나 싫고 불편한 시어머니를 '어머니'라고 작은 목소리로 불러보았습니다. 개도 안 물어갈 김명구의 징그러운 어미가 아니라 오빠의 어머니 말입니다. 그리고 연극 대사를 외우듯 간지럽게 말했어요. "어머니, 그이는 아직도 학교에 있대요. 너무 바빠서 건강을 해칠까 걱정이에요. 퇴근할 때 꽃을 사오겠대요. 그런 게 무슨 필요가 있느냐고 사양했지만 그이가 어디 제 말을 들어야지요." 그러고는 그만 큰 소리로 울고 말았어요. 오빠, 제 삶은 왜 이럴까요. 왜 이리 괴로운 삶은 끝이 없을까요. 오빠께 편지를 쓰는 것으로 위로받으려는 저를 용서하세요. 제게는 오빠밖에 없어요. 제 어린 날의 소중한 사람, 사랑한다고 말하고 싶었던 유일한 분이 바로 오빠였어요. 그런 오빠의 어머니라 생각하면 이 힘겨운 일이 덜 괴로울까 싶어서요. 죄송해요, 오빠.

사랑하는 오빠. 어머니의 수발을 맡은 것이 차라리 잘되었나봐요. "할머니는 죽지도 않아. 할머니만 없으면 엄마랑 분식집이라도 차렸을 텐데." 투덜대는 소희 에미를 보고 가슴이 서늘했어요. 마음 약한 저는 소희 에미가 하자는 대로 또 끌려갔을 거예요. 제 징그러운 팔자나 한탄하면서요. 오물 냄새에 찌드는 것도 더이상 싫어하지 않기로 했어요. 덕분에 남편이 제게 가까이 오지도, 또 이 방에 얼씬거리지도 않으니까요. "온 세상 인간들이 말을 않는다뿐이지 속으로는 오로지 홀레붙을 생각뿐"이라고 굳게 믿는, "죽는 날까지 남녀합궁을 즐기는 것이 자신의 목표"라고 거침없이 말하는 김명구가 한편으로는 측은해요. 건강을 돌보지 않고 밤늦도록 학문에 몰두하시는 오빠. 왜 우리가 동물이 아니라 인간인지, 의미 있는 삶이 어떤 것인지 몸소 보여주시는 오빠. 오빠, 여보라 불러도 용서해주시겠어요? 여보, 여보.

사랑하는 당신. 당신과 저는 열두 시간의 차이가 나는 삶을 살고 있습니다. 처음에는 그것이 속상했어요. 당신이 활동하실 때 저는 잠을 자고 있으니까요. 그런데 다시 생각해보니 그게 도리어 낫다 싶어요. 당신의 훌륭하신 부인이 곤히 잠든 시각에 당신을 독차지할 수 있으니까요. 당신도 좋으시죠? 당신 부인께 미안해하지 않아도 되니까요. 꿈길로 저를 찾아와 제 손에 키스해주시는 당신. 따뜻하게 안아주시는 당신. '어머니 돌보느라 고생 많지? 제발 몸 좀 아껴요.' 당신이야말로 건강에 유의하세요. 피부가 유난히 하얗던 젊은 날의 당신도, 50년이 흘러 머리가 벗겨진 당신도 저는 변함없이 사랑합니다. 몸과 마음을 다하여 당신을 사랑합니다.

어느새 날이 새고 있었다. 여운이 긴 종소리는 아마도 사찰에서 울리는 것일 터였다. 그는 자리에서 일어나 밖으로 나갔다. 아직 걷히지 않은 어둠 속에서 절을 향해 가는 사람이 꽤 있었다. 그들의 뒤를 따라 터덜터덜 걸음을 옮겼다.

"이눔아, 부처님 계신 디서 이게 무슨 짓이여!"

지팡이를 짚은 할머니가 소리쳤다. 일주문 앞쪽의 큰 오동나무에 개 한 마리가 다리 한 짝을 들고 오줌을 지리는 중이었다. 뒤따르던 다른 할머니가 혀를 찼다.

"그러니 개라지. 오죽하면 개로 환생했겠어."

낯선 노인들의 말에 왜 가슴이 뜨끔했을까. 그는 사찰 안으로 들어가지 못했다. 일주문으로 통하는 계단, 오동나무가 멀지 않은 한구석에 쭈그리고 앉은 것이 다였다. 개, 백 년을 살아온 준수한 오동나무에 질금질금 오줌을 갈기며 영역 표시나 하는 수캐. 나무가 움직이지 못한다 하여 마음껏 깔보고 실례를 범하는 동네 똥개.

이윽고 그는 일주문 안으로 들어섰다. 대웅전을 둘러본 뒤 다른 이들을 따라 탑돌이를 시작했다. 그는 산뜻하게 혜순을 보내주기로 마음먹었다. 혜순을 더이상 괴롭힐 수는 없었다. 그녀도 사람이었다. 열다섯 살 때의 첫정을 50년 동안 지켜온, 누구도 감히 흉내낼 수 없는 지순한 사랑의 주인공이었다.

무리를 따라 한동안 탑을 돌다가 그는 사찰을 나섰다. 문방구를 찾아 제법 두툼한 양면 괘지 한 권을 손에 들었다. 저녁밥을 거른 터라 배도 출출하고 길거리에 늘어선 대부분의 식당들이 아침을 팔고 있었지만 그는 그대로 지나쳤다. 온몸을 두드려 맞은 혜순은 밥은 고사하고 물 한 모금 마시기 어려울 터였다. 여관 입구의 거울에 비치는 한 사내, 지난밤 보다 5킬로그램은 빠진 듯한 초췌한 몸피를 보며 그는 자신이 그런대로 쓸 만한 사내라는 생각이 들었다.

명구는 방에 엎드려 편지를 쓰기 시작했다.

혜순에게. 지난 세월 동안 내 아내로 사느라 고생 많았소. 무슨 말부터 해야 할지……

두어 줄 쓰다가 그는 종이를 구겨버렸다. 정말 무슨 말부터 해야 할지 알 수 없었다. 감사의 말 따위는 늘어놓을 필요가 없었다. 떠나보낼 여자였다. 깨끗하게 산뜻하게 보내주면 그뿐이었다. 새 종이에 그는 다시 글줄을 이어갔다.

사랑하는 미연, 종혁 보아라. 어미를 보내줄 수밖에 없는 이 아빠를 이해해주기 바란다. 너희 엄마가 지금껏 고생만 하고……

이것 역시 아니었다. 아내를 보내기로 한 결정은 식구들에게 양해를 구할 사항이 아니었다. 김명구 자신과 민혜순, 그리고 앞으로 그녀의 남편이 될 정성호 세 사람의 문제였다.

정성호씨에게.
저보다 네 살 많으시다니 형씨로 부르는 데 대해 양해 바랍니다. 정형, 사나이 대 사나이로서 몇 말씀 올리겠습니다.

서두가 꽤 멋지다고 그는 스스로 탄복했다. 자신은 시인이나 소설가가 되었어도 좋았으리라. 펜만 잡으면 줄줄 이어지는 글줄을 왜 그렇게 어렵다고 엄살들을 떠는지 이해할 수 없었다. 순식간에 그는 다섯 장이나 되는 긴 편지를 써내려갔다. 전화로 실례 많았다는 이야기, 그 일은 전적으로 자신의 부족한 인격 때문이라는 이야기, 혜순의 어린 날 정형과 얽힌 사연을 안다는 이야기. 혜순의 남편이기는 하지만 그녀를 행복하게 해주었다고 할 수는 없는 자신의 처지. 그러다가 그는 자신의 글에 죽죽 줄을 긋기 시작했다. 구구한 설명이나 변명은 모두 사족이었다. 그는 글줄과 씨름하기 시작했다. 괘지 한 권 중 구겨진 뒤쪽 두 장을 남겨놓고서야 그는 편지를 완성시켰다.

혜순을 받아주시기 바랍니다. 지난 50년간 정형만을 생각하고 살아온 불쌍한 여자입니다. 세상을 떠난 당신의 부인만큼, 아니, 그보다도 훨씬 더 혜순을 사랑해주시기 바랍니다. 혜순은 그럴 만한 가치가 있는 여자입니다. 지난 세기 백 년을 통틀어도 민혜순 같은 여자는 없습니다. 착하고, 순수하고, 여자로서의 순종이 무엇인지를 아는 진정 훌륭한 여자입니다.

혹시나 해서 말씀드립니다. 제 생각은 하지 않으셔도 됩니다. 외롭고 슬프겠지만 어떻게든 제 인생이야 메워지겠지요. 두 분이 품

위 있고 존경받는 부부로 이제라도 편안한 여생을 보내시는 것이 제 마지막이자 단 하나의 바람입니다.

한때나마 민혜순의 남편이었던 김명구 올림.

한 장 남짓한 자신의 편지를 그는 뜨뜻하게 물이 도는 눈으로 읽고 또 읽었다. 아내의 남편 될 사람에게 아내를 부탁한다는 편지를 건네주는 이 시대의 낭만주의자 김명구. 어느새 창밖이 깜깜했다. 서둘러 여관을 나온 그는 늘어선 음식점 중 가장 그럴듯해 보이는 곳으로 들어갔다. 한 상 가득 차려나온 음식들을 맛있게 먹기 시작했다.

"영감님요, 혼자 여행 오셨나부지예?"

사십대의, 야한 화장에 머리까지 노랗게 물들인 경상도 여자가 과일을 권하며 해죽거렸다. 돈 몇 푼이면 오늘 밤 그의 베개가 되어줄 쉬운 여자였지만 그는 그렇게 하지 않았다. 그는 이를테면 시인 또는 문필가였다. 어려운 글을 쓰느라 절 앞 여관을 찾아든, 보통 사람으로서는 그의 심상을 이해조차 할 수 없는 불세출의 예술가였다.

버스정류장에 들러 배차 시각을 확인한 그는 다시 여관으로 향했다. 서울로 가는 버스는 이미 끊겨 있었다. 내일 새벽 첫차를 타면 아침 10시까지는 서울의 집에 도착할 수 있었다. 올라가는 대로 혜순에게 그녀의 여권과 자신이 쓴 편지를 함께 넘겨주면 그것으로 끝이었다.

여관방에 다시 들어선 그는 티브이도 전등도 켜지 않았다. 창으로 스미드는 은은한 달빛을 기대했지만 애석하게도 달은 없었다. 그는 팔베개를 하고 누웠다. 제 여자를 다른 사내에게 보내면서 이렇게 순수하고 경건한 마음이 들다니 이것은 완전히 새로운 경험이었다. 자신은 아무래도 타고난 시인, 깨끗하고 고고한 영혼의 소유자가 분명했다. 그랬다. 한 여자에게 머물지 못하고 부나비처럼 방황하던 지난 삶도 그의 영혼이 남달리 외로움을 타기 때문이었다. 매번 기대하고 매번 실망해야 했다. 그때마다 남겨지는 것은 오로지 남루한 인생군상, 삶의 허무뿐이었다.

옆방에서는 아무 소리도 들리지 않았다. 어제부터 키득대던 남녀는 볼일을 마치고 일찌감치 떠난 모양이었다. 그는 자리에서 벌떡 일어나 앉았다. 혜순이 이미 떠났을 수도 있었다! 여권이야 구청에 가서 재발급을 받으면 그뿐, 발 달린 사람이 어딘들 가지 못하겠는가. 그는 애가 탔다. 당장 택시를 타고 서울로 갈까? 다음 순간 그는 고개를 내저었다. 혜순이 집을 떠났다면 지금 쫓아가봤자 헛일이고 떠나지 않았다면 이 밤에 득달같이 쫓아올라가 자정 넘어 편지를 내미는 것도 꼴사나운 일이었다.

"떠나지 마라, 혜순아. 마지막 인사는 하고 가야지. 내 손으로 보내줄게. 그래야 너도 떳떳하지. 내가 갈 때까지, 그때까지만 기다려라."

그는 서울을 향하여 저음의 목소리로 몇 번이고 중얼거렸다.

서울의 집에 도착한 시각은 오전 10시가 채 되지 않아서였다. 문간방을 열어 노모 곁에 모로 누운 혜순을 확인한 후 그는 일 단 안도의 숨을 내쉬었다. 안방으로 갔다. 점퍼를 벗은 후 혜순 을 불러 앉힐 참이었다. 여권과 편지, 비행기 요금을 건네주 며…… 참! 은행에 먼저 들른다는 것을 깜빡 잊었다. 그는 서둘 러 점퍼에 팔을 꿰었다. 그때 안방 문이 열렸다. 혜순이 아침 밥 상을 들이는 중이었다. 조심스레 상을 내려놓고 돌아서는 혜순 의 모습을 그는 눈여겨보았다. 왼쪽 눈두덩이 조금 부었나? 미안 하게도 그는 그녀의 눈두덩을 요즈음 제대로 본 기억이 없었다.

밥상을 내려다보았다. 아마도 그녀로부터 받는 마지막 밥상일 터였다. 콩밥에 북엇국, 시금치나물, 적당히 매운 김치와 젓갈. '반찬이라고 젓가락 갈 데가 없다' 며 밥상을 둘러엎은 적도 있 었지만 지금 보니 하나하나 정성이 담긴 음식들이었다. 쓸데없 이 양념으로 뒤버무린다든지 조미료로 얕은 맛을 낸 것이 아닌, 소박하면서도 담백한, 그야말로 혜순을 닮은 음식들이었다. 숭 늉에 누룽지까지 받아먹은 그는 잠시 자리에 눕기로 했다. 나이 가 들어 그런지 밥만 먹고 나면 노근했다. 따뜻한 방바닥이, 그 리고 혜순의 달그락대는 설거지 소리가 너무나 편안하고 정겨웠 다. 그녀를 보내는 일은 잠시 늦춰도 괜찮으리라. 바로 지금이 아니어도, 오늘 저녁이어도, 아니, 내일 아침이 나을지 몰랐다. 어쨌든 은행에 다녀와야 비행기 요금이고 여비고 전해줄 것 아 닌가. 그는 눈을 감은 채 잠꼬대처럼 중얼거렸다.

"분명히 보내준다니까. 봐, 내 가방 속에 편지도 들었다니까."

다음날도 그 다음날도 그는 혜순을 보내지 못했다. 절차상의 문제가 있었다. 노인네를 노인병원에 모신 후에 혜순을 보내는 것이 순서였다. 노인네가 누워 있는 상태에서 혜순부터 덜컥 보내버리면 명색이 사내인 그가 민망하게도 노모의 밑을 들여다봐야 했다. 그것은 노인네에게도 예의가 아닐 뿐 아니라 지금껏 노인네의 간병을 도맡았던 혜순도 절대 바라는 일이 아닐 것이었다. 그뿐 아니었다. 노인병원이라고 다 똑같은 시설이 아니었다. 간병인이나 시설, 비용까지 합리적인 곳을 찾으려면 직접 발품을 팔아 여러 군데를 다녀봐야 했다. 괜찮은 시설일수록 입원 환자도 많을 테니 빈자리가 없을 수도 있었다. 세상일이 다 그러했다. 서두른다고 바늘허리 매어 쓸 수는 없었다.

일주일 후 그는 백화점의 문구 코너에 들렀다. 만년필을 고르기 위해서였다. 40년 이상 부동산계약서를 써온 솜씨라 글씨만큼은 어디 내놓아도 부끄럽지 않다는 자부심이 있었다. 다만 요새 나오는 볼펜이나 수성펜 따위가 글씨를 망치는 주범이었다. 묵직한, 기품 있는 멋을 즐기려면 아무래도 물기가 넉넉한 만년필 글씨가 나을 터였다. 여직원 아가씨도 한몫 거들었다.

"글 쓰시는 분들에게는 만년필이 필수죠. 잉크도 외제가 낫고요. 훨씬 매끄럽고 색깔이 좋거든요."

문필가 김명구. 그럴듯한 직함이었다.

저녁상을 물린 후 그는 보료에 배를 깔고 누워 만년필에 잉크를 넣었다. 그리고 새로 사온 노트를 펼쳤다.

어머니, 눈에 넣어도 아프지 않을 정도로 평생 동안 저를 지켜주신 어머니, 저는 정말 괴롭습니다. 지난 백 년을 통틀어도 저처럼 외롭고 불행한 인간은 아마 없었을 것입니다. 40년이 넘도록 살을 맞대고 산 아내는 단 한순간도 제 여자가 아니었습니다. 저랑 결혼하기 전부터 정을 주던 남자가 따로 있었습니다. 몸은 제 곁에 있었을지 몰라도 마음은 단 한 번 제게 준 적이 없었습니다. 그 사실을 뒤늦게 알았지만 저는 아내를 탓하지 않았습니다. 아내가 그 남자에게 가겠다면 순순히 보내주려고 했습니다. 제 목숨과도 같은 어머니를 시설에 모셔서라도 아내의 원을 들어주려고 했습니다. 어차피 한 번 사는 인생, 사람 사이에 흐르는 정을 강제로 끊는 것은 사람으로 할 짓이 아니니까요. 하지만 어머니, 어떤 선택이 옳은 걸까요. 지금도 제 마음은 두 갈래 길을 놓고 피를 흘리고 있습니다. 아내를 보내고 외롭지만 속 편하게 살아갈 것인가, 아니면 언제 돌아가실지 모를 소중한 어머니를 위해 묵묵히 이 수모를 견디며 살아낼 것인가. 결국 저는 너무나 고통스럽지만 후자의 길을 택해야 할 것 같습니다. 옛말에 '계집은 버려도 나를 낳아주신 부모는 버릴 수 없다'고 하지 않습니까. 어머니, 제가 아무리 불효자라 해도 어미를 버리는 패륜아가 될 수는 없지 않습니까.

훗날 이 일기를 자식들이 볼지 못 볼지 저는 모릅니다. 아내의

부정을 뻔히 알면서도 가정의 안녕을 위해 모든 허물을 덮고 살아
야 했던 인간 김명구, 그 쓰라린 가슴을 위안받고자 다른 계집들을
전전해야 했던 기구한 한 남자의 인생역정을 그들이 조금이나마
이해해주기 바란다면 너무 큰 욕심일까요. 빈껍데기밖에 남지 않
은 이 구차한 삶을, 가족이라는 울타리를 깨뜨리지 않기 위해 오늘
도 안간힘을 쓰는 제 비통한 심정을 어머니, 어머니만은 이해해주
시리라 믿습니다.

　오른쪽 의걸이 바닥에 노트를 넣어두고 그는 티브이를 켰다.
휴대폰은 아예 꺼버렸다. 돈독이 오른 홍마담과는 더이상 상대
하지 않을 참이었다. 상큼한 춘미년이라면 또 모르지만 그년도
홍마담이 거느리고 있는 아이라 골치 아프고…… 혹시 큰길 건
너 호프집의 미스 진이라면 뭐, 나쁘지 않았다. 얼굴은 좀 크지
만 호리호리하게 말랐으니 품 안에 들기는 할 것이었다.

바닷속의 거대한 산맥

깊은 바닷속에도 산이 있다. 산이 모여 산맥을 이루고 그 산맥
이 바다의 난류와 한류를 가른다. 아무리 바다 밑이라 해도 그것들
은 엄연한 산이다. 산기슭과 산허리와 산봉우리가 있는, 자신의 존
엄을 잃지 않는 산.

"또 오세요. 좋은 물건 갖다놓을게요. 안 오시면 울어버릴 거
예요."

행거에 걸린 옷들을 두어 번 뒤적였을 뿐 말 한마디 없이 문
을 빠져나가는 삼십대 여자의 등에 대고 은주는 혼자 몸을 꼬며
코맹맹이 소리를 낸다. 문이 닫히자마자 은주는 어느새 제 목소
리를 찾는다.

"다시 오게 되어 있어. 지가 안 오고 배겨? 두고 봐, 내가 먹

살을 잡아서라도……"

걸걸한 목소리에 가늘지 않은 몸피, 손도 발도 큼직하여 어시장의 장사치 아줌마를 연상시키는 그녀는 각서라도 받아놓은 양 당당하다.

"가."

나는 그녀의 말을 자른다. 플라스틱 의자 밑에서 검은색의 커다란 비닐봉지를 꺼낸다. 봉지 속에는 낱개 포장된 여름 티셔츠 삼십여 장이 들어 있다. 사이즈별로 한 장씩 꺼낸다. 그녀는 천연덕스레 포장을 뜯어 옷들을 행거에 건다. 그녀는 내 옷 가게 맞은편 커피가게의 아가씨다. 요새 들어 그녀는 부쩍 내 가게에 와서 산다. 하기는 내 가게에서도 커피가게에 오는 손님들이 보인다. 한옥 보존 지역으로 지정된 안국동의 이 거리는 건축법에 묶이어 길도 기껏해야 칠팔 미터 폭, 길에 어울릴 만한 고만고만한 가게가 서로 마주 보며 늘어서 있다. 그나마 차들을 통제하여 한적한 산보길이 된 것이 데이트를 즐기는 대학생들을 끌어들이는 계기가 되었지만 그들을 상대로 재미를 보는 가게는 많지 않다. 지하철역이 있는 큰길 초입의 떡볶이집이나 만두집, 화랑을 낀 커피가게 정도나 북적일 뿐 안쪽으로 들어올수록 한옥 주민들 상대의 작은 가게들이 졸린 눈을 껌벅이며 하품을 하고 있을 뿐이다.

"그런데 이 티셔츠들 너무한 거 아냐? 한가을에 한여름 옷을 내놓으면 어떡해?"

210

나는 아무 대꾸도 하지 않는다. 바닥에 떨어진 포장재들을 주워 쓰레기통에 담는다. 나보다 네 살이나 어려 이제 스물여덟인 그녀는 단 한 번도 나를 언니로 대접해주는 법이 없다. 늙어 양로원에 가면 열 살 차이는 서로 말을 놓고 맞먹으며, 내가 자기보다 먼저 태어났는지는 몰라도 정신적 나이는 자기가 위라는 게 그녀의 말도 되지 않는 논리다.

　"근데 너…… 어제도 가게에서 잤니? 집에 간다고 했잖아."

　그녀가 탈의실 앞 바닥에 떨어진 쿠션을 집어올린다. 하여간 눈치는 백 단이다. 그녀가 가게로 들어설 때 슬리핑백만 황급히 숨겼을 뿐 베개 대신 베고 잔 네모난 쿠션을 미처 치우지 못했던 것이다.

　"뻔하지. 집에 가서 그 성질 또 피웠지? 나나 되니까 네 성질 받아주……"

　"가라니까."

　"우리 가게에서 같이 자자는데 왜 말을 안 들어? 등허리 편한 게 어디라고. 너 혹시 노숙자 연습하니?"

　더이상 말을 섞을 필요는 없다. 일어나 가게 문을 열어젖힌다. 그녀가 나갈 때까지 나는 문손잡이를 잡고 선 채 꼼짝하지 않는다. 그녀가 기지개를 켜며 느릿느릿 밖으로 나선다.

　"오랜만에 가게 청소나 해야겠다."

　지치지도 않는 저놈의 수다. 몸속의 창자를 다 게워내고도 끝나지 않을 저 징그러운 입담.

티셔츠 봉지를 다시 여며 의자 밑에 넣는다. 행거에 새로 걸린 옷들을 사이즈별로 정리한다. 가게의 전 주인은 동대문 의류 도매상의 착오라며 납품대장에서 빠진 티셔츠 뭉치를 큰 횡재라도 만난 듯 좋아했지만, 속이 비치는 태국제 싸구려 면티셔츠는 봄여름 제철에도 고작 넉 장이 팔렸을 뿐이다. 선선한 가을에 행거에 내거는 것이 어쭙잖지만 그래도 진한 갈색이니 가을 옷들과 섞어 팔 수 있을지 모른다.

진열대 밑 정리장에서 슬리핑백을 꺼내어 제대로 개기 시작한다. 은주가 들이닥치는 바람에 급히 쑤셔박느라 안쪽에 있던 내 옷이며 세면도구들이 엉망이 되었다. 가게에서 잔 지가 어제로 일주일째다. 원룸에 살았던 때가 1년은 된 것처럼 까마득하다.

대학을 졸업한 후 첫발을 내디딘 곳이 월급 짜기로 유명한 동대문의 운동복 제조회사였다. 그곳에서 기껏 옮긴 직장도 바로 옆 건물의 수입의류업체였다. 6년 동안 근근이 돈을 모으면서 내가 바랐던 것은 단 하나, 가족으로부터의 독립이었다. 왕십리에 2천만 원짜리 전세 원룸을 얻었을 때의 감격, 안온함. 하지만 고작 2년여, 나는 결국 그 권리를 내놓을 수밖에 없었다. 이 가게의 새 주인이 요구하는 월세 보증금 때문이었다. 보증금 3천만 원에 월세 백만 원. 월세야 작년부터 내어온 것이지만 3천만 원 목돈을 마련하려면 원룸 전세금을 빼는 것이 우선이었다. 그러고도 문제가 심각했다. 얼마 되지 않는 예금에 비상금까지 털어 남은 천만 원을 맞춰주고 나면 수시로 결제해야 하는 물품대금이 또 막막했다. 보증금을 깎아달라고 매달리기도 해보았다. 자그마한 체구에 눈이 동그란 사십대 초반의 주인 여자는 "농담이시죠? 돈 삼천도 없이 장사를 하시겠어요?" 새된 목소리로 되물었다.

보증금에 대한 아무런 언질도 없이 미꾸라지처럼 빠져나가버린 전 주인 신여사를 탓할 일만도 아니다. 조건이 싫으면 가게를 포기하면 된다. 어젯밤 아빠 엄마의 집에 들른 이유도 겉으로야 오랜만에 시간이 난 척 꾸며대었지만 아빠에게 돈을 부탁해보는 것이 목적이었다.

"돈 얘기라고 해서 나는 네가 우리 생활비라도 내놓겠다는 줄 알았다. 너도 알다시피 내게 돈이 어디 있냐. 그렇게 가게 사정이 어려우면 그만 접든지. 너야 젊고 멀쩡한데 어디 가서 입에 풀칠 못하겠니."

기대는 하지 않았다. 대학 등록금을 대주지 않아 4년제 대학을 6년 반 동안 이를 갈며 다니게 한 사람이 아빠였다. 등록금을 줄 수 없는 이유는 간단했다. "아들이 대학에 가지 못하는데 딸의 대학 뒷바라지를 한다면 사람들이 웃는다"는 것이었다. 죽어 귀신이 되어서도 고치지 못할 아빠의 돈에 대한 집착을 보며, 어쩌면 아빠는 속으로 내 쌍둥이 남동생 현준이 방에 처박힌 것조차 고마워할지 모른다는 생각을 했다. 그렇게도 아까워 덜덜 떠는 전기요금 수도요금이야 둘의 대학 등록금 이자만으로도 치를 수 있기 때문이었다.

현준이 겪어야 했던 실어증, 그 이후 지금껏 이어진 폐쇄적인 삶도 아빠가 되뇌듯 "워낙 내성적인 성품에 하찮은 일도 곱씹기 잘하는 현준의 천성" 탓이라고는 나는 생각하지 않는다. 딸이라는 이유로 겪어야 했던 불이익과 홀대는 일시적인 것일 뿐 커서 자립하거나 시집을 가면 벗어날 수 있다는 희망으로 하루하루를 견뎌냈던 나에 비해, 아들이라는 이유로 누린 얼마만큼의 대우는 결코 공짜가 아니어서 자립하든 결혼하든 죽는 순간까지 부모를 책임져야 한다는 절망감이 도리어 그를 무너뜨린 것은 아닐까.

어제도 현준의 방은 엉망이었다. 커튼은 레일째 반쯤 뜯겨 바닥에 드리워져 있었고 책장에 꽂혔던 책들은 바닥에 널브러져 과일 조각 빵 조각과 함께 뒤섞이고 짓밟혀 악취를 풍기며 썩어가는 중이었다. 엄마는 나를 따라다니며 현준이 부숴놓은 문짝을 당신이 나무 무늬 시트를 사다 발라 얼마나 감쪽같아졌는가에 대해 설명하느라 여념이 없었고, 건강염려증 환자인 아빠는 당뇨약을 먼저 먹은 후에 관절염약, 칼슘, 비타민을 차례대로 먹었어야 했는데 내가 돈 얘기를 꺼내는 바람에 어느 약을 먹었는지 잊어버려 무릎관절뿐 아니라 몸 전체에 어떤 영향이 올지 알 수 없다며 계속 툴툴거렸다.

여느 때와 다름없이 현준은 나를 보지 않았다. 비쩍 마른 몸으로 침대에 걸터앉은 그는 아파트 옆 동의 콘크리트 벽이 보일 뿐인 창문에 우두커니 눈을 주고 있었다.

"간다."

말 한마디를 던지고 방을 나오는데 뒤에서 유리창 깨지는 소리가 들렸다. 엄마가 맨 먼저 뛰어들어갔다. 현준의 손에서 피가 떨어지고 있었다. 창문 유리를 주먹으로 친 것이었다.

"얘 좀 봐라. 맨손으로 치니까 다치잖니. 장갑을 끼든지 숫제 몽둥이로 치지."

엄마가 빗자루로 유리 파편을 쓸어내는 동안 아빠가 재빠르게 소독제와 붕대를 챙겼다.

"병원에는 안 가도 된다. 의사놈들이라고 별수 있나. 소독약 한 방울 발라주고 돈이나 받아내느라 눈이 빨갛지."

내가 다시 방을 나서는데 현준이 불쑥 입을 열었다.

"바닷속에도 산맥이 있어."

나는 현준의 다음 말이 이어지기를 한참 동안 기다렸다.

"……바닷속의 산맥들 때문에 물의 흐름이 바뀌어. 한류와 난류를 가르기도 하고 해안을 강타할 큰 너울을 만들기도 해. 하지만 산들은 제자리를 지킨 채 고개를 숙이고 있지. 중뿔나게 튀어봤자 바다 한가운데 솟은 섬 하나, 더더욱 외로워질 테니까. 바닷속에 엎드려 있기는 하지만 그것들은 엄연한 산이야. 산기슭과 산허리와 산봉우리가 있는 산."

무슨 뜻일까. 현준 자신이 바닷속의 산이라는 뜻일까.

"봐라. 현준이가 이젠 또박또박 얘기도 잘하지 않니."

아빠의 말에 걸레로 방을 훔치던 엄마가 박자를 맞추었다.

"현희 너만 집에 들어오면 아무 문제 없다. 쟤가 네 생각을 얼마나 하는데. 네 물건은 건드리지도 못하게 한다. 그건 너도 알지 않니."

자정이 다 되어 가게로 돌아왔다. 결론은 마찬가지였다. 집에 들어가 살 수는 없다는 것, 그러므로 가게를 포기할 수 없다는 것. 탈의실 문을 열고 슬리핑백을 편 뒤 상체를 탈의실 안으로 넣고 누웠다. 다시 일어나 하체를 탈의실 안으로 넣고 누웠다. 어쩌면 현준은 나에게, 반쪽이나마 나를 감싸주는 탈의실의 벽 같은 존재인지 모른다는 생각이 들었다. 나와 함께 져야 할 커다란 바윗덩이를 저 혼자 버텨내느라 그의 삶이 더욱 힘들고 피폐한 것인지도 몰랐다.

광포한 물 더미 밑에 엎드려 숨 참기. 눈 감고 코 막고 입 다물기. 소금에 절여진 이 짠 삶은 언제까지 계속될 것인지 답을 가르쳐주는 이는 없다.

날이 흐리다. 햇빛이나 반짝 나면 좋겠다. 작년 가을, 처음 와본 안국동의 이 거리가 햇빛으로 그렇게 환히 빛나지 않았더라면 나는 이 네 평짜리 보잘것없는 옷가게에 몸을 담을 생각은 하지 않았을지 모른다.

작년 여름까지만 해도 나는 동대문 의류수입업체의 제법 유능한 사원이었다. 수입 품목의 수량 조정부터 하자보상 문제, 부분적인 디자인 수정까지 딱 부러지게 요구하는, 동남아의 의류 공장 측에서 보자면 한국의 꽤 까다로운 구매 전문가 중 한 사람이라 할 수 있었다. 그래봤자 알아주는 사람도 없었다. 월급은 짜고 전망은 어두웠다. 고가의 수입 제품은 유럽이나 미국의 브랜드에 대적할 힘이 없었고 중가 의류들은 품질이나 디자인 면에서 한국의 실속 있는 제품을 당하지 못했다. 생산원가가 싼 것이 장점인 중국, 동남아의 저가 의류들은 어차피 서민들의 얇은 지갑을 노리는 만큼 경제 불황의 타격도 맨 먼저 입었다. 불황은 끝도 없었다. 팔리지 않고 쌓여가는 창고의 물건들을 보면 골치가 지끈거렸다.

업체에서 물건을 떼어가던 신여사의 제안은 꽤 그럴듯했다. 안국동의 이 가게 외에도 강남에 또다른 점포를 운영하는 그녀는 가게 매상이 얼마든 내가 수입업체에서 받고 있는 백오십만 원 월급을 챙겨주겠다고 했다. 한번 들르기나 하라고 했다. 인파에 밀려 온종일 북적거리는 동대문의 크고 복잡한 상가에 익숙해 있던 나로서는 1층의 자잘한 가게들이 늘어선 안국동의 이 거리가 동화 속 풍경처럼 아늑하고 평화로워 보였다. 게다가 환한 햇빛이라니. 업체 사무실이 대형 건물의 지하 2층 의류 창고에 붙어 있어 며칠씩 햇빛 구경을 못할 때도 있었던 나는 그동안 내가 우울했던 이유가 모두 대낮의 햇빛을 쬐지 못했기 때문이었다는 성급한 결론까지 내려버렸다. 두 달 후 신여사는 조금 다른 제안을 해왔다. 새로 물건을 떼어오는 일부터 판매, 세금

처리까지 전적으로 가게 일을 맡는 대신 자기에게 월 백만 원만 챙겨달라는 것이었다. 그것 역시 나는 받아들였다. 디자인이나 품질이 괜찮으면서 값싼 의류를 골라오는 일은 동대문에서 일하던 경험으로 자신 있었고, 주인 없이 새벽 시장에서 혼자 물건을 떼어와 혼자 파는 것이 피곤하기는 했지만 마음은 편한 것이 사실이었다. 그렇게 몇 달이 흘렀다. 봄여름이 가고 찬 바람이 불면서 사정이 달라졌다. 부동산 중개소로부터 가게 주인이 바뀌었다는 연락이 왔다. 신여사에게 황급히 전화를 했을 때 그녀는 아무렇지 않게 말했다.

"얘기 들었구나? 미스 최는 좋겠네. 가게 사장님 된 거 아냐. 나한테 주던 돈 월세로 내면 되고. 땡잡았지, 뭐. 가게 인테리어만 해도 얼만데. 사실 내가 권리금이라도 챙겨야 하는 건데 우리 사이에 그럴 수도 없고. 원래 있던 재고나 원가 쳐줘. 그러면 서로 산뜻하지."

가게 운영이 오죽 힘들었으면 신여사가 그런 식으로 빠져나갔으랴. 어느새 나는 옷가게의 사장이 되어 있었다. 사장 없는 점원에서 점원 없는 사장으로 승격된 사실이 즐겁다기보다는 불안하고 뒤숭숭할 뿐이었다.

사십대의 여자 손님이 가게에 들어선다. 아니나 다를까 은주가 그 뒤를 따라 들어선다. 다른 사람이 있으면 내가 그녀에게 대놓고 신경질을 부리지 못한다는 사실을 영악한 그녀는 빤히 알고 있다.

"새로 들어온 물건 없수?"

부분부분 빨간 염색을 한 파마머리에 미간의 큰 점, 그러고 보니 전에 왔던 손님이다. 아직, 내가 입을 떼려는데 은주가 말을 가로챈다.

"그럼요. 그저께 들어와서 벌써 많이 빠졌는걸요. 한번 보세요."

10월 들어 물건을 떼어오지 못했다. 겨울 의류들은 복잡하다. 모피까지는 아니라도 코트 등의 겉옷 위주로 컨셉을 잡을 것인가, 아니면 니트 위주, 그것도 아니면 방한용 상하의와 내의 등 어느 쪽의 수요가 많을 것인지 아직 파악하지 못했다. 아니, 솔직히 말하면 가게를 계속할 것인지 그만둘 것인지 마음을 정하지 못했다고 해야 옳았다. 가게에서 먹고 자야 하는 구차함, 돈 걱정, 손님 걱정에 쫓기느니 차라리 동대문으로 귀환하는 것이 낫지 않을까 싶었다. 그쪽도 수월치는 않았다. 언제든 환영이라며 넉살을 떨던 사장은 정작 운을 떼자 아무 관계없는 낚시 얘기만 늘어놓다가 황황히 자리를 떠버렸다. 딴생각 말고 장사나 열심히 하라는 우회적 표현이었을까. 재고 관리를 맡은 박주임의 말로는 사장이 사업체를 접을 생각을 하는 것 같다고 했다. 수입업체들의 숫자가 늘어나 가격 경쟁이 극심한데다 무엇보다도 말초신경적인 지방 보따리 장사들의 격감으로 동대문 상권 전체가 흔들린다고 했다.

"이 보라색 투피스 어떠세요? 손님한테 딱인데."

발길을 돌리던 손님이 은주의 말에 새삼 옷을 들여다본다.

"손님은 피부가 깨끗하고 목선이 예뻐서 이렇게 목이 파인 디자인도 소화가 되신다니까. 그럴듯한 브로치나 하나 달면 완전 외국 패션모델이시지. 나중에 앞집으로 놀러 오셔요. 제가 커피 한 잔 공짜로 쏠게요."

"맞아. 요전에 얘기 듣고도 깜빡했네. 앞집 커피가게 아가씨라고 했지? 그런데 어쩜 이렇게 옷을 잘 팔아? 이 집 사장한테서 월급 받아야겠다."

"그렇죠? 쟤는 남의 공도 모르고 거꾸로 성질 피운다니까요."

은주가 웃으며 눈을 흘긴다. 새 옷을 걸친 손님이 거울 앞에 선다. 와, 날씬하시다. 이래서 옷은 입어보셔야 한다니까. 나는 그만 계산대 쪽으로 돌아선다. 옷 때문에 몸이 날씬해 뵈는 것이 아니다. 손님의 치수보다 옷이 한 치수 작다. 손님에게 맞는 치수의 옷은 이미 팔렸다. 은주도 그 사실을 알고 있다. 손님은 결국 품 좁은 보라색 투피스와 그 옷에 어울리는 연보라색 헝겊 가방까지 어깨에 메고 가게를 나선다. 예쁘게 입으세요, 손님이 멀어지는 것을 보고 은주가 계산대 앞으로 온다.

"왜 또!"

거들떠보지도 않는 나를 보고 은주가 화를 낸다.

"물건 팔아줘, 공짜 커피 갖다줘, 대체 너는 왜 그리 불만이 많냐?"

"맞지도 않는 걸 왜 억지로 팔아? 그나마 있는 단골 다 쫓아라."

"내가 언제? 정 못 입겠으면 가져오겠지. 덕분에 저 여자도
살 좀 뺄지 알아?"

"너나 빼. 그리고 제발 가. 커피나 팔아."

웬일로 그녀가 두말없이 가게를 나선다. 커피가게에 손님이?
맞다. 여자 손님이 커피를…… 아니, 손님이 아니라 그녀의 친
언니가 왔다. 은주의 언니는 잊을 만하면 한 번씩 나타나 한바
탕 호통을 치고 돌아간다. 가게를 비우지 말아야 손님도 들고
손님이 들어야 가게 임자도 나설 것 아니냐는, 언니로서 당연한
꾸지람이다. 하지만 은주에게는 먹히지 않는다. 남의 가게를 제
집 드나들 듯이 들락거리며 온갖 참견을 다 하는 그녀는 단 한
시간도 조신하게 커피가게를 지키는 법이 없다.

가게 밖에 놓인 행거의 옷을 정리하는 척하며 슬쩍 커피가게
를 들여다본다. 은주는 고개를 숙인 채 탁자 앞에 앉았고 은주
언니는 이리저리 바삐 걸음을 옮기며 무어라 다그치는 중이다.
작은 체구에 바짝 마른 언니와 큰 체구에 살집이 있는 그녀는
얼굴도 별로 닮지 않았다. 하여간 은주는 잘 걸렸다. 온종일 흥
뚱항뚱 웃고 떠들어 주위 사람들을 피곤하게 하는 그 버릇은 누
군가 톡톡히 손을 봐줘야 고칠 수 있을 것이다.

잠깐 사이에 은주와 은주 언니가 뵈지 않는다. 아, 은주가 무
언가를 가지고 가리개 뒤쪽의 주방으로 들어간다. 두 사람 다
주방에 있는 모양이다. 골목 어귀 집인 은주네 가게는 길에서

보이는 정면보다 안쪽으로 훨씬 깊다. 가게 옆 좁은 골목으로 들어서면 제법 큰 환풍 시설이 슬레이트 지붕 위로 달려 있는 것이 보이는데 그것은 3년 전만 해도 그 집이 매운탕을 파는 음식점이었기 때문이다. 주방은 커피가게의 안쪽 반을 차지한다. 큼직한 개수대와 자잘한 타일을 입힌 낮고 긴 부뚜막, 그리고 주방 한구석에는 은주가 때도 없이 자랑하는 온돌도 있다.

3년 전 은주 언니가 부동산 경매에 나온 가게를 낙찰받았을 때만 해도 이 동네의 건축규제법이 풀린다는 소문이 돌았다고 한다. 얼른 되팔아 차익금을 챙기려던 은주 언니의 계산은 그만 빗나갔다. 소문은 그저 소문일 뿐 규제법은 끄떡없고 가게를 살 사람도 세입자도 나타나지 않는 상태로 1년이 지나자 은주 언니는 "커피 코너라도 열면 그런대로 장사도 되고 임자도 나설 것"이라는 부동산 중개업소의 조언을 받아들이지 않을 수 없었다. 주방 시설을 뜯지 않은 이유는 개조하는 데도 돈이 들거니와 앞쪽만으로도 작은 커피가게가 가능했기 때문이다. 중고 커피 기계 두 대에 작은 탁자 네 조를 놓고 은주 언니는 동생에게 커피가게를 맡겼다. 그것은 은주로서도 만세를 부를 일이었다. 도시가스로 난방이 되는 한 평 크기의 온돌 덕에 그녀는 언니로부터 독립할 수 있었고 언니 또한 동생과의 긴 동거에서 놓여날 수 있었다.

"우리 언니는 다 좋은데 의부증이 조금 있거든. 내가 원래 남자들에게는 어필하잖니."

컴퓨터 부품 회사에 다니다가 그만둔 형부는 집에서 인터넷을 통해 컴퓨터 주변기기 판매를 하는데 은주 언니는 무슨 까닭에서인지 형부와 은주 사이를 의심한다고 했다. 형부가 회사에 다닐 때에도 그곳 여직원과 심상치 않은 관계였다고 언니는 잘라 말하는데 은주가 보기엔 형부는 그럴 사람이 아니라고 했다.

플라스틱 의자에 걸터앉는다. 은주가 들러붙지 않으니 이렇게 세상이 조용하다. 머릿속으로 정리해야 할 일들이 한두 가지가 아니다. 보증금 마련에 신여사가 요구한 재고 원금, 당장 필요한 물품 대금. 돈 마련도 걱정이지만 어젯밤 현준의 행동에 대해서도 깊이 생각을 해보아야 한다. 바닷속의 산맥. 외마디 울부짖음이나 짧은 낱말이 아니라 차분하고 조리 있는 얘기를 들은 것은 15년 만에 처음인 듯하다. 그에게 어떤 변화가 있었던 것일까.

15년 전에 있었던 고교 시절의 충격에서 헤어나지 못하는 현준에게 내가 해준 것이라곤 없다. 그는 그저 자신의 방에 박혀 있었고 나는 나 자신을 위해 밤낮으로 돌아쳤을 뿐이다. 현준이 방 밖으로 나온 적이 아주 없었던 것은 아니다. 내가 대학 학비를 마련하느라 아르바이트를 하던 아이스크림가게에 얼핏 나타났다가 사라지기도 하고, 남자친구와 길을 가는데 갑자기 맞은 편에서 걸어와 깜짝 놀란 적도 있었다. 대학 졸업을 얼마 남겨놓지 않은 여름에는 강의실에 찾아와 정식으로 나를 불러내기도 했다. 고등학교 때 입던 티셔츠와 청바지 차림에다 차렷 자세로 진땀을 흘리는 현준을 보고 같은 과 친구들은 저희들끼리 귓속 말을 하며 수군거렸다. 특별한 용무도 없었다. "너 보려고." 말 한마디를 남기고 급히 가버렸다.

내 행동과 삶이 현준에게 어떤 의미인지 나는 잘 알고 있다. 자신의 분신인 나를 통해 그는 자신의 가능성을 점치는 것이다. 방에 처박힌 자신과 달리 내가 꿋꿋이 대학을 졸업하고 사회생활을 해내는 것을 보면서 자신도 언젠가는 사람들과 어울려 정상인으로 살아갈 수 있음을, 다만 그때가 오지 않았을 뿐임을 확인하고 위로받는 것이다. 하지만 바로 그 이유로 나는 그를 피할 수밖에 없었다. 방에 웅크리고 앉아 세상을 등진 현준을 볼 때마다, 전화를 걸고도 한마디 말이 없는 그에게 된 소리 안 된 소리 혼자 지껄이는 나 자신을 발견할 때마다 나 역시 이 징그러운 세상을 외면하고 방 안에 처박히고 싶은 강한 충동을 느꼈다. 주위의 모든 것들을 부수고 마음껏 울부짖고 칼로 손목을 그어 한순간에 멀리 떠나고 싶은 그 달콤한 유혹을 가라앉히느라 나는 때도 없이 심호흡을 하곤 했다.

고등학교 시절 현준은 큰 사고를 겪었다. 폭력 학생들이 공사장까지 끌고가 쇠 파이프를 휘두르는 바람에 현준의 친구가 현장에서 죽고 현준은 중태에 빠진, 당시의 매스컴뿐 아니라 이후로도 몇 년간 학원폭력 사태의 심각성을 논할 때마다 몇 번이고 인용된 유명한 사건이었다. 순간의 우발적인 사건이 아니었다. 현준과 그의 친구로서는 2년여 세월 동안 그들에게 온갖 시달림을 당한 뒤끝이었다. 6개월의 병원 생활 끝에 목발을 딛고 등교

한 현준은 또 한 번의 납득할 수 없는 현실과 맞닥뜨려야 했다. 아빠가 가해 학생의 부모로부터 거액의 합의금을 챙긴 후 '서로 때리고 맞은 한순간의 다툼'이었다는 가해 학생 쪽의 주장에 손을 들어줌으로써 죽은 친구의 가족들은 법정 투쟁조차 해보지 못하고 물러서야 하는 기막힌 상황이 벌어진 것이었다.

"잘못한 거야 그쪽에서 알고말고. 그러니 돈을 내놓았지. 다 끝난 일을 시시콜콜 따지면 뭐하냐. 죽은 아이가 살아 돌아올 것도 아닌데."

아빠의 심상한 말투에 현준은 갑자기 자신의 목을 쥐어뜯었다. 목소리는커녕 비명조차 나오지 않았기 때문이다. 죽을 것처럼 괴로워하던 현준은 옆에 놓였던 자신의 목발을 휘두르기 시작했다. 티브이와 탁자와 화분과 장식장의 물건들이 부서졌다. 현준이 그토록 지르고 싶었던 비명을 엄마와 아빠가 대신 지르며 집을 빠져나갔다. 현준은 그날부터 자기 방에 틀어박혔다. 실어증이 해소된 뒤에도 그의 파괴적인 행동은 계속되었다. 15년의 세월 동안 현준도 엄마 아빠도 전날과 한 치도 틀리지 않은 날들을 보내는 중이었다. 현준에게 정신과 치료를 받도록 하자는 내 말에 엄마와 아빠는 똑같이 펄쩍 뛰었다.

"그 애가 왜 정신병자란 말이냐. 한날한시에 낳은 네가 멀쩡한데 그 애가 어떻다고."

돈에 대한 아빠의 집착 때문에 누구 못지않게 시달림을 당해온 엄마도 현준에 관한 한 아빠와 다르지 않았다. 평생 집 안에 숨겨놓고 모든 사람을 속일지언정 아들을 공공연한 정신병자로 만들 수는 없다는 것이 엄마의 어이없는 자존심이었다.

　오십대의 여자 둘이 가게로 들어선다. 친구인 듯한데 키 차이가 꽤 난다. 키 작은 여자가 알은체한다. 한두 번 들른 낯익은 얼굴이다. 키 큰 여자가 키 작은 여자의 권유로 폭 넓은 긴 스커트를 들고 탈의실에 들어간다. 이것도 입어봐, 키 작은 여자가 또다른 스커트를 골라 탈의실 안으로 넣어준다.
　"아가씨 말고 그, 말 잘하는 아가씨 어디 갔어? 그 아가씨는 그만뒀나?"
　"아뇨. 잠깐 이 앞에 나갔어요."
　손님들이 가게를 나서는데도 은주는 아무 기척이 없다. 아, 은주의 어깨가 언뜻 보이다가 또 가리개로 가려졌다. 두 사람이 주방에서 할 일이 뭐 그리 많은지 알 수 없는 일이다. 화가 난 언니가 아무도 보지 못하는 곳에서 동생을 혼내기라도 하는 것일까. 뻔하다. 은주의 '다 잘될 거야' 식의 느긋함 때문에 은주 언니는 복장이 터져도 크게 터질 것이다. 은주의 성격은 정말 독특하다. 기분 나쁜 일은 깊이 생각하는 법이 없고 아무리 하찮은 것이라도 우습고 재미있는 부분이 있으면 그것을 들춰내어 큰 소리로 깔깔거리고 배를 잡는다. 하기야 어릿광대 같은 그녀의 그런 성품 덕에 나도 기분이 밝아질 때가 꽤 있다. 혼자 있으면 끝도 없이 치달리는 극한의 상념들을 그녀의 수다가 여지없이 흩뜨려주기 때문이다.

드디어 커피가게의 문이 열린다. 두 사람 모두 표정이 잔뜩 굳어 있다. 은주 언니가 은주를 앞장세우고 자신보다 높은 은주의 어깨를 맵게 후려친다. 어디로 데려가는 것일까. 큰길 쪽의 부동산 중개소? 급매로라도 가게를 처분하려는 것일까. 고개를 푹 숙이고 걸어가는 은주가 갑자기 안되어 보인다. 사실 그녀가 그리 크게 잘못한 것도 없다. 돈 들이지 않은, 분위기도 커피 맛도 내세울 것 없는 가게에 손님이 들지 않는 것은 그녀의 잘못이 아니다. 가게를 자주 비웠다고는 하지만 손님이 많으면 가게를 왜 비우겠는가.

정리장에서 반짇고리를 꺼낸다. 새 옷에 헐겁게 달린 단추나 약간 뜯어진 솔기는 반품시킬 것도 없이 내 손으로 몇 땀 꿰매는 것이 가장 빠른 방법이다. 은주의 뒷모습이 영 마음에 걸린다. 언니의 성격이 정말 매몰찬 듯하다. 손찌검까지는 하지 않아도 데려갈 수 있었을 텐데.

철도 기관사였던 은주의 아빠는 기차가 아닌 트럭에 받혀 죽었다고 했다. 은주의 언니가 열일곱, 은주가 일곱 살 때였다. 은주의 엄마는 의외로 태연했다고 한다. 사주팔자를 굳게 믿는 그녀는 남편이 살아 있을 때에도 자신이 두 번 시집갈 팔자임을 공공연히 말하곤 했다. 남편이 죽고 나서도 그 말을 되풀이하여 시댁 식구들의 노여움을 산 그녀는 두 딸과 함께 쫓겨나다시피 서울에 올라왔다. 관악산 기슭의 어느 전셋집을 얻었는데 그 집 주인이 마침 홀아비였다. 열다섯 살이나 많은 초로의 영감과 살림을 꾸리면서 은주의 엄마는 두 딸을 독립시켰다. 은주가 초등학교 4학년, 언니는 대학교 2학년 때였으니 은주의 말대로 언니가 엄마 노릇을 한 것도 사실이다.

아빠 명의로 있던 시골의 논 세 마지기를 은주 자매가 상속받았는데 은주의 언니는 그 땅을 팔아 부동산에 투자했다. 그 결과로 지금의 40평짜리 아파트와 이 커피가게와 중계동의 점포를 일구었다. 은주는 이 안국동의 커피가게를 내심 자기 몫으로 생각한다. 종잣돈의 반은 자기 몫이니 가게 한 칸 정도는 자신이 차지해도 괜찮으리라는 계산이다. 하지만 그것은 그녀의 희망일 뿐이다. 그녀의 언니는 그 말을 듣고 코웃음 쳤다고 했다. 그럴 것이다. 은주 언니의 찢어진 눈꼬리, 꼭 다물린 입매를 보면 성품이 물러터진 은주로는 어림없다. 보라. 스물여덟이 된 지금도 자기보다 훨씬 작은 몸집의 언니에게 꼼짝없이 끌려가지 않는가.

오후 1시가 넘었다. 무언가 먹기는 해야 한다. 은주가 없으니 김밥 한 줄을 사러 가면서도 가게 문을 잠글 수밖에 없다. 그녀가 있었으면 점심으로 무엇을 먹을까 고르느라 30분은 허비했을 터이다. 또 김밥으로 정하고도 자기가 좋아하는 김밥집에 가느라 버스 한 정거장은 실히 될 큰길까지 횡허케 뛰어갔을 터이다. 큰길 쪽으로 걸음을 옮긴다. 가는 김에 부동산 중개사무소 안을 들여다본다. 아무도 없다. 물론 은주와 은주 언니가 아직까지 있으리라고는 기대하지 않았다. 큰길에 있는 김밥집을 향한다. 꼬리를 문 승용차들 때문에 거리에는 매연이 가득하다.

성질대로 치솟았다면 그들을 막지는 못했으리라. 기껏해야 먼 바다에 점처럼 솟았을 외로운 섬. 아니면 지나는 배마다 뒤집어엎었을 암초라도?

후둑후둑 빗방울이 슬레이트 지붕을 친다. 문밖 행거의 옷들을 재빨리 걷어들인다.
"저것 봐, 옷들 다 적셔. 너는 하여간."
은주가 있었으면 또 한바탕 잔소리를 늘어놓았을 것이다. 비는 점점 더 많이 온다. 나는 비가 싫다. 기분이 울적해지기 때문이다. 단풍의 붉은색도 싫다. 현준의 충혈된 눈이 생각나기 때문이다. 사람은 정말 서로 다르다. 은주는 가을 단풍을 보면 엄마의 환한 웃음이 생각난다고 한다.
"언니는 엄마 얘기를 꺼내지도 못하게 화를 내지만, 그리고 내가 엄마를 닮아 침착한 구석이 없다고 화를 내지만 그래도 나는 엄마가 좋아. 우리 엄마는 항상 신나게 웃거든. 단풍 색깔이 예쁘게 물들었다고 손뼉을 치고, 눈비가 온다고 감탄하고, 몸 건강한 게 어디냐고 행복해하고. 나보고도 그래. 웃으라고. 슬퍼도 웃으면 복을 받게 되어 있다고."
은주의 아빠에다 엄마 생각까지 끝냈는데도 은주는 나타나지 않는다. 은주, 은주, 은주! 왜 나는 이렇게 그녀 생각만 하고 있는 것일까. 어젯밤, 자정이 다 되어 가게로 돌아왔을 때도 그랬다. 환한 가로등만 띄엄띄엄 길을 밝힐 뿐 커피가게가 깜깜한 것을 보고는 나는 너무나 맥이 빠졌다. 따뜻한 온돌이 부러워서가 아니었다. 그녀의 쓸데없는 수다, 말도 되지 않는 흰소리들을 귀로 집어넣으면 집에서 어쩔 수 없이 담아온 울적한 심사들을 몸 바깥으로 내보낼 수 있을 것 같았다. 그런데도 나는 커피가게를 두드리지 못했다. 내가 그녀에게 기댄다는 것이 어이없었기 때문이다.

문이 열린다. 은주가…… 아니다. 가게에 들러달라고 어제 전화로 부탁했던 동네 철물점의 장씨다. 세면대를 설치하는 것이 가능한지 가게에 직접 와보고 얘기하자고 했다. 장씨와는 물론 구면이다. 문손잡이가 고장났을 때 은주의 소개로 고쳐준 적이 있다. 젠장, 하나부터 열까지 모든 것이 은주다. 그녀가 없었다면 대체 나는 어떻게 살았을까.

세면대는 아무래도 탈의실 옆, 사람들의 눈에 띄지 않는 후미진 곳이 나을 것이다. 강씨가 줄자를 꺼내어 이리저리 재기 시작한다. 가게 문이 또 열린다. 쉰 안팎의 여자가 들어와 옷들을 뒤적인다.

"이거 얼마에요?"

"사만 원요."

손님이 블라우스 하나를 골라 탈의실로 들어간다.

계산대의 모서리를 두 손으로 꽉 잡는다. 갑자기 모든 것이 귀찮다. 손님이 그만 가주면 좋겠다. 벽을 두드리고 줄자를 대는 장씨도 마찬가지다. 장씨건 손님이건 모두 다 눈앞에서 없어져버렸으면 좋겠다. 은주는 대체 어디로 갔을까. 언니가 억지로 자기 집에 데려간 것은 아닐까. 왜 이렇게 불안해지는 것일까. 플라스틱 의자에 주저앉는다. 새 옷으로 갈아입은 손님이 내 앞으로 온다.

"어때요? 나한테 어울려? 매장 아가씨가 제일 잘 알지."

"좋으신데요."

한마디로 끝내고 나는 고개를 숙여 계산대의 장부를 보는 척한다. 기분 상한 손님은 자기 옷으로 갈아입고는 그대로 가게를 빠져나간다. 줄자를 든 장씨가 내 눈치를 보다가 가게 문밖으로 나선다. 골목의 하수구를 살피기 위해서다. 나는 신경질적으로 은주의 휴대폰에 전화를 건다. 어머나 어머나 이러지 마세요. 더 이상 내게…… 중간에서 토막난 가요가 처음부터 다시 이어지고 또 이어져도 그녀는 전화를 받지 않는다. 가게에 다시 들어온 장씨가 내 눈치를 살피지만 나는 고개를 돌려 외면한다. 두번, 세 번, 네 번 전화를 건다. 그녀는 받지 않는다. 그녀는 어디 있을까. 언니에게 머리채라도 잡혀 감금이라도 당한 것일까? 은주 언니에게 연락할 길은, 맞다, 부동산 중개소에 가면 그녀의 전화번호를 알 수 있을지 모른다.

"잠깐만요."

나는 장씨에게 한마디 남기고 큰길 초입에 있는 부동산 중개소로 뛰기 시작한다. 빗줄기가 제법 세다. 머리와 어깨를 적신 빗방울이 이내 목으로 가슴으로 스며든다. 중개소는 아직도 잠겨 있다. 다들 뭐하자는 노릇인지! 문을 마구 흔들어젖힌다. 중개소의 문을 부수고 싶다. 온갖 것들을 다 부숴버리고 모든 이들에게 마구 고함지르고 무조건 후퇴, 현준처럼 돌아앉아도 그뿐일 것이다. 갑자기 또다른 부동산 중개소가 떠오른다. 동네 맨 안쪽, 가게들이 끝나는 지점에도 중개소가 하나 더 있는 것을 잊고 있었다. 은주의 언니가 그곳에 커피가게를 내놓았을지도 모른다. 다시 뛰기 시작한다. 젖은 생머리가 눈을 가린다. 내의와 바지가 빗물에 젖어 다리와 팔에 휘감긴다. 내 옷 가게를 지나친다. 악세사리 가게, 또다른 옷 가게, 선물 가게를 지나는데 저만치 맞은편에서 두 여자가 한 우산을 쓰고 걸어온다. 키 작은 여자는 주차장에서 차를 닦는 박씨 아줌마이고 우산을 든 키 큰 여자는 바로…… 은주다.

"애 좀 봐. 너 왜 비를 쫄딱 맞고 싸돌아다녀? 무슨 일이야?"

익숙한 그녀의 목소리에 나는 울컥 눈물이 나려고 한다. 눈에다 힘을 주고 한껏 흘긴다.

"어디 갔다 오는 거야!"

"왜 그래? 너, 나 찾으러 다녔니?"

"돌았니? 내가 할 일 없이."

"그러게 말야. 내가 지금 너희 가게 손님 모시고 오잖니. 박씨 아줌마가 며느리 블라우스 사준단다. 아줌마 오늘 기분 되게 좋아. 나, 비빔밥도 사줬다."

은주가 이를 드러내며 환히 웃는다. 눈가의 주름이 자글자글한 박씨도 찡그리듯 웃는다.

"비빔밥 한 그릇 먼첨 들여놨어. 커피 한 달 동안 공짜루 준다니께."

셋이서 나란히 가게를 향한다. 가까이 와. 싫어. 우산 같이 쓰자니까? 싫다니까? 가운데 선 은주가 내 팔을 잡아당기지만 나는 거세게 그녀의 팔을 뿌리친다. 옷 가게가 보인다. 목을 빼고 우리를 쳐다보는 사람은 말할 것도 없이 철물점 장씨다. 장씨가 덧니를 드러내며 씨익 웃는다.

"죄들 무슨 일인지 모르겠네. 미스 최는 왜 이 빗속을 망아지처럼 뛰어다니며, 세차 누님은 또 언제부터 미스 최랑 친구 먹었대?"

은주가 문밖에서 우산을 터는 동안 박씨는 플라스틱 의자에 엉덩이를 내려놓는다. 그제야 조금 정신을 차린 나는 계산대에 놓인 조그만 플라스틱 의자를 끄집어내어 철물점 장씨에게 권한다. 하지만 그는 굳이 서 있겠다고 고집을 부린다.

"앉으라면 앉어! 젊은 사람들이 자리 권할 때는 노인네덜 얼른 죽으라 그 소리여."

박씨의 말에 히히거리던 장씨는 판매대에 쌓인 옷들을 조금 밀어내고 그 귀퉁이에 비스듬히 한쪽 엉덩이를 걸친다. 나는 슬그머니 탈의실 벽에 붙어 선다.

"옷 안 갈아입어? 감기 들겠다야. 근데 너는 누굴 닮아 그렇게 철딱서니가 없니?"

은주는 마치 제가 가게 주인인 양 판매대 밑 정리장에서 수건을 꺼내어 내게 내민다. 나는 수건을 낚아채어 머리와 옷의 빗물을 닦는다. 세면대를 설치하러 왔다는 장씨의 설명을 듣고 박씨가 묻는다.

"옷 가게에 세면대를 왜 단댜?"

"내 말이 그 말이오. 옷 가게에서 물 쓸 일이 뭐 있다고?"

장씨가 나를 쳐다본다. 가게에 왔을 때부터 궁금했던 것을 무척이나 참은 눈치다. 은주가 냉큼 대답한다.

"얘가 깔끔 떠느라 그러죠. 하루에도 열 번은 손 씻어요. 윗건물 화장실 들락거리느라 장사도 못한다니까. 가게에서 냄새난다고 시간마다 문도 열어젖히고."

"그러고저러고 은주씨가 옷 파는 게 낫겠어. 미스 최는 너무 새침해서 아까도 멀쩡한 손님 그냥 보내더라고. 한두 마디 친한 체만 해줘도 사겠던데."

장씨의 말에 은주가 냉큼 말을 받는다.

"얘가 그렇다니까요. 내가 안 봐주면 아무것도 못해요. 참! 커피!"

은주가 빗속을 뚫고 커피가게로 건너간다. 순간 가게 안이 조용해진다. 박씨가 내 눈치를 살피며 장씨에게 들으란 듯 한마디

한다.

"너무 달려들면 손님이 질려서 다신 안 와. 미스 최가 어련히 알아서 할깨비 장씨꺼정 훈수를 둬?"

"그러고 보면 편한 장사가 없네. 옷 가게는 죄들 돈 싸가지고 와서 물건 골라가니 신경 쓸 일 없다 싶었더니."

"반백 년 살아보고도 몰러? 눈먼 돈이 굴러다니남?"

또 말이 끊어진다. 그렇다고 내가 끼어들기도 뭣하다. 괜히 바느질거리를 쥐었다 놓는다.

"가을 소나기가 오지기도 허다. 주차장 입구는 시방 헤엄치게 생겼어."

"비 오면 누님은 좋지 뭐, 하루 일 젖히고."

"젖히기는? 올라믄 아침 일찍 일하기 전버텀 와야지, 일 다 끝내고 뒷북치는 게 좋아? 내일 일만 두 배여."

"그래두 오후에 주차장 차는 안 닦잖아요."

"그 일 없어진 게 원제라고."

장씨네 딸 학교 들어갔남? 아뇨, 내년이오. 누님네 손주는 갔수? 그람. 인저 돈 쓸 일만 쌓였지. 벌써버텀 학원에 컴퓨터에 휴대폰꺼정 사서 허리에 채워줘야 헌디야. 맞아요. 요새 애들은 돈뭉치가 걸어다녀요. 은주가 들어온다. 한 손에는 커피포트가, 또 한 손에는 설탕과 크림 통이, 입에는 종이컵들이 물려 있다. 계산대에 물건들을 내려놓고 종이컵을 돌린다.

"자, 한 잔씩 주욱 들이켜유. 이게 색깔만 이렇지 막걸리유.

막 걸러냈으니 막걸리쥬."

뜨거운 커피를 따르며 은주가 박씨의 사투리를 흉내낸다.

"뜨거워라!"

한 모금 마시던 박씨가 소리를 지르며 내려놓는다.

"막걸리 들이키다 목 창자 홀랑 벗겨지네. 뱃속에 먹지도 않은 순대 쌓이네."

한바탕 웃음이 터진다. 웃음이 가라앉자 장씨가 내게 말한다.

"세면대 일 말요, 생각보다 골치 아파요. 수도 파이프 끌어와야지 하수구 빼야지 겉으로는 간단해 보여도 일이 많다니까? 그나마 맨홀이 가까이 있으니 망정이지 멀면 하지도 못해. 아스팔트 까부수면 벌금이오."

"사내가 엄살은 하여간. 괜히 바가지 씌우려고 진 치는 거 아녀?"

박씨가 거든다.

"그게 아니라니까! 나야 이 일 해도 안 해도 그만요. 알고는 있으라 그 말이지. 나야 받을 금만 받지. 더군다나 은주씨 친군데."

장씨가 억울하다는 표정으로 투덜거린다. 박씨가 나를 올려다보며 묻는다.

"그건 그렇고, 이 가게 새 쥔여편네 말여. 저 위 부동산에서 세 들 사람 알아봐달라고 새로 내놓던디? 세면대 공사는 주인이 하라는 거여?"

"아뇨. 제가 계속해보려고요. 제가 보증금 좀 깎아달라고 했더니 딴 사람 알아보는 모양이네요."

"대체 월매를 불러?"

"보증금 삼천에 매달 백이요."

은주가 깜짝 놀라 나를 쳐다본다.

"삼천에 백? 미친 거 아냐? 그런데 너는 왜 나한테 얘기를 안 해? 그래서 요새 심통 부렸구나?"

은주가 떠들어대자 박씨가 조용히 하라고 타박을 준다.

"그래, 전 주인은 월매였는디?"

"전번에는 보증금이 없었죠. 주인이 직접 운영하고 저는 점원이었으니까요. 저야 뭐, 이왕 이렇게 된 것 계속하고는 싶은데 목돈이 없거든요. 지금껏 살던 원룸 보증금을 빼도 이천밖에 안 되거든요."

"그랬구나. 가게에서 잔다고 할 때 내가 알아봤어야 하는 건데. 그래서 세면대도 놓는 거구나? 여기서 아예 먹고 자려고."

은주가 또 촐싹인다. 박씨가 혀를 찬다.

"미스 최는 꽤 사는 집 딸인 줄 알았더먼. 얼굴도 이쁘장허고 옷도 잘 입길래."

"옷이야 여기 있는 것 다 입어서 그렇지. 예쁘긴 뭐가 예뻐? 인물이야 솔직히 내가 낫지."

은주가 또 끼어든다.

"시끄러워! 종로 거리를 막고 물어봐라. 미스 최가 이쁜가 니가 이쁜가. 봐라, 얌잔하고 천상 여자고."

박씨의 핀잔에도 은주는 끄떡하지 않는다. 탈의실 문 거울에
제 얼굴을 비춰보며 연신 고개를 빼딱거린다. 장씨가 가게 안을
둘러보며 말한다.

"예서 못 살 건 없지. 잠만 자면 되지 뭐, 요새 젊은 사람들 어
디 밥해먹나."

"그럼, 살고말고. 수도꼭지만 하나 빼놓으면 낯 닦고 속옷이
나 빨고. 아이가 딸리길 혔나, 여자 혼잣몸이 워딘들 못 살어?"

진심으로들 하는 말일까. 내가 가게에서 먹고 잔다고 얕보는
것은 아닐까.

"그란디 보증금도 그렇지만 월세 백이 뭐여? 눈이 오나 비가
오나 손이 불어터지게 차를 닦아도 월 팔십이 될까 말깐데."

"그러게 누가 누님더러 돈 벌지 말래요? 쥔이야 가게 사는 데
목돈 들었으니 당연하지."

"당연혀? 이 쬐꼬만 가게에 월세 백이 당연혀? 그쪽은 워찌
그리 돈 있는 사람 맘을 잘 안대. 그동안 소리 소문 없이 돈 좀
만진 모양이구먼. 건물 몇 개 샀어?"

"멋쟁이 높은 빌딩 제멋으로다 열댓 채 한꺼번에 샀소. 누님
하나 드려요?"

은주가 커피를 다시 따라준다.

"요새 같은 불경기에 정말 장사 안 되거든요. 우리 커피가게
는 전기요금도 안 나와요."

238

"이렇게 공짜로 퍼주니까 전기요금이 안 나오지."

"그럼 돈을 내시든가. 자, 높은 빌딩 산 장씨 아저씨부터 삼천 원!"

장씨가 컵을 한참 들여다보다가 은주에게 내민다.

"천 원어치는 남았네. 뱃속에 들어간 건 이따 화장실에서 빼 줄게."

은주가 장씨의 무릎을 내려친다. 장씨가 무릎을 쥐고 바닥으로 떨어지는 시늉을 한다. 또 한바탕 웃음이 터진다. 장씨가 다시 판매대에 엉덩이를 붙이며 정색한다.

"누님이 얘길 좀 넣어봐요, 보증금 너무 세다고. 그 부동산 젊은 중개사 말고 김사장님 잘 알잖아요. 그 집 아주머니 풍 맞았을 때 누님이 수발해줬잖아요?"

"그랬지, 이 년이나. 지난봄부터 게우 발짝 떼시더먼."

"그러니 말요. 누님이 김사장님한테 부탁하면 설마 거절하시겠어요?"

"거절은 못하지. 아줌니 면을 봐서라도. 그란디 부동산이 힘 있남? 가게 임자가 얼마 받아달라면 그대로 따르는 거지."

"그건 그렇죠…… 참! 이 가게 새 주인이 저 위 모퉁이슈퍼 조카딸이오. 알죠?"

"그라네 참!"

박씨가 자기 무릎을 친다.

"슈퍼 여편네헌티 얘기해야겠구먼. 삼천에 백은 누가 봐두 과하잖어. 안 그려?"

그람유! 장씨와 은주가 합창을 한다.

"그렇게 세게 불러 미스 최 떨려나가고 딴 사람 안 들어오면 즈이는 손해 아닌감? 장사 안 된다고 내놓은 가게가 벌써 몇 갠디. 가게 비면 가겟값 떨어져, 동네 땅값 떨어져, 좋을 게 뭐 있어. 안 그려?"

그람유! 은주와 장씨가 또 합창한다. 박씨가 눈썹을 치켜뜬다.

"입은 비뚤어져두 말은 바로 혀야지. 서로 형편 봐가며 사는 거지, 한동네 사람끼리."

그람유! 신이 난 은주는 행거에서 연미색 블라우스 한 점을 꺼내든다.

"아줌마 며느리 블라우스, 이거 쟤가 공짜로 쏘는 거야. 월세도 깎아주는데 이 정도야, 뭐."

은주가 자기 물건처럼 선심을 쓴다. 공짜? 박씨 입이 벌어진다. 장씨가 막는다.

"누님은 하여간. 공짜 밝히면 머리 빠져요. 미스 최 물건은 처음인데 하나씩은 사줘야지. 은주씨, 우리 마누라 것도 하나 골라봐."

"하긴 그려. 젊은 처자가 워떻게든 살아보겠다고 몸부림치는디 우리라두 팔아줘야지."

"세면대나 싸게 해주세요. 제가 하나씩 드릴게요."

장씨와 박씨는 들은 체도 않고 옷을 고르기 시작한다. 우리

240

마누라한테 이거 맞을까? 안 맞으면 바꾸러 오면 되지. 정 그러시면 만 원씩 내요. 원래 3만 원짜리예요. 은주가 신이 나서 옷들을 골라준다.

밖에는 계속 비가 내린다. 슬레이트 지붕 홈을 타고 떨어지는 물줄기들이 제법 길다. 옷값으로 굳이 만 원씩을 내민 그들은 물건 봉지를 손에 쥐고도 갈 생각을 하지 않는다.

"그란디 처녀들이 왜 시집갈 생각들을 안 혀?"

"은주씨는 가지 마. 우리가 심심해."

"이 중늙은이가 아무래도 은주헌티 마음이 다른갑네."

박씨가 장씨를 노려본다.

"무슨 말이오? 우리 마누라한테 맞아죽으라고. 아들 키워 며느리 삼으려고 그래요. 요새 연하가 유행 아뇨?"

다들 배를 잡고 웃는다. 장씨의 큰아들은 열세 살, 이제 중학교 2학년이다.

"우리 아들이 장가 안 갔으면 내 며느리 삼는 건디. 은주 이거 남 주기 아깝다니께?"

박씨가 또 혀를 찬다.

"걱정들 놓으셔요. 내년에는 하늘이 두 쪽 나도 시집가요. 얘가 나한테 자기 남자친구 넘겼거든요."

은주가 나를 가리킨다. 박씨의 눈이 커진다.

"그려? 요새는 친구지간에 애인두 넘겨? 잘생겼어?"

"그럼요. 얘가 사귀던 앤데 어련하겠어요?"

"잘했네, 미스 최. 미스 최야 이쁘구 날씬하니 좋은 신랑감 골라서 갈 게고, 은주 이거는 우리가 나서야 한다니께? 결혼 서둘러줄 부모도 없고. 살 좀 빼어!"

박씨가 은주의 엉덩이를 내리친다. 은주의 엄살에 장씨가 또 거든다.

"놔둬요. 든든하니 좋은데, 뭐. 소고 돼지고 근수가 있어야 값이 있지."

한우 얘기가 미국 수입소로, 중국의 농약 뿌린 야채로, 농약을 쓰지 않으면 도저히 힘든 시골 농사 이야기로 번진다. 박씨의 고향인 예산에서 장씨의 고향인 여주로, 여주 신륵사에서 속리산 법주사로 이야기가 꼬리를 문다. 그런데 나는 그들의 이야기가 귀에 담기지 않는다. 은주에게 남자친구를 소개해주다니, 내가? 혹시…… 현준? 지난달엔가 현준의 전화를 받았을 때 은주가 물은 적이 있었다.

"왜 대답을 안 해? 그렇게 귀찮아?"

곁에 앉아 쓸데없이 수다를 떨어대던 은주는 내 전화의 상대방이 남자인 것만 가지고 혼자 흥분해대었다.

"귀찮으면 나한테 넘겨. 나야 무조건 환영이지. 보리 흉년에 가릴 게 있나."

은주의 다그침에 나도 모르게 맘대로 하라고 대꾸한 것 같기도 하다. 그렇다고 어떻게 현준과 이어질 수 있단 말인가. 만의 하나, 은주가 내 휴대폰을 훔쳐보아 현준에게 연락했다 치자. 현준이 반응을 보였을 리 없지 않은가. 현준의 돌아앉은 등. 누구에게도 마음을 열지 못하는 그의 외로움. 한창 신이 난 은주의 옆얼굴을 바라본다. 현준이 내 쌍둥이 남동생이라는 사실을 지금 밝힐 필요는 없을 것이다. 현준의 실상을 낱낱이 밝혀 굳이 그녀를 실망시킬 필요는 없을 것이다.

"……우리 엄마가 내 사주를 봤는데 그렇게 좋다잖아요. 결혼만 하면 남편을 황금방석에 앉힌대요. 우리 언니 저리 가랄 정도로 떼돈을 번대요. 다들 나한테 잘 보이시라니까?"

"사주 얘긴 끄내덜 말어. 나는 정경부인 팔자라고 혔어. 정경부인이 새벽부터 차 닦어."

또 한바탕 웃음이 터진다. 바깥 날씨가 싸늘한 모양이다. 창문에 김이 가득 서렸다. 빗방울이 유리창에 닿아 굴러떨어지는 모습이 아늑한 찜질방에라도 들어앉은 기분이다.

서로에게 해줄 수 있는 것은 다만 곁에 있어주기. 그 덕에 산은 산맥이 되어 세월을 버틴다.

저녁 7시가 되어도 비는 그치지 않는다. 가로등 불빛에 유리창도 거리도 번들번들 온통 물 세상이다. 차를 닦는 박씨 아줌마나 철물점 장씨나 고마운 사람들이다. 하지만 그들이 발 벗고 나선다 해도 보증금을 깎기는 어려울 것이다. 괜찮다. 열심히 장사하다보면 또 방법이 있으리라. 전 주인 신여사에게 줄 재고 원금도 사정 얘기를 하면 조금 미룰 수도 있을 것이다. 문제는 은주다. 그녀가 이 동네를 떠나면 어떻게 되나. 가게를 혼자 해 낼 자신이 없다. 네 살이나 많은 내게 반말을 하든 귀에 딱지가 앉도록 수다를 떨든 그녀가 내 곁에 있어야 한다. 그녀를 찾으 러 빗속을 미친 듯이 뛰어다니면서 깨달은 것은 그동안 그녀가 내게 빌붙은 것이 아니라 내가 그녀에게 빌붙어 있었다는 사실 이었다.

유리창의 김을 닦고 커피가게를 건너다본다. 커피가게의 등은 이미 꺼졌다. 안쪽 주방에만 불이 켜져 김 서린 유리창을 희미 하게 밝히고 있다. 은주는 무엇을 하고 있을까. 별일을 없는 것 일까. 아무래도 자꾸 신경이 쓰인다. 아까만 해도 그렇다. 박씨 의 사투리까지 흉내내가며 까불거렸지만 박씨와 장씨가 가게를 나서니 그녀도 슬그머니 뒤따라가지 않던가.

커피가게의 문을 연다. 밥 냄새에 김치찌개 냄새로 가게 안의 공기가 탁하다.

"그 잘난 환풍기 좀 틀지그래?"

은주가 나를 쳐다보고 깜짝 놀라 반긴다.

"웬일이야, 우리 가게에 다 오고? 비가 하늘로 도로 올라가겠 네."

그녀는 주방 싱크대 서랍에서 수저 한 벌을 더 꺼낸다.

"어쩐지 내가 괜히 밥을 넉넉히 하고 싶더라. 너는 정말 먹을 복은 있다. 그 비리비리한 몸매에 복이 어디 붙었는지."

그녀가 그토록 자랑하는 따뜻한 온돌에 올라앉아 함께 밥을 먹기로 한다. 반찬이라고는 쉬어터진 배추김치, 그 김치로 끓인 김치찌개뿐이지만 그래도 금방 지은 밥이라 제법 윤기가 흐른다.

"나는 결혼하면 저녁은 꼭 남편하고 먹을 거야. 저녁뿐 아니야. 하루 세 끼 내내 같이 먹을 거야. 남편한테 딱 붙어서 절대 안 떨어질 거야. 커피에 물 한 컵도 나 혼자선 절대 안 마실 거야."

나는 그녀를 물끄러미 쳐다보았다. 온 동네 사람들과 온갖 수다를 떠는 그녀가 뼛속 깊이 외로움을 타리라고는 상상도 하지 못한 일이었다. 그리고 보니 그녀에게는 그녀를 내놓고 귀찮아하는 언니 하나밖에 없다. 지난 1년 동안 그녀를 지켜보았어도 친구 한 사람 찾아오는 것을 보지 못했다.

"이 가게, 급매로 내놓은 거야?"

"내놓으면 뭐해? 살 사람이 없는데."

"싸게 내놓으면 팔리겠지. 그럼 너는 언니네 집으로 들어가니?"

"이 동네에서 어떻게든 비벼보려고. 먹고사는 거야 박씨 아줌마하고 같이 차를 닦아도 되고. 그래서 아까 박씨 아줌마한테 갔었지. 아니면 저 밑 분식점 일 도와줘도 되고. 그 집 아줌마도 나랑 친하거든."

"정 갈 데 없으면……"

나랑 같이 일하든지. 목에 걸렸던 뒷말을 나는 또 삼켜버리고 말았다. 그녀는 혼자 신이 나서 말을 이어갔다.

"오늘 정말 기분 좋은 날이다. 이렇게 너랑 저녁도 같이 먹고, 남친한테서 전화도 오고. 내가 사실 너희 가게로 건너갈까 생각 중이었거든. 우리 남친 얘기하러. 너…… 바닷속에도 산이 있다는 사실 알고 있니?"

나는 그만 숟가락을 내려놓는다. 바닷속의 산맥. 현준의 외로운 뒷모습.

"바닷속에 있다고 해도 그것들은 엄연한 산이야. 산기슭도 있고 산봉우리도 있고. 물속이라고 무시하면 안 돼. 그 산들이 한류와 난류도 갈라놓고 해일도 일으키거든. 바닷속의 산들이 이어져 산맥을 이뤄. 정말 멋있지 않냐?"

현준이 은주에게 얘기를 했단 말인가. 우리 가족 아닌 타인에게 그가 가슴을 열었단 말인가.

"나는 우리 남친한테 뿅 갔다. 아직 보지는 못했지만 조만간 만나 보려고. 참! 나 굶어야 되는데. 살 빼야 하는데."

은주가 입에 밥을 가득 물고 벙싯댄다.

"나 사실 그동안은 좀 그랬거든. 우리 남친이 나랑 통화하면서도 내내 네 얘기만 묻는 바람에. 다른 얘기를 해도 전혀 대꾸도 않고. 그래서 그만 포기할까 싶었는데…… 조금 전에 불쑥 전화해서는 그 얘기를 하더라고. 바닷속의 거대한 산맥. 산 하나가 아니라 산맥이라서 파도에 씻기지 않고 자리를 지킨다고. 너 어떻게 생각해? 우리 남친이 그 얘기를 한 이유 말야. 같이 산맥

246

이 되자, 어려워도 곁을 지켜다오, 야, 프러포즈 치고 죽여주지 않냐! 이제 나, 너한테 우리 남친 못 돌려준다. 죽어도 내 거 한다."

어느새 밥그릇을 비운 은주는 그릇들을 치우지도 않고 부뚜막으로 뛰어오른다.

"비야, 더 와라. 온 세상이 바다가 되도록 끝없이 내려라. 나는 바닷속의 산이 될 거야. 내 남친도 바닷속의 산이 될 거야. 산기슭과 산허리와 산봉우리가 있는 멋진 산."

되지도 않는 노래를 만들어 부르며 부뚜막 위로 펄쩍 뛰어올랐다가는 또 바닥으로 뛰어내린다. 매운탕을 줄줄이 끓이던 타일 부뚜막이 순식간에 은주의 무대가 된다.

"근데 우리 미스 최는 어떡하나. 성격이 까칠해서 시집가기도 틀렸다네. 우리 불쌍한 미스 최, 새퉁이 미스 최. 우리 남친은 내 거라네. 박은주 거라네. 절대로 못 준다네."

어쩌면…… 어쩌면 가능할 수도 있지 않을까. 나는 은주를 골똘히 쳐다본다. 어쩌면 그녀도, 현준도 해낼 수 있지 않을까. 그녀가 내게 귀찮게 들이대듯 현준에게, 그 외로운 등에 끝없이 얼굴을 부비면 현준도 머지않아 돌아앉을 수 있지 않을까. 나는 현준의 속마음을 안다. 그는 세상의 누구보다도 따뜻한 가슴을 가졌다. 세상의 누구보다도 민감한 센서가 그의 안에서 작동하므로, 다른 사람에게는 대수롭지 않은 일에 그 센서가 먼저 느끼고 큰 소리로 울려대므로 그가 스스로 놀라 다른 이에게 다가

가지 못하는 것뿐이다. 그녀와 마주한다면, 잠시라도 그녀와 함께 크게 웃을 수 있다면 그에게도 세상을 마주할 용기가 생기지 않을까.

"봐, 우리 엄마 말이 맞았지. 내가 복이 많다니까. 나처럼 하하 웃는 애한테 복이 굴러든다니까……"

나는 그녀를 향해 조심스레 고개를 끄덕여본다. 나는 현준의 입장만 생각하는 것일까? 은주가 감당할 수 없는 짐을 내 멋대로 안기는 것일까? 그래도 나는 용기를 내어 한 번 더 고개를 끄덕여본다. 아파트 콘크리트 벽이 보일 뿐인 비정한 창문. 누구에게도 먼저 손을 내밀지 못하는 현준의 여린 심성. 씽씽한 그녀는 온 세상을 얻은 듯 큰 소리로 엉터리 노래를 부른다.

"나는 하하 웃으며 살 거라네. 남편하고 하하 웃으며 싸우고 하하 웃으며 미워할 거라네……"

나도 현준도 그녀도 다 같이 뭉치면 바닷속의 산맥처럼 버틸 수 있지 않을까. 광포한 물 더미를 함께 견디며 어떻게든 살아낼 수 있지 않을까. 눈시울이 뜨거워진 나는 짐짓 입꼬리를 올려본다. 웃을 수 있을까. 우리 모두 하하 큰 소리로 웃을 수 있을까.

가게 안은 밥 냄새에 찌개 냄새로 가득 찼지만, 게다가 덩치 큰 그녀가 뛰는 바람에 눈에 보이지 않는 먼지가 장난이 아니지만 나는 그대로 꼼짝 않고 온돌 위에서 몸을 옹크린다. 그녀의 경중거리는 모습을 조금 더 지켜보아도 될 것이다. 사람의 체온이 없는 문밖은 어둡고 춥고 쓸쓸하다.

우리 시대의 선(善)에 대한 탐구

박혜경(문학평론가)

1. 날카롭게, 그러나 따뜻하게

윤영수의 소설들은 단정하다. 마치 정장의 기본 스타일에 충
실한 듯 수수하면서도 고전적인 품격을 지닌 듯한 그녀의 소설
들은 기존의 소설 형식으로부터의 일탈과 파격이 하나의 트렌드
로 자리잡은 2000년대의 소설들 속에서 그 존재감이 상대적으
로 미약하달 수도 있다. 그러나 2000년대 들어 제기된 한국문학
의 미래에 대한 여러 논의들에서 이미 폐기처분의 신세로까지
내몰린 듯한 사실주의적 정공법을 꾸준히 고수해오고 있는 그녀
의 소설들은 사실주의적 작법이 여전히 우리의 현실을 담는 유
효한 그릇일 수 있음을 입증하는 하나의 모범적 사례로 제시될
만하다.

『귀가도(歸家圖)』가 보여주는 윤영수 소설의 미덕은 3인칭 시점에서든 1인칭 시점에서든 작가가 사건이나 인물에 대한 관찰자의 위치를 좀처럼 벗어나지 않는다는 데 있다. 작가는 인물들을 만들고 그 인물들의 의식과 심리의 안과 밖을 자유롭게 넘나들지만 도덕적 판단이나 주관적 논평이라는 형식으로 그들의 삶을 점유하지는 않는다. 그녀의 소설들이 우리에게 단정하면서도 어떤 고전적인 품격을 느끼게 한다면 그것은 아마도 서사의 흐름을 직조해나가는 작가의 섬세한 균형감각과 절제의 태도에 힘입은 바 클 것이다. 사실주의적 소설 작법의 기본에 해당되는 것이면서도 작가의 도덕적 열정과 계몽적 개입으로 인해 한국문학에서 잘 지켜지기 어려웠던 이러한 균형감각은 윤영수의 소설세계에 현실에 대한 협소한 도덕적, 혹은 심리적 관점을 벗어나는 훨씬 더 투명하고 넓은 시야를 제공한다. 윤영수의 소설들은 이와 같은 관찰적 거리를 통해 작중 인물이나 그들이 놓인 상황을 보다 넓은 시야에서 조감함으로써 독자들로 하여금 특정 인물의 시야에 한정되거나 그들의 관점에 감정이입되는 대신 그들의 심리나 관계, 혹은 상황의 이면을 보다 투명하게 투시할 수 있게 해준다. 이런 의미에서 윤영수 소설의 관찰적 시선은 바로 투시자의 그것에 다름 아니다.

윤영수의 소설을 읽는 동안 독자들은 작중 인물들의 삶에 동의하는 대신 그들을 관찰하게 되고, 그들의 삶에 대한 도덕적 판단을 내리기보다 오히려 그들의 삶을 통해 드러나는 세속의 도덕적 기준 그 자체에 대해 성찰하게 된다. "우리 시대의 선(善)에 대한 탐구"라는 이 글의 다소 거창해 보이는 제목처럼, 작가는 이기적 욕망과 도덕적 자기기만이 얼크러진 세속의 풍경들 속에서 이기적 욕망이 어떻게 인간의 선의(善意)를 자기유지의 왜곡된 수단으로 끌어들이는지를, 혹은 인간의 선의가 어떻게 세속적 욕망과 공모하는지를 날카롭게 포착해낸다. 인간의 선의 속에 내재된 도덕적 허위, 혹은 선의를 가장한 크고 작은 이기적 욕망들로 이루어진 일상의 내부를 날카롭게 투시하는 작가의 시선은 그러나 결코 차갑지 않다. 인간의 도덕적 허위를 투시하는 예리한 시선에도 불구하고 때로는 유머러스하게, 때로는 애틋하게 작중 인물들의 삶을 그려나가는 작가의 시선은 시종일관 인간에 대한 애정을 숨기지 않는다. 신랄하기보다 따뜻하고 배타적이기보다 포용적인 그녀의 소설들은 인간은 결국 인간에게 주어진 제한된 현실의 한계를 벗어날 수 없는 존재임을, 따라서 인간의 허위와 어리석음도 현실적 삶의 한계를 벗어날 수 없는 인간이 빚어내는 부인할 수 없는 삶의 무늬임을 받아들인다. 그녀의 소설들은 소설 속 인물들의 삶을 투시할 뿐, 그들에 대해 섣불리 도덕적 판단의 잣대를 들이대지 않는다. 누군들 인간이 살아가면서 저지르는 크고 작은 허위와 어리석음을 피해갈 수 있을 만큼 도덕적으로 완전할 수 있겠는가? 문제는 인간에 대한 도덕적 가치판단이나 자기합리화 이전에 인간 그 자체를 거짓 없이 이해하는 일이라고, 그녀의 소설들은 말하고 있는 듯하다.

그런데도 우리는 그녀의 소설에서 세속의 완고한 도덕적 잣대를 넘어서는 더 큰 도덕을, 세속의 이기적 선의를 넘어서는 인간에 대한 더 근원적인 선의를 발견하게 된다. 윤영수의 소설이 지닌 품격은 아마도 작가의 따뜻한 유머 감각과 인간의 불완전함을 투시하는 시각의 유연성에서 비롯되었을 것이다. 인간이 지닌 온갖 허물을 날카롭게 투시하면서도 마치 어머니 같은 손길로 인간을 보듬어 안으려는 작가, 그가 바로 윤영수인 것이다.

2. 어머니, 고맙습니다

인간의 선의가 빚어내는 왜곡된 삶의 풍속을 예리하게 포착해내는 윤영수의 소설에서 착한 사람 대 나쁜 사람의 인물 구도를 접하는 것은 그다지 특별한 일이 아니다. 그러나 그러한 인물 구도가 착하고 싶어하는 나쁜 사람과 착하고 싶지 않은 착한 사람의 대비와 겹쳐진다면 문제는 좀 복잡해진다. 윤영수의 소설이 빛을 발하는 순간은 착한 사람 대 나쁜 사람이라는 인물 구도가 강자와 약자라는 사회적 관계의 역학과 맞물리면서 도덕적 판단을 넘어서는 보다 복잡미묘한 현실의 풍경들을 빚어낼 때이다. 먼저 착한 사람을 보자.

오래전에 발표됐던 윤영수의 소설 「착한 사람 문성현」에서 '착한 사람 문성현'은 뇌성마비 환자였다. 이 작품에서 자신의 삶을 "살아 있음으로써 전혀 가치도 보람도 없는" 욕된 삶으로 인식하는 문성현에게 붙여진 '착한 사람' 이라는 수식어는 그를 착한 사람이라 부르는 주변 사람들의 착하지 못한 행태와 대비되며 묘한 아이러니를 불러일으켰다. 우리 사회에서 착한 사람이란 종종 어리숙하고 똑똑하지 못해 다른 사람들에게 이용당하기 쉬운 사람을 지칭하는 말로 사용되어오지 않았던가? 이런 의미에서 '착함' 이란 도덕적 가치는 세속적 무능의 표지인 동시에 그와 같은 도덕적 가치가 사회적 쓸모라는 관점에서 그다지 바람직하지 않은 덕목임을 보여주는 일종의 반어적 표현이기도 하다. 누군가의 인간적 미덕을 칭찬하는 말임이 분명한 '착함' 이 이렇듯 바로 그 인간적 미덕을 조롱하거나 얕잡는 반어적 표현으로 통용되는 현실의 이면에는 기실 우리 사회가 인간의 선의에 대해서 취하는 이중적 태도가 내재해 있다.

「문단속을 제대로 하지 않으면」에도 우리가 분명 '착한 사람' 이라고 부를 수밖에 없는 한 인물이 등장한다. 자신에게 주어진 모든 현실적 조건들, 심지어는 누가 보더라도 부당하고 파렴치한 상황에 대해서까지도 "어머니 감사합니다"라고 외칠 만한 좋은 점을 찾아내고야 마는 우리의 주인공 유순봉씨는 인간에 대한 선의라는 점에서 타의 추종을 불허할 만한 능력을 지닌 사람이다. 문제는 그의 선의가 다른 사람들에게 선의로 받아들여지는 대신, 그를 계속 곤경에 빠뜨리는 빌미가 되고 마는 현실을 살아가야 하는 그의 딱한 처지다. 그 딱한 처지 때문에 그는 어느 날 자신의 의지와는 상관없이 '사회적 약자에게 가해지는 폭력의 현장 깊숙이 카메라를 침투시켜 그들에게 필요한 구원의 손길을 주고 그들이 밝고 건강한 시민사회로 복귀할 수 있도록 사후 관리까지 책임진다'는 취지를 내세운, 이른바 TV 솔루션 프로그램의 주인공이 된다. TV는 이제 그의 일상 깊숙이 몰래 카메라를 설치하여 그의 가족들과, 그의 집에 무단침입해서 파렴치한 주인 행세를 하는 기천웅의 일거수일투족을 24시간 감시한다. 그리고 그 속에서 그와 그의 가족들은 마치 인간이 어디까지 착할 수 있는지를 시연하는 기이한 상황극의 주인공과도 같은 모습으로 등장한다. 이 모든 일들은 물론 사회적 약자인 그를 악으로부터 보호한다는 선의의 이름으로 행해진다. 솔루션 프로그램의 취지에 맞게 그와 기천웅의 부당한 동거 생활의 실상을 알리고 그의 딸인 미림이가 더이상 기천웅으로부터 괴로움을 당하지 않을 수 있게 해준 방송국 사람들뿐만 아니라, "운전도 못하고 눈치도 없고 말주변도 별로 없"는 그를 한 팀으로 데리고 다녀주는, 그러나 실제로는 그에게 지불되어야 할 돈을 부당하게 갈취해온 가구 공장의 김과장 또한 그를 도와주려는 선의를 내세우고 있기는 마찬가지이다. 심지어는 기천웅 또한 그의 가족들에게 수시로 휘둘렀던 바로 그 폭력으로 그의 아들을 동네 아이들의 폭력으로부터 지켜주는 기이한 선행을 베풀기도 한다.

그러나 취재를 끝내며 "얼른 돈 버셔서 집도 사시고 식구들과 편안히 사서야죠"라고 말하고 돌아서는 순간 "웃던 얼굴이 금방 사늘해"지는 피디의 선의란, "피디도…… 기천웅씨와 똑같았습니다. 얼굴이나 하는 일은 다르지만 자신이 얻고자 하는 것은 손에 쥐고 마는, 강한 인간 말입니다"라는 그의 말처럼, 자신의 프로그램을 더 잘 만들기 위해 선의를 가장하는 강자의 책략에 다름 아니다. 그의 딸이 기천웅으로부터 성추행당하는 화면을 보여주며 "내가 저놈 나쁜 놈이라고 했죠? 이래도 가만있을 거예요?"라며 흥분하는 피디의 모습이 그의 눈에는 마치 무슨 신나는 일이라도 벌어진 양 "덩실덩실 춤이라도 출 듯" 보이지 않던가? 그의 말대로, 피디의 이런 행동은 "내가 당신 식구들을 봐주고 있는 거잖아"라는 말로 그를 윽박지르며 자신의 선의를 강요하던 기천웅의 그것과 크게 다르지 않다. 선의라는 거부할 수 없는 명분으로 그를 압박하는 강자들의 힘 앞에서 약자인 그가 더 비굴한 약자가 될 수밖에 없는 현실은 언제나 "어머니 감사합니다"를 외치던 그로부터 마침내 "어머니, 보고 싶습니다. 저 혼자 가족을 지키는 일이 너무나 힘듭니다"라는 탄식을 끌어내고야 만다.

이처럼 윤영수의 소설에서 선과 악의 경계는 강자와 약자의 먹이사슬과 뗄 수 없는 관계에 놓여 있다. 그의 가족들에게 수시로 폭력을 휘둘러대던 기천웅이 방송국의 카메라 앞에서 성인군자연 하는 모습이나, 처음 그의 집에 들어왔을 때는 윗목에서의 잠을 자청하던 그가 "온갖 악다구니와 공갈과 협박을 일삼"

으며 그의 가족들을 괴롭히다 마침내 비굴한 모습으로 "경찰차에 얌전히 올라"타는 모습은 강자와 약자의 먹이사슬 앞에서 인간이 취하는 행동 패턴을 흥미롭게 재현한다. 얌전히 경찰차에 올라타는 기천웅의 모습을 보며 "그동안 나는 대체 누구를 두려워했던 것일까요"라고 자문하는 그의 말처럼, 기천웅을 강자로 만들어준 것은 바로 그의 두려움이었다. 그러나 기천웅의 부당한 폭력조차 선의로 받아들이려는 그의 태도 이면에는 가족들을 데리고 어떻게든 먹고살아야 하는, 기천웅보다 더 두려운 그의 현실이 있다. 그가 기천웅의 부재를 기뻐하기보다는 불안해하는 것은 기천웅이 사라져도 그가 사회적 약자로 살아가야 할 현실은 변하지 않을 것이기 때문이다. 기천웅조차도 방송국 카메라 앞에서 선의 가면을 쓰게 하고, 비굴한 모습으로 경찰차에 올라타도록 만드는 저 차가운 먹이사슬의 세계 말이다.

그렇다면 우리는 이에 대해, 그를 악의 현실로부터 보호한다는 선의의 얼굴의 뒤에는 그를 늘 악의 피해자로 살아갈 수밖에 없게 만드는 바로 그 악의 현실이 숨어 있다고 말할 수는 없을까? 일찍이 바디우가 "선은 세계를 좋게 만든다고 주장하지 않는 한에서만 선이다"[1]라고 말했던 것처럼, 세계를 좋게 만든다고 주장하는 선은 종종 선과 악을 규정하고 특정한 대상을 악(인)으로 호명하는 방식을 통해 세계에 대한 지배의 효율성을 높이는

---

1) 『윤리학』, 알랭 바디우 지음, 이종영 옮김, 동문선, 2001, 103쪽

권력의 수단(윤리의 이름으로 권력을 은폐한다는 점에서 더 효율적인)이 된다. 그런 점에서 「문단속을 제대로 하지 않으면」의 그가 늘 피해자로 살아갈 수밖에 없는 것은 그가 자신의 선을 주장하기는커녕 그것을 의식조차 하지 못하고 있기 때문이다. 선의 이데올로기가 개입해서 악의 피해자를 악으로부터 구출해내는 상황이란, 그 상황의 정당성을 확보하기 위해 악을 단죄하면서도 동시에 그 악에 의존해야 하는 모순에 처하게 된다. "윤리는 인간을 마치 피해자처럼 규정한다"는 바디우의 말대로, 그를 기천웅으로부터 구출해내는 TV 솔루션 프로그램 또한 프로그램의 유지를 위해 계속해서 또다른 기천웅과, 그들이 사회적 윤리의 이름으로 구출해내야 할 피해자의 역할을 떠맡을 또다른 유순봉을 필요로 하지 않겠는가? 따라서 기천웅이 사라진 후에도 그를 여전히 불안에 떨게 만드는 것은 어쩌면 그를 '밝고 건강한' 시민사회로 복귀시켜야 할 사회적 약자로 규정하면서 기실은 그의 삶을 밝고 건강한 시민사회를 유지하기 위한 흥미로운 볼거리로 소비하는 현실의 윤리 그 자체인지도 모른다.

그러나 달리 생각하면, 이러한 윤리적 강자들의 세계에서 그를 지켜주는 것은 역설적이게도 그의 입에서 수시로 흘러나오는 "어머니, 고맙습니다"란 말 속에 내포된 선의 힘, 바로 스스로 선이라고 주장하지 않는 그 무구한 선의 힘이 아니겠는가? 이런 점에서 그가 자신이 누리는 행운을 감사하기 위해 수시로 내뱉는, 그러나 실제로는 그의 삶을 더 곤고하게 만들고 있을 뿐인

"어머니 고맙습니다"라는 선하디선한 외침은 강자들의 세계를 살아가기 위한 그의 최소한의 자기방어라고 해야 할지 모르겠다. 착해서 세상 살기가 힘겹지만, 그러나 착하게 사는 것 외에는 세상을 살아가는 다른 어떠한 책략도 알지 못하는 그가 지닌 작고 초라한 선의 맨얼굴은 강자들의 얼굴 위에 씌워진 너무도 크고 당당한 위선의 가면 앞에서 늘 두려움과 불안으로 쪼그라들어 있을 수밖에 없을 것이다. 그러나 두려움에 가득 찬 그 작고 초라한 얼굴이 이 시대를 살아가는 선의 맨얼굴이라고 해도, 우리는 "딸아이도 지키지 못한 못난 아빠"라는 자괴감에 시달리는 유순봉씨가, 그럼에도 불구하고 또다시 "어머니, 고맙습니다"란 말을 작은 등불 삼아 이 어둡고 차가운 현실을 무사히 헤쳐나가주기를 마음속으로 열심히 응원할 수밖에 없지 않은가? 우리가 그에게 보여줄 수 있는 선의 또한 이토록 작고 보잘 것이 없다.

3. 착하고 싶은 사람들

「떠나지 말아요, 오동나무」의 주인공인 김명구는 아마도 이 책에 등장하는 인물 가운데 가장 흥미로운 캐릭터라고 해야 할 것이다. 「문단속을 제대로 하지 않으면」의 유순봉이 착한 사람이라면, 김명구는 착하고 싶어하는 사람이다. 아내로부터 "개도 안 물어갈 김명구"라고 불리는 그는 "'온 세상 인간들이 말을 않는다뿐이지 속으로는 오로지 흘레붙을 생각뿐'이라고 굳게 믿는" 그래서 "'죽는 날까지 남녀합궁을 즐기는 것이 자신의 목표'라고 거침없이 말하는" 인물이다. 철저히 자기중심적인 욕망의 눈으로만 세상을 바라보는, 자기 욕망의 틀 바깥으로는 한 번도 나가본 적이 없는 그에게 아내인 혜순은 "외도는 어디까지나 외도, 본처인 혜순을 내쫓거나 바꿀 생각은" 없다는 이유만으로도 그에게 고마워해야 마땅한 정물 같은 존재이다. 혜순 역시 수년째 치매에 걸린 시어머니의 병수발을 도맡고, "바람기가 심한 남편, 성깔을 부리는 손위 시누이"에게 끊임없이 시달리면서도 마치 오동나무처럼 김명구의 본처 자리에 붙박여 있는 그 정물 같은 삶을 벗어나지 못한다.

그러나 스스로의 삶을 정물로 만들어버린 인내의 세월을 버티면서 아내가 마음 깊이 숨겨온 비밀을 알게 된 순간부터 김명구의 일대 변신이 시작된다. 아내의 고된 시집살이를 지탱해준 아내의 외간남자, 아내가 오랫동안 마음속에서만 키워온 그 사랑의 환상은 그녀를 자신의 삶으로부터 벗어나게 해줄 유일한 출구였다. 그녀는 어린 시절 성호 오빠가 지나가듯 흘린 "왜, 혜순이도 예뻐, 귀엽잖아"라는 말을 "50년 동안 귀한 보석처럼 마음에 간직"한 채 세상을 살아왔다. 세상 속에 살아 있는 듯 없는 듯 정물 같은 삶을 살아온 그녀에게 성호 오빠의 말은 자신의 존재 가치를 인정해준 유일한 타인의 말이다. 그런 의미에서 그녀가 간절히 매달리는 것은 성호 오빠보다 성호 오빠가 들려준, 뿐만 아니라 그녀가 타인들로부터 간절히 열망하던 바로 그 말일 것이다. 자신의 비밀스런 마음을 적어놓은 혜순의 글을 통해 비로소 정물인 줄만 알았던 그녀가 겪어왔던 마음의 고통을 알게 된 김명구가 보인 반응은 "그녀도 사람이었다"라는 것이다. "열다섯 살 때의 첫정을 50년 동안 지켜온, 누구도 감히 흉내낼 수 없는 지순한 사랑의 주인공이었"던 아내의 사연에 감동해서 이제야 혜순을 정물이 아닌 사람으로 바라보게 된 그는 "혜순을 더이상 괴롭힐 수는 없었다"며 "산뜻하게 혜순을 보내주기로 마음먹"는다.

그리하여 아내의 지고지순한 첫사랑을 위해 그녀를 떠나보내는 거룩한 편지를 쓰는 일에 착수한 그는 그러나 자기중심적인 욕망에서 한 치도 벗어난 삶을 살아보지 못한 그답게 곧 "자신이 그런대로 쓸 만한 사내라는" 혹은 "자신이 시인이나 소설가가 되었어도 좋았으리라는" 자기도취에 빠지고 만다. "백년을 살아온 준수한 오동나무에 질금질금 오줌을 갈기며 영역 표시나 하는 수캐, 나무가 움직이지 못한다 하여 마음껏 깔보고 실례를 범하는 동네 똥개"는 이제 아내에게 보내는 자신의 편지를 "뜨뜻하게 물이 도는 눈으로 읽고 또 읽"는 "이 시대의 낭만주의자 김명구"로, "보통 사람으로서는 그의 심상을 이해조차 할 수 없는 불세출의 예술가"로 일대 변신을 이룬다. 급기야 그는 아내를 직접 자신의 손으로 떠나보내는 고통을 감수하는 이 불세출의 예술가를 연출하기 위해 "떠나지 마라, 혜순아. (……) 내가 갈 때까지, 그때까지만 기다려라"라고 중얼거리게 된다. 자신의 거룩한 영혼에 탄복해서 문필가로의 대변신을 꾀하는 그에게 이제 아내의 고통은 안중에도 없다. "혜순의 달그락대는 설거지 소리가 너무나 편안하고 정겨"운 그에게 혜순은 또다시 그가 발견한 새로운 욕망을 충족시키기 위해 늘 그 자리에 정물처럼 머물러 있어야 하는 존재로 되돌아간다.

아내의 행복을 위해 기꺼이 자신의 불행을 감내한다는, 딴에는 매우 비장한 자기희생적 선의에서 비롯된 김명구의 희극적 행각은 어머니를 향해 한바탕 자신의 비통한 심정을 토로하는 편지를 쓴 후, 술집의 이런저런 여자들을 떠올리며 그가 또다시 '개도 안 물어갈' 수캐의 본능을 여지없이 드러내 보이는 마지막 장면에서 절정에 이른다. 김명구의 자아도취적 선의의 드라마는 결국 그 자신만을 구원하고는 대단원의 막을 내려버린 것이다.

김명구처럼 누군가의 삶을 구원하겠다고 호기를 부리기는커녕 자기 자신의 삶조차도 구원할 수 없었던 혜순의 착한 성정이 결국은 그녀에게 끊임없이 부당한 현실을 인내하는 약자의 삶만을 강요해왔다는 점에서, 그녀는 「문단속을 제대로 하지 않으면」의 유순봉씨와 비슷한 인물일 것이다. '착한' 혜순에게 착함이란 그녀가 견뎌내야 할 부당한 현실일 뿐이다. 반면 '착하고 싶어하는' 김명구에게 선이란 오로지 그 자신의 이기적인 욕망만을 투영하는 위선적인 자기합리화의 수단에 지나지 않는다. 그러나 김명구를 통해 세속적이고 이기적인 욕망과 공모하는 위선의 희극적 곡예를 흥미롭게 펼쳐 보여주는 작가의 시선은 차갑기보다 차라리 유머러스하다. 그것은 이 작품에서 김명구가 도덕적 단죄의 대상이 아닌 인간 그 자체에 대한 흥미로운 관찰의 대상이 되고 있기 때문일 것이다. 착하고 싶어하는 그의 비장한 제스처에도 불구하고 김명구는 분명 나쁜 사람이겠지만, 작가가 들려주는 김명구의 이야기 속에서 우리는 선과 악을 가르는 차가운 도덕적 단죄의 논리로는 포착할 수 없는 인간의 보다 복합적이고 다중적인 욕망의 내부를 들여다보게 된다.

그런가 하면 「귀가도2─도시철도 999」는 또 어떤가? 마치 보이지 않는 작중 화자가 지하철에 동승해서 승객들의 일거수일투족을 기민하게 포착해내듯, 이 작품은 시종일관 지하철 안이라는 한정된 공간에서 벌어지는 일들에 포커스를 맞추는 3인칭 관찰자 시점을 유지한다. 지하철이라는 공간이 만들어내는 사건과 상황 자체만으로도 이 작품의 내용이 흥미로울 수 있는 것은 온갖 종류의 사람들이 들고나는 지하철이라는 공간이 바로 현대사회의 축도와도 같은 표상적 의미를 갖는 공간이기 때문일 것이다. 그 공간의 내부를 들여다보자.

장면 1) ㄱ노인은 선 채로 졸고 있는 젊은이 ㅈ에게 자기 옆의 노약자석에 앉을 것을 권한다. 잠시 주저하다 노약자석에 앉은 ㅈ에게 ㄱ노인은 곧 자신의 과거지사를 늘어놓기 시작한다. 졸음을 참고 있던 ㅈ가 깊은 잠에 빠지자 ㄱ노인은 못마땅한 표정으로 그를 노려본다. 몇 정거장 지나 새롭게 지하철에 올라탄 ㄴ노인은 노약자석에 앉은 ㅈ을 혼내 다른 자리로 쫓아보낸다. ㅈ는 깨어나 ㄱ노인을 보았으나 조금 전 ㅈ에게 선의를 베풀던 ㄱ노인은 그를 모른 체한다. 노약자석은 이제 버릇없는 젊은이들에 대한 성토의 장이 되고, ㅈ을 쫓아낸 ㄴ노인 덕분에 지하철의 한 좌석을 차지하게 된 ㄷ노인은 성토에 제일 열을 올리는 ㄴ노인이 부담스럽다. 왠지 ㄴ노인 덕에 지하철에서 앉아 가게 된 자신이 바로 ㅈ을 야단치는 일을 떠맡아야 할 것 같기 때문이다. 그러나 ㅈ 주변은 엄마 품에 안긴 아기로 인해 화기애애한 분위기다. 보이지 않는 힘에 떠밀려 ㅈ에게 호통을 치러 간 ㄷ노인은 애꿎은 아기만 울리고는 뒤통수에 승객들의 따가운 시선을 느끼며 무안해져 돌아온다. 장면 2) ㅈ의 앞자리에 앉아 있는 ㅊ은 몸집이 왜소하고 불안해 보이는 ㅈ이 왠지 측은하다. "깍두기 머리에 어깨가 벌어진" "누가 보아도 착한 인상은 아닌 ㅊ은 다소 위압적인 방법으로 ㅈ에게 자리를 양보한다. "사금융업체의 수금을 맡"고 있는 그는 자신의 직업에도 불구하고 자신이 "약자의 설움을 누구보다 잘 안다고" 자부한다. 젊은이들에 대한 성토에 가장 열을 올리던 ㄴ노인은 급기야 두 눈을 부릅뜬 채 ㅈ에게 다가오지만 ㅈ을 비호하는 ㅊ의 우람한 체격에 겁을 먹고 금방 비굴한 모습으로 물러가고 만다. 그러나 정작 ㅈ는 겁먹지 말라는 ㅊ의 위압적인 선의가 두렵기만 하다.

장면 3) 누군가 가방을 둔 채 지하철을 내린 후 지하철 안에서는 그 가방을 주인에게 안전히 돌려주기 위한 논의들로 한바탕 소란이 인다. 저마다 자신이 알고 있는 방법을 주고받으며 훈훈한 웃음과 덕담이 오고가고 그들은 누군가에게 착한 일을 한다는 흐뭇함에 한마음이 된다. ㅊ 역시 자신에게 눈인사도 건네지 않는 ㅈ에게 "뭐, 공치사를 받자고 도와준 것은 아니다. 착한 일은 원래 숨어서 하는 것이다"라는 생각으로 대가를 바라지 않는 자신의 선의에 대한 새로운 자부심에 젖는다. 장면 4) 지하철 안에 거지와 음반 장사가 동시에 등장하고 가방을 주인에게 찾아주는 흐뭇한 일로 한껏 부부애가 돈독해진 남편이 아내에게 음반을 사주기 위해 기분 좋게 만 원짜리를 내민다. 그러나 그 만 원짜리 때문에 거지와 음반 장사 사이에 다툼이 일고, 기분 좋은 김에 냅다 만 원짜리 한 장을 더 내민 남편으로 인해 한껏 돈독해진 그들의 부부애는 곧바로 부부 싸움으로 이어진다. 한편 승객들이 끊임없이 타고 내리는 사이, 어느샌가 올라탄 노약자석의 ㅎ노인은 아무도 들어주지 않는 승객들을 향해 자기 얘기를 쉴 새 없이 늘어놓는다.

요약이 다소 길어지긴 했지만, 우리는 작가의 기민한 시선이 포착해낸 지하철 내부의 모습을 통해 우리 시대의 전형이라고 할 만한 하나의 풍경을 본다. 이 풍경 속에서 무엇보다 흥미로운 것은 타인에 대한 선의가 바로 타인에 대한 압력으로 화학작용하는 예의 그 기묘한 현실의 역학관계이다. ㄱ노인이 베푼 선의로 ㅈ은 ㄱ노인의 얘기를 들어줘야 하고, ㄷ노인은 ㄴ노인의 성토가 부담스러우며, ㅈ은 그에게 아무 대가도 요구하지 않는 ㅊ의 선의가 왠지 두렵기만 하다. 이처럼 선의를 베푼 사람은 당당하고 선의를 받는 사람은 왠지 불편한 관계란 선의를 주고 받는 순간 그들이 권리와 의무라는 일종의 암묵적인 계약의 틀 속에 묶여버리기 때문이 아닐까? 자신의 선의에 대해 아무런 대가도 바라지 않는다는 ㅊ조차도 그가 보잘것없고 왜소한 체격의 ㅈ에게 제공한, 바로 그 대가를 바라지 않는 선행에 대한 자부심으로 한껏 마음이 뿌듯해지는 대가를 누리고 있지 않은가? 그러니 현대사회에서는 선행조차도 익명의 개인들을 갑과 을의 관계로 엮는 계약의 틀로부터 자유로울 수 없다. ㅊ의 위압적인 몸집과 ㅈ의 왜소한 몸집의 흥미로운 대비가 말해주듯, 타인에게 베푸는 인정과 관용 역시 이런 점에서 타인에게 자신의 힘을 과시하려는 자기동일화된 지배욕의 한 형식에 지나지 않는지도 모른다. 뿐만 아니라 타인에 대한 선행으로 한껏 기분이 좋아진 남편이 내민 만 원짜리로 인해 빚어진 소란은, 선행으로 고양된 도덕적 충족감이 현실적인 이해관계와 만날 때 있을 수 있는 가장 그럴듯한 경우의 수를 매우 실감나게 전해준다. 타인에게 베푸는 선행조차 인간이 지닌 이기적이고 자기중심적인 욕망의 한 형태에 지나지 않는다면, 선의를 베푸는 ㄱ, ㄴ, ㅊ와 지하철의 승객들을 향해 누가 듣거나 말거나 "고장난 라디오처럼 시끄럽게" 자신의 이야기를 늘어놓는 ㅎ노인 사이의 차이는 그리 크지

않을 것이다. ㄱ,ㄴ,ㄷ,ㅈ,ㅊ 등이 모두 지하철을 내려버린 후에
도 계속 지하철을 타고 가는 건 바로 그 ㅎ노인이다. 그리고 ㄱ,
ㄴ,ㄷ,ㅈ,ㅊ,ㅎ 등 이 모든 익명의 존재들을 공평하게 싣고 나르
며 쉴 새 없이 정해진 선로 위를 달려가는 것은 바로 이 작품의
무대이기도 한 사각의 지하철이다.

4. 공존의 윤리로서 선

「귀가도1 — 철학잉어」에서 작가는 지하철이란 사각의 틀 안
에서 빚어지는 인간군상의 이야기 대신 사각의 수조 속에 갇힌
잉어 이야기를 들려준다. 수조 속에 갇힌 잉어를 키우며 혼자
사는 석형은 어린 시절부터 친구들 사이에서 그리 환영받던 존
재가 아니었다. "친구들에게 따돌림을 받으면서도 그것조차 느
끼지 못하던 둔함"과 "공부건 운동이건 제대로 하는 것이 없으
면서 끝없이 부려대던 행짜"는 재벌집 도련님으로 성장한 그가
어린 시절부터 주변 사람들과 어울리는 일에 그다지 적합하지
못한 인물이었음을 말해준다. 그는 친구들뿐만 아니라, 세상과
도, 그 자신의 삶과도 잘 어울리지 못한다. 주변 사람들에게 수
시로 후안무치한 위악을 일삼으면서도 정작 삼촌이 아버지의 회
사를 독식하는 더 후안무치한 위선에는 저항 한 번 해보지 못한
그에게 위악적인 이기죽거림이란 그저 세상과 그 자신의 무력감

을 견디는 삶의 한 방편에 지나지 않는다. 위선을 가면을 둘러쓴 현실세계와 어울리지 못하는 그는 위악의 가면으로 스스로를 위장한 채, 자기 자신을 제외하곤 정작 누구에게도 위협이 되지 못하는 고독하고 자기폐쇄적인 저항의 몸짓을 계속하는 것이다. 어울린다는 것은 무엇인가? 아마도 그것은 석형의 이야기를 들려주는 작중화자가 신분과 처지가 다른 친구들과의 만남을 불편해하면서도 "층층의 높이와 칸칸의 경계가 엄연한 이 사회에서 행여 미래의 어느 순간 부득이하게 그들에게 매달릴 일이 있을지 모른다는 쓸쓸한 계산"으로 그 만남을 계속하는 이유와 무관하지 않을 것이다. 그런 의미에서 '층층의 높이'와 '칸칸의 경계' 바깥으로 밀려난 석형이 잃어버린 것은 세상과의 어울림이 아니라 세상과 어울려야 할 바로 그 이유이다. 세상과의 어울림 대신 그는 수족관에 단 한 마리의 잉어만을 키우며 혼자 산다. 단 한 마리의 잉어만을 키우는 그의 변, 이를테면 "잉어는 사람들에게 이용당하지 않는다"거나 "……누구나 혼자 살아" "산다는 게 원래, 누군가로부터 어떤 식으로든 속박받는 일이지"라는 그의 말은 기실 그 자신의 삶에 대한 변명에 다름 아니다. 따라서 철학하는 잉어란 바로 석형 자신이다.

그렇다면 석형은 왜 자신의 잉어를 〈희한한 재주〉라는 TV 프로그램에 출연시킬 생각을 했던 것일까? 어쩌면 그 순간 석형은 잉어를 통한 세상과의 새로운 소통을 꿈꾸었는지도 모른다. 그러나 사람들이 원하는 것은 사람의 말을 알아듣고 흉내내는 특별한 묘기를 가진 훈련된 잉어이지, 철학하는 잉어가 아니다. 석형이 "내 잉어는 훈련된 말은 하지 않아요. 자기가 하고 싶은 말을 하지"라는 말을 하는 순간 출연자들의 반응은 싸늘해지고 마는 것이다. 결국 그는 마지막으로 방송국에 연락해 자신의 잉어가 수조로부터 탈출해 보도블록 위에서 죽어가는 장면을 찍게 하지만, 철학잉어의 비참한 죽음은 끝내 방송을 타지 못한다. 잉어는 물에 갇혀 있는 자신의 모습을 응시하는 순간, 그리고 그 갇힘이 견딜 수 없어지는 순간 철학잉어가 되지만, 그가 짊어져야 할 철학의 고통 또한 고스란히 그 자신의 몫으로 되돌아온다. 그러나 석형의 말처럼, 우리는 누구나 갇혀 있지 않은가? 「귀가도2 ― 도시철도 999」의 인물들도, 「문단속을 제대로 하지 않으면」의 그도, 심지어 「떠나지 말아요, 오동나무」의 김명구까지도 사각의 물속에 갇혀 있는 잉어의 신세라는 점에서는 크게 다를 것이 없다. 그러나 철학잉어에게 그 사각의 물은 삶을 버리면서까지도 벗어나고 싶은 생존의 치명적인 조건이 되어버리고 마는 것이다.

우리 시대의 선에 대한 작가의 탐구는 이제 새로운 방향으로 뻗어나간다. 「귀가도1 ― 철학잉어」에서 석형을 걱정하는 것 외에는 석형에게 아무것도 해줄 것이 없던 작중화자는 어느 날 "잉어 한 마리가 유유히 황허를 헤엄치는 꿈"을 꾼다. 또 「귀가도3 ― 아직은 밤」에서 딸의 죽음으로 남편과의 관계에 깊은 금이 가버린 주인공은 버스 옆자리에 앉은 낯선 아가씨로부터 마음의 위안을 얻는다. 그 위안을 통해 그녀는 남편과 이웃한 과수댁에 대한 의심을 거두고 "남편 곁에 몸도 마음도 건강한 과수댁이 있어주어 얼마나 고마운지"라는 긍정에 이른다.[2] 「바닷속의 거대한 산맥」 역시도 서로의 상처를 감싸고 위로하는 인간의 선의에 대해 들려준다. "온종일 홍뚱항뚱 웃고 떠들어 주위 사람들을 피곤하게 하는" 은주의 버릇을 못내 못마땅해하던 나는 결국 "기분 나쁜 일은 깊이 생각하는 법이 없고 아무리 하찮은 것이라도 우습고 재미있는 부분이 있으면 그것을 들춰내어 큰 소리로 깔깔거리고 배를 잡는" 그녀의 밝은 성정에 기대어 자신의 전망 없는 삶을 달래줄 깊은 마음의 위안을 얻는다. 이 작품의 제목인 '바닷속의 거대한 산맥'이란 타인에게 서로의 등을 내밀어 함께 고통과 체온을 나누는 그 공존의 윤리를 일컫는 말에 다름 아니다. "서로에게 해줄 수 있는 것은 다만 곁에 있어주기. 그 덕에 산은 산맥이 되어 세월을 버틴다"라는 말, 혹은

---

2) 해설 원고를 출판사에 넘기고 난 후 수록된 작품들의 제목 및 구성에 약간의 변화가 있었다. 「철학잉어」와 「도시철도 999」, 「아직은 밤」 등의 작품들이 '귀가도'라는 제목의 연작으로 묶인 것. '귀가도(歸家圖)', 집으로 돌아가는 풍경. 아마도 작가는 길 위를 서성이는 인생들에게 집이라는, 어떤 귀착지에 대한 희망을 주고 싶었나보다. 「도시철도 999」나 「아직은 밤」은 둘 다 지하철이나 버스라는 길 위의 공간을 작품의 무대로 하고 있지 않은가? 심지어는 「철학잉어」의 석형조차도 현실의 어디에도 정주하지 못하는 길 위의 인생이 아닌가? 작가는 이 작품들이 들려주는 이야기에 '귀가도'라는 제목을 부여함으로써 작품 속 인물들의 행로에, 더 나아가서는 그들의 행로를 따라가는 독자들의 행로에 어떤 방향키를 부여하고 싶었나보다. 그들이, 그리고 우리들이 막막하고 불안한 길 위의 삶 속에서 너무 오래 헤매지 않게……

"사람의 체온이 없는 문밖은 어둡고 춥고 쓸쓸하다"라는 말은, 너무 명료해서 다소 심심하긴 하지만, 작가가 생각하는 삶의 보다 긍정적인 선의가 무엇인지를 잘 말해준다. 마치 서로의 체온을 나누듯 서로의 염려와 외로움을 나누는 것. 그리고 그 나눔으로 함께하는 것. 이런 의미에서 작가는 우리 시대에 진정 필요한 것은 선이 아닌 선의 윤리이며, 가장 이상적인 선이란 강자와 약자라는 사회적 관계의 역학을 벗어난 공존의 윤리로서의 사랑이라고 말하고 싶어하는 듯하다. 그렇다면 자신의 작품 속에서 이런저런 인간의 허물을 날카롭게 파헤치면서도 동시에 그것을 따뜻한 시선으로 보듬어 안는 작가 자신이야말로 그 이상적인 선의 윤리에 가장 가까이 다가서 있는 사람이라고 할 수 있지 않을까?

작가의 말

　'소설'이라는 거대한 이름의 나무를 거머잡고 흔드는 일이 누구에게도 만만한 작업이 아니기 때문에, 온갖 불평에 엄살을 늘어놓으며 오래 끙끙거려도 그리 창피한 노릇이 아니기 때문에 그나마 위안이 된다. 목적을 달성하지 못하고 중도에 꺾인다 해도 내가 고집했던 그간의 목표가 허황되거나 허망한 것은 아니었다는 확신, 어쩌면 그것은 영원불변한 진리의 한 조각이어서 삶의 부질없음조차 훌쩍 뛰어넘을 수 있을지 모른다는 희미한 희망이 있어 그럭저럭 나는 행복하다.

　죽어 땅에 묻히지 않았으니 이대로 주저앉을 수는 없겠다. 아직 끝나지 않은, 결코 평탄치 않을 내 남은 작업을 위하여 건배. 보석처럼 단단하고 영롱한 열매를 얻어낸 앞선 시대의 소설가들, 그리고 낮이나 밤이나 스스로를 채찍질하며 고민을 거듭하고 있을 이 시대의 진정한 소설가들을 위하여 건배.

2011년 봄 윤영수

문학동네 소설

귀가도

ⓒ 윤영수 2011

초판 인쇄 │ 2011년 3월 15일
초판 발행 │ 2011년 3월 25일

지은이 윤영수
펴낸이 강병선
책임편집 김민정 │ 편집 정세랑 성혜현 김고은 │ 독자 모니터 이원주
디자인 윤종윤 유현아 │ 마케팅 신정민 서유경 정소영 강병주
온라인 마케팅 이상혁 한민아 정진아
제작 안정숙 서동관 김애진 │ 제작처 영신사

펴낸곳 (주)문학동네
출판등록 1993년 10월 22일 제406-2003-000045호
주소 413-756 경기도 파주시 교하읍 문발리 파주출판도시 513-8
전자우편 editor@munhak.com │ 대표전화 031)955-8888 │ 팩스 031)955-8855
문의전화 031) 955-8890(마케팅) 031) 955-2656(편집)
문학동네카페 http://cafe.naver.com/mhdn

ISBN 978-89-546-1432-0 03810

* 이 책의 판권은 지은이와 문학동네에 있습니다.
  이 책 내용의 전부 또는 일부를 재사용하려면 반드시 양측의 서면 동의를 받아야 합니다.
* 지은이는 2011년 한국문화예술위원회가 지원한 창작지원금을 수혜했습니다.
* 이 도서의 국립중앙도서관 출판시도서목록(CIP)은 e-CIP 홈페이지(http://www.nl.go.kr/ecip)에서
  이용하실 수 있습니다.(CIP제어번호: CIP2011001059)

www.munhak.com